U0478848

有一种力量，叫文学；
有一种美好，叫回忆；
有一种感动，叫青春；
有一种生命，在鲁院！

每一个人都是一个时代

鲁迅文学院「百草园」书系

石华鹏 ◎ 著

MEIYIGEREN
DOUSHI YIGE SHIDAI

江西高校出版社
JIANGXI UNIVERSITIES AND COLLEGES PRESS

此书既有阅历的感悟、行走的见识，也有对经典小说的轻松阐释，是一本值得放在枕边慢慢品读的书。

图书在版编目（CIP）数据

每一个人都是一个时代 / 石华鹏著. —南昌：江西高校出版社, 2017.5

（鲁迅文学院"百草园"书系）

ISBN 978-7-5493-5355-2

Ⅰ. ①每… Ⅱ. ①石… Ⅲ. ①散文集—中国—当代 Ⅳ. ①I267

中国版本图书馆CIP数据核字(2017)第100416号

出版发行	江西高校出版社
社　　址	江西省南昌市洪都北大道96号
总编室电话	（0791）88504319
销售电话	（0791）88595089
网　　址	www.juacp.com
印　　刷	北京一鑫印务有限责任公司
经　　销	全国新华书店
开　　本	700mm×1000mm　1/16
印　　张	17
字　　数	210千字
版　　次	2017年5月第1版 2020年7月第2次印刷
书　　号	ISBN 978-7-5493-5355-2
定　　价	46.00元

赣版权登字-07-2017-452

版权所有　侵权必究

图书若有印装问题，请随时向本社印制部（0791-88513257）退换

目录 Contents

我的乡愁的名字叫痛 …………………………… 1

在霍童遇见三个人 …………………………… 11

建盏：千年的黑釉之光与极致之美 …………… 18

与铁观音为邻 ………………………………… 31

乡村织布机：谢幕的耕织生活 ………………… 36

酒醒何处：魏晋酒事断想 ……………………… 41

股市是人性的跑马场 ………………………… 49

艺术的敌人和朋友都是时间 …………………… 53

天一信局传奇 ………………………………… 61

石狮景胜别墅记 ……………………………… 68

建阳寻文访古记 ……………………………… 75

连江定海古城：曾经的战争之城 ……………… 80

到石竹山做梦去 ……………………………… 86

白云寺里的七菜姑 …………………………… 90

平潭将军山记 ………………………………… 96

探"侠"尤溪 ………………………………… 102

冰与火的缠绕 ………………………………… 107

每个人都是一个时代 ………………………… 131

两个男人的传奇 ……………………………… 150

尽职的快乐、悲哀与灾难 …………………… 166

一个秘密能守护多久？ ……………………… 180

比羞耻可怕的是不知羞耻或知耻而耻…………195
一段行走于刀刃之上的婚姻旅程……………212
英国管家的"尊严"人生与"虚无"现实…221
让被生活淹没的浮出来……………………236
得救之道,道如刀锋………………………250

我的乡愁的名字叫痛

空 村

我故乡的村子如今宛如一座"空村"。从村东走到村西,遇不到几个人,偶尔遇到,不是老人就是小孩。村子近两百人,留在家的不足二十人,能出去的都出去了。说"空村"也不准确,有热闹的狗跑来跑去。陌生人进村,一群狗围着他,狗们仰着头朝他吠,吠声此起彼伏,胆子小的,夹着双腿,身子哆哆嗦嗦,吓得不轻;胆子大的,弯腰伸手,假装捡拾砖头,狗们以为要砸自己,叫着迅速散开,如荡漾开的波浪……此刻是村子少有的热闹时光。无论狗们还是人们,在白天,只要有陌生人进村,他们都异乎寻常地热情,像见了亲人,是不是因为村子太冷清,人太寂寞了?

狗如今是我们村子的主角,它们的数量超过人的数量,它们的生机超过人的生机。原来村子里没这么多狗。有段时间,小偷喜欢光顾村子,几户常年"铁将军"把守的人家,接二连三被偷得精光,电器一件不留,衣服被子、锅碗瓢盆都偷走。村人说盗贼肯定是开着汽车来的,如搬家一般,要不偷不了那么干净。怎么办呢?老的老小的小,自身难保,防贼抓贼的重担难以担当——我母亲给我讲过一个事儿：一天凌晨，禾青家进贼了，禾青老父亲发现后，大喝一声，贼吓一跳，跑出了门，禾青老父亲抄起一把铁锨去追，追了一会儿，中年汉子的贼回头发现只有一老头，停下来瞪圆了双眼，说："枯老东西！你还追，我打死你！"一面说一面返身追打禾青老父亲，禾青老父亲吓着跑回来了——本来人是最好的防御力，但村里没人，只有找忠诚的卫士——狗了。于是家家都养起了狗，慢慢地，狗比人多了。贼的心总是虚的，加上狗爱虚张声势，又多，村子倒真还平安无事了许多。

村子里狗少的年月，是人多的年月。人们靠几亩薄地过日子，好一点的做点手艺：木匠、砖匠、篾匠、圆匠等等，来补贴家用，人都吃不好，哪有给狗吃的，所以那时狗很少。尽管不富裕，但人多，人情味儿足，亲情都在。村子里人来人往，家家都是大家族，三代同堂，四代同堂，还有五代同堂的。那时村子里还有许多规矩，古雅的那一套还在，长幼有序，尊老敬老，繁复的结婚仪式，喝这酒喝那酒的，怎么坐席位，甚至小孩子怎么拿筷子都有讲究。那时家族长辈有着绝对的权威，他们维系着村子里的道德秩序，伦理秩序，村子太平无事，融洽平和。夏天天热，各家都把饭菜端到禾场上吃，我们小孩子端着碗粥，走一家夹点菜，各家的菜都能尝吃，觉得比自家的好吃，走一圈下来，粥也吃完了。逢年过节，互相走动，少的小的给长辈问候拜年……那时的村子被热闹的亲情笼罩，是我记忆中的人间桃源。

当然，物质生活是贫乏的。如果不外出打工，人们至今都是贫乏的。就在去年，我家八口人，分到八亩多田，亩产稻谷1000公斤，每斤一块五，八亩地收入两万四千元，扣除一半的成本，人均一千五百元，按这个收入日子是没法过下去的。但过去不时兴外出打工时，大家收入都一样，生活都一样，没差距，没比较，也感觉不到贫乏，相反，如果没有后来的进城打工潮，我的村人们或许会满足于这种宁静平和的贫乏日子。"在家千日好，出门一日难"，"金窝银窝，不如自己的狗窝"，这是流传在我故乡的俗语，村人们对家的留恋、对儿女绕膝前的渴念藏在这字句的后面。

当年华荣兄弟俩离开村子时，并没有引起村人的在意，是在有风的早晨还是阳光的午后离开的，没有人知道。兄弟俩父母早亡，日子过得无天管无地收，"布衣疏食，常至断炊"，他们决定到城里去闯闯。兄弟俩年底"荣归"村里时所有人都记住了当时的场景：兄弟俩从冰天雪地的东北吉林回来，脚蹬黑亮长筒皮靴、皮裤，上身新潮棉袄，见面递上过滤嘴香烟，兄弟俩满脸笑容，精气神十足。随着他们的回来，村子里还流传着惊人的说法：兄弟俩乘火车怕钱被偷，用针线缝在衬衣里，整件衬衣密密麻麻缝满了钱，地地道道一件钱衣……村子的平静被打破，那些年轻人的心也荡漾了，年刚过完，一批人跟着华荣兄弟俩走了，一年，两年，村子里慢慢走光了。

几时回来的？再几时走呢？不知从什么时候起，村人之间礼节性的招呼由原来"吃了没"变成了这两句。几时回来的？再几时走呢？这两句招呼背后是有"潜台词"的，至少有两层意思，一层是还是要出去的；一层是在家待的时间不会太长。村人除了少数在广东工厂流水线上外，多数在做装修，做木工，做油漆，有的在装修公司干，大多自己接活自己干。如果吃得苦，工资收入还可观，村人在外也是聚居在一起，喜欢打麻将和赌博，有人辛苦一年，输个干净，过年回来的路费都没有。

在外做装修活儿，灰蒙蒙地、汗渍渍地从早干到晚，很是辛苦，租住的都是最便宜的地方，大多在城乡接合部，从工地下来，还得奔波或长或短的路程，这些还都能忍受，最煎熬的是孩子不在身边，挂念他们，想他们。我两个弟弟在新疆做装修活儿，三个孩子在村子里，一年忙到头，过年回到家里，与孩子相处的时间只有不到两个月。春节过完，弟弟弟媳要走了，四岁的儿子抱着妈妈，说："妈妈，你能留下来吗？"他妈妈的眼泪一下子流下来。

能留下来吗？不能，要活得好一点，只有出去。村子空荡荡的，但无论走多远，他们的寄托都还在这里，把这里填得满满的。

我的空荡荡的村子，有一天会热闹起来吗？

伯父的丧事

据说，脑中风是人类健康的"第一杀手"，我国每 12 秒钟就有一位中风新发患者，每 21 秒钟就有 1 人死于中风。此类说法众多，且来历不明，如果此"据说"属实，那我的伯父就是属于这 21 秒中的人之一。

准确地说，伯父并不死于中风，而是死于因中风导致的多脏器衰竭。伯父家隔壁是村里的医疗站，几十年来的许多个清早，伯父打开大门见到的第一个人有可能就是长庚医生。但那个年关之前的寒冷深夜，伯父中风后打出的第一个电话是给长庚医生的，睡梦中的长庚医生并没有接听这个陌生号码——伯父总喜欢更换他的手机号码，等长庚医生破门而入看到赤身趴在冰冷地上不省人事的伯父时，已经离那个电话过去了四个小时。长庚医生的电话打不通，伯父艰难地拨通了他大女儿的电话，伯父已经不能言语，听筒里啊啊了几声，他女儿知道坏事了——女儿嫁在几十里外的镇上，两个儿子以及小女儿在几千里外的吉林打工，伯父一人独居——急忙给长庚医生打电话，长庚医生才知道那个没有接听的陌生电话就来自几步之遥的伯父。长庚医生事后说起这个细节，总是很懊恼。有时候，最近的距离也相距遥远。

长庚医生说，伯父的中风不算特别重，要不了命，但不治疗，不给他吃，当然就要死了。长庚医生还赌气地说，肺烂完了，肺没炎症啊，如果让我给治，他会活下来，能不能重新站起来，不敢保证，但不会死。长庚医生说这些话时，言语中多有不满，有愤怒，这既是出于一个行医几十年的乡村医生的职业本能，也是出于一个与伯父做了几十年邻居的晚辈的情感流露。当然，长庚医生的这番话是背着伯父的儿子女儿，对着伯父的弟弟、我的父亲说的。

我父亲提前从外地打工的工地赶回，伯父在县中医院住了四五天后回到了家里。伯父回到了婴儿状态，睡在床上，时而迷糊时而清醒，心里明白说不出来，只能啊啊咿咿。伯父的病情还没稳定便着急出了院，他儿女给出的答案是：医生说他的肺烂完了，治疗没多大意义了。这是个为了脸面而找到的冠冕堂皇的理由。其实个中缘由旁人看得清楚：伯父儿女虽多，但谁都不舍得拿钱出来治疗，理由是自己也是艰难度日，伯父有所谓的新农合医保，但与张着血盆大嘴的治疗费相比是杯水车薪；关键是，如果治疗稳定了瘫痪在床，谁来照料呢？儿女几个各说各的难处，都不愿意待在家照料，尽管几个儿女在诸多问题上看法从未一致过，但唯一在这件事上达成共识，他们心有灵犀、秘而不宣：让伯父等死，不给他治疗，不给他吃——说给伯父吃了但伯父咽不下去——仅往伯父喉咙里灌一点白糖水。我父亲很生气，对长庚医生说：伯父养了一群虎狼子，一辈子不值得。

我父亲脾气直，又是前辈，对着伯父的两个儿子说，你们要给他治啊！两个儿子与我父亲差点吵起来。大儿子说，不是不给他治，治疗有意义吗？小儿子说，瘫在床上了，我付给您工资，您在家照料……

在所有人等待了十六天后，伯父在春节前六天离开了这个世界和他的虎狼子女们，终年79岁。父亲说伯父是饿死的，十六天不挂瓶、不吃东西，年轻人也会饿死。伯父去世后我父亲坐到他的床前，把他弯曲的手指，用自己的手温一个一个揉搓直。我的伯父姓吴，名早阳，我的父亲姓石，他们是同母异父的兄弟。从那一天开始，伯父的世界里再也没有早晨的太阳升起。

伯父从医院回家五六天后，我从外地赶回，我和父亲立刻去看他。伯父本来很高大，现在却身形瘦削，几床黑旧棉被盖着，露出一颗小脑袋，眼睛黑亮。我喊了一声，伯。那颗小脑袋转过来，看了我一眼，他头脑清晰，认得出我，啊啊啊了几声。伯父半边身子不能动，要翻身时就敲打床板，床板发出的声音代替了他的呼喊。父亲问他，要不要打针？伯父点着头，啊啊。父亲说，要打针。我感觉此时的伯父求生欲还是很强的。过了好多天后，父亲回到家，说伯父找村里与他关系最好的人来交代了后事，死了躺在哪儿？埋在哪儿？有没有欠别人的钱？别人有没有欠他的钱等等，一一作了交代，所谓的交代，只是别人问，他点头或摇头罢了，因为伯父不能言语好久了。我知道，伯父准备上路了，他放弃了求生的欲望，因为他知道他的儿女们已经不再希望他活得太久了。

伯父是一个木匠，死时还是一个木匠，长庚医生说伯父中风的前一天晚上还加班到23点钟。伯父大半辈子都是一个人过，年轻时父亲去世，母亲改嫁，独自长大学了木匠手艺，婚后生下两儿两女后妻子去世，伯父没再娶，拉扯两儿一女，将小女儿送人。儿孙满堂后，伯父独自过活，年迈时娶过一位老伴，老伴前几年过世，伯父复归一个人，在村路边盖了间房子，开木工作坊，做农村离不了的木门木窗、方桌板凳等家具，卖给村人，维持生计。伯父的手艺很棒，为人慷慨、热情，生意很好，但因为年纪大了，视力、精力均下降，出活的效率也下降，免不了要加班加点赶工。伯父作坊的隔壁，就是长庚医生的村医疗站。

我家和伯父家不在一个村，隔着大概五六里路。我父亲是在夜里三点接到伯父去世的电话的，一大清早就赶去了。我起床时母亲告诉我了这个消息。我对母亲说，难怪我昨晚梦见了伯父。母亲说，伯父走时一定来我们家转了转，做了告别，要不你不会做这个梦。母亲说，这个时候死了好，都回来了，热热闹闹地送他，活着一辈子苦，死了好。

与他的绝情的儿女们相比，伯父对自己的一生的交代可称作完美，他还存下了一万元钱，他没有拖儿孙的后腿一天，还为自己的后事留了钱，这是他从自己凑合着吃一顿穿一身的不讲究的生活中节省下来的。儿女们商定，丧事钱从这一万元里开支，剩余的兄弟二人分掉。矛盾似乎不可避免，办丧事是个无底洞，如果大操大办，一万元还不够，大儿子主张节约，小儿子主张办好一点，为买什么不买什么，两兄弟总是说不到一起去，搞的帮忙的亲戚都为难。

对伯父的丧事，我母亲很不满意，她说太冷清，太简单了，车一来，把伯父往纸棺材里一放就拉走了，一点都不热闹，两个女儿哭也不哭，道士先生也没请，也没敲锣打鼓，很不像样子。母亲愤愤不平地说，就是盯着老头子的那点钱，不想花。

我也觉得甚是悲凉，倒不是说这丧事要办得多体面，多热闹，为四个儿女操持一生，儿女们都不愿为老人付出点什么，如此草草了结此生，真是让人慨叹。难道真的要怪几个儿女吗？那也不见得，伯父的两个儿子跟我说得来，老大说他在东北打工，日子过得也难，妻子瘫痪在床，还要带两个孙子。老二的日子好一点，也只是过得去而已，他说要真是我伯父瘫在床，活着的人也都快活不下去。

我不知道该跟他们说什么。我也无法像我的父亲那般责骂他们。我也不知道这一切是怎么造成的。活着的人，艰难度日；老去的人，无所依靠；死去的人，草草了结。这是我故乡的亲人的现实。想起来，我就痛。

逼 婚

好奇心总是与每一个乡村少年如影随形，不可理喻的世界与他简单的认知之间隔着一条堆满问号的河流，如何渡过去？时而容易，时而难。对我来说，来自年少时期的那些事关家族、亲戚间的问号，一直在这条河里奔流，直到我人到中年，有些似乎才有了答案。

小时候我会纳闷：家里怎么那么多亲戚？你看，一场筹备多日的乡村宴席上，人来人往，五大叔六大伯、七大姑八大姨换上崭新的衣服抵达了，一些平常偶有听说、从没见过面的陌生远亲也风尘仆仆来了，他们互相招呼，好不亲热。不论远近还是亲疏，每次来参加宴席的都有二三百人。婚丧嫁娶、添丁满月、盖房上梁、金榜题名，是我们乡村古老土地上盛大的"派对"项目。

热闹、庞大的乡间世界是由一张张盘根错节的人情网编织起来的，这网的经线是家族，纬线是亲戚，以聚族而居的家族为中心，以嫁出去或者娶进来的亲戚为外延，形成蛛网一般的人情世界。比如说，我祖父有三兄弟，他们三兄弟养育的下一代共有十一人，往下走，到我们这一辈共有二十人，再加上各门娶进来的人，现在四代同堂，共有五十人，这五十人构成了我们家族在村子里的基本规模。到第三代的我们身上，家族这张大网开始新的编织，分支开始形成，我父亲养育了我们三兄弟，不同于上两辈人丁兴旺的情状，国家实行计划生育以及离开土地到城市打工生存方式的变化，我们现在一大家只有十四人，到我们下一代更少，现在只有四人，毫无疑问，这张家族的网已经萎缩、变小。

我小时纳闷的"亲戚那么多"的疑问现在变得一目了然：1920年代出生的祖父那一辈人，没什么医疗，得了病了熬点中草药，病熬不过去就早死了，我祖父娶过两任妻子，都因病过早去世，两任妻子娘家那边的亲戚都一直在来往；我岳母的母亲曾是大家闺秀，因战事，也离过两次婚，嫁的都是文化水平低下的小军官，至今两边的舅舅、伯伯都有来往；另外，加上根深蒂固的"多子多福"的观念，家家都跟兔子似的，生好几个娃儿，这样下来，七弯八绕的内亲外戚便多起来。逢年过节、家中大事宴请，都会相邀走动，乡村庞大的人情体系如今还维持着，只是随着我们这一辈人逐步离开乡村，无可避免地有着日薄西山的衰败的迹象了。

古话说，来而不往非礼也。我常年在外，一年到头只有过年回乡待上十天半月，这十天半月得计划周密，一圈亲戚才走得下来。那些舅舅舅妈、姑妈姑父年纪都不小了，生存的压力、子女的不孝、浑身的病痛让他们未老先衰，去看看他们，与他们说说话，他们便感到满足和高兴。谈论最多的，是他们的子女们在外"混"的情形，在外过得好的，他们说起来眉飞色舞，我为他们开心；在外不如意的，他们说得满脸愁云，我安慰他们，会好起来的。

甲午年正月初五，我和妻子去看望妻子的舅舅、舅妈。舅舅、舅妈在镇上开一间水暖器材店，销售、安装热水器、水暖配件等，一人守店，一人外出安装、维修，风里雨里，辛劳奔波，自是不待言说，喜人的是近两年来生意不错。生意不错对在乡镇上做点小本买卖的舅舅、舅妈来说，实在是一种大幸运，因为在开这爿小店面之前，舅妈在镇上街角摆摊卖水果多年，也苦，但还收入平平，就不公平了。现在他们倍感幸运。可观的收入积攒下来，要办的首要大事是盖房。去年一间三层小楼在镇上一个小区建成，全家搬进，喜滋滋过了个年。

盖敞亮、现代的楼是舅舅、舅妈的大事，但盖楼是为了更大的事：为两个儿子娶媳妇。楼盖成了，舅舅、舅妈喜滋滋，但在娶媳妇这件更大的事上，舅舅、舅妈不但没有喜出来，还愁云密布，不安和焦急笼罩这个小家庭。多年的乡村小生意把舅妈打造得精明能干、巧言善辩，而舅舅实诚，低头干活，不善言说，除了有点贪酒以外一切都好。一进屋，舅妈就笑着说："这年过得不叫他姆妈的年，隔壁的，湾子里的，跟我们一样大的都抱上了孙子，我们连影子都没有。"我安慰说："舅妈，不急，不急，一切都会有的。"舅妈说："不急，都急死了。"舅舅、舅妈有两个儿子，老大30岁，老二25岁，在乡下人看来这的确是着急的年纪了，但皇帝不急太监急，舅妈急，两个儿子都不急。两个都从武汉不甚出名的大学毕业，大的在厦门做事，换过不少工作，工资也只能糊口，小的在广州的电子厂上班，都是所谓的"屌丝"吧。舅妈说："城里的姑娘不好找，要这要那，但在乡里，我们条件还是不错的，跟老大在乡里介绍一个，他不答应，不见面，说要见面要叫我去见面。"舅妈还说："现在乡里的女孩子少，女孩子一过18岁，说亲的门槛都踏破，再不急，这附近几个好女孩都被说走了。"

听到我们说话声，两兄弟从楼上的房间出来，下来跟我们打招呼。两个儿子出来，舅妈还在跟我们"诉苦"，舅妈说："我都怕到乡里去喝酒，都抱着孙子孙女转来转去，我是那个欠啦，欠孙子抱；就是我们隔壁，那女人经常在我面前孙子孙子的，好像在炫耀似的……"老大忍不住打断了他妈的话："妈，你别说了，能不能说点别的。""我不说别的，你们这么大年纪了，也不抓紧点！""你再这样逼，我明年不回来过年了！""你们都不回来，大年三十那天，我跟你爸爸盖着被子睡一天……"两个儿子赌气，上楼进到房间，房门"砰砰"两声关上了。

看来，这样的争论已经不是一次两次了。饭后，我和妻子与两兄弟单独说话，老大戴着眼镜，文质彬彬，老二瘦高，脸上长着粉刺。老大说："我不想在乡下找一个，结婚、生子，庸常过一辈子，我要混出点事业来，再考虑个人问题。"老二跟父亲一样，不善言辞，只是说他并不着急。老大表示，他理解父母，但他不会像父母那样在这镇上过一辈子。

  我知道，两代人之间的观念裂缝已经无法弥合，这或许也就是乡村庞大的人情世界开始瓦解的根源所在，也许再过若干年，乡村不会再有盛大、热闹的家宴开席，也不会再有小孩子纳闷："家里怎么那么多亲戚？"

  不知道这是乡村大地的幸，还是不幸。

在霍童遇见三个人

在霍童睡懒觉或者早睡觉,都是说不过去的。我的意思是说,作为一个想远离尘嚣、暂别城市的旅行者,我们慕名来到霍童——宁德西北部一座溪边的古典小镇——把大把的光阴花在睡梦中是不是有些得不偿失?

从清晨到正午,从正午到黄昏,从黄昏到入夜,霍童无时不美,无时不风情。晨有风雾,午有清阳,黄昏寥廓,入夜宁静。至于说溪水清流、远山灵动,那是无处不在的恒久;至于说庙宇里的佛光、道观里的仙气,以及黄氏先祖开基立业的田园烟火,那是霍童千百年来生生繁衍的文化气息。我们行走于狭长古旧的石板老街上,明清古居、各式铺子相对而出,当年繁华依稀可见,不曾想,二楼的木格窗扇"吱呀"推开,一张年轻生动的笑脸探出来,我以为,这是霍童为我们这群闯入者献上的最美好的欢迎词。

没错儿,我们是一群闯入者。

我们无法像霍童的先祖那般笃定,看中了这处世外桃源,放下行囊、放下漂泊之心便"结庐而居"——留下,不走啦!这个决定似乎很难,我们是一群患上了现代依赖症又无时无刻不在寻求逃离现代的"可怜虫",古老、安宁、朴素的霍童对我们来说,是一个传说般的吸引,是医治我们现代依赖症的一方良药,尽管这座藏之山中小平原的古镇,离浮华离喧嚣不远——距宁德50公里,距福州160公里——但我们不可能生根于此,我们依然会离开,这是一个现代依赖症患者的宿命——逃离、返回，再逃离、再返回……

像无数来了又走了的人一样，我们只是霍童匆匆的过客，正因为如此，我们的闯入，才显得"鲁莽与贪婪"，我们怎么能像霍童的主人那般悠然自得，把大把的光阴花在睡梦中呢，我们得惜时如金、争分夺秒，从清晨到正午，从正午到黄昏，从黄昏到入夜，游走于霍童的山山水水、古居庙观之间，实施一个闯入者的"掠夺"——把霍童干净的空气吸到肺里；把霍童清幽的山水摄入眼中；把霍童传奇的历史听入耳中；把霍童香甜的吃食吃到胃里；把霍童的佛光仙气藏之心中；把……

总之，把霍童的一切收入梦中，只是这梦不做在夜里，而做在白昼，做在"游走"里，即所谓的白日梦吧。据说，唐代著名道士司马承祯在霍童修真炼丹，每日静坐于霍童溪边，物我两忘，与道冥一，在跨鹤成仙腾飞之际，留下"坐忘"二字。何为坐忘呢？无论多少种阐释，我以为进入梦境是其本质吧，司马承祯坐忘于霍童，目的是渴求成仙；我们游走于霍童，被霍童征服，为一个平心静气的所在而惊叹，其状如入梦境一般，如真似幻，也算一种坐忘吧。

我不得不承认，在短暂的霍童之行中，我仿佛被霍童的山川烟云和佛光仙气所笼罩，所推搡，进入一种坐忘的境界，脚步虽踏在霍童的土地上，心思却穿行在霍童那久远得近乎虚无缥缈的隋朝、盛唐与当下之间。

法国哲学家蒙田说，强劲的事实产生想象。霍童虽小，但它的名声够大：中国道教圣地，东南道教发祥地；地位比肩五台、峨眉、普陀、九华四大名山的支提佛国；堪称奇观的"隧道水利"工程；经典的古村落建筑以及天工妙成的自然景观，等等。如此非同凡响的前世，总是将我们带入霍童深邃的历史河流之中，想象便如这河流中的一叶扁舟，载着我们驶入往昔霍童的每一个故事和每一个故事背后的秘密里。

在这里，霍童的前世与今身如此紧密地融合在一起，我——一个莽撞的外来者，有幸遇见了对霍童产生深远意义的三个人——我心中他们是霍童的"形象代言人"，少了他们，霍童便失去了一半魅力，他们是：在霍童开基立业的黄鞠、将霍童介绍给天下的著名道人司马承祯，以及那位让人难忘霍童美丽的神秘的"睡美人"。与他们交谈，向他们请教，1500年的时间和空间，因而变成须臾之际，近在咫尺，又远在天涯。

  我们抵达黄鞠故里时，秋日午后的阳光正从霍童山脉那边照射过来，阴影与光亮分割了我们的视野，建筑物在阴影里，我们被光亮覆盖。黄鞠故里在石桥村，石桥村在霍童镇西，与古镇毗连。牌坊前有一条水渠流经，渠中溪水汩汩流过，水渠连着栽种甘蔗的田地，几个庄稼汉正在收甘蔗，今年甘蔗丰收，根根都有小孩的手腕粗。黄鞠故居名"龙首堂"，几经重建，是一幢留有唐、明风格的大堂毗连三殿的建筑。

  我推开"龙首堂"的红漆木门，走进去，黄鞠大人正襟危坐在大堂里。

  "小伙子，"黄鞠大人对我说，"恭喜你，你是跨进这道门槛的第十万个客人。"

  "我很荣幸，"我说，"黄大人，我不是小伙子，我都四十了。"

  黄大人说，"四十？我都忘记我多少岁了，大概1440多岁吧。"

  黄大人被午后的阴影笼罩，阳光落在我身上，我看不清他的表情。

  "黄大人，"我说，"进门前，我看到牌坊前有条沟渠，溪水汩汩流过，灌溉田地，今年甘蔗丰收，老百姓都感念您，说这条沟渠还是您当年的手笔呢？"

  黄大人说，"是的，没想到一千多年了，这些沟渠还在发挥作用。"

  "黄大人，今人把您看作中国隧道水利工程第一人，并总结了您的丰功伟绩：斩断'龙腰'山脉，兴修霍童溪南岸水利；开凿'百度查不到'，灌溉备案千顷良田；构建防洪体系。我有一事想问，您怎么这么精通水利？对水利建设怎么这么上心呢？"

  "小伙子，你问得好，世间的事情总是有个来龙和去脉的。"黄大人调整了一下坐姿，接着说，"说起我所在的隋朝，人们首先想到的是隋炀帝的荒淫和这个王朝的短命，前后三十七年，当然人们还会想到一项显赫的成就：开凿大运河。开凿贯通南北大运河花了六年时间，你想想，有多少官员参与其中啊。可以这么说，在隋朝要把官做好，你得是水利专家，工程项目规划、管理专家，是能工巧匠，因为这是天字一号工程。我公元615年来到霍童，那时大运河已经贯通，虽说我是专向皇帝提意见的官员，水利我当然也懂一些啦。来霍童要生存，就要兴修水利了，说对水利建设上心，也算是'专业对口'了。"

"原来如此。"我又问，"您当年斩断'龙腰'时受到阻力，但您表态掷地有声，'只要能发万家香烟，不问代代官贵。'您相信斩断'龙腰'就会'斩断代代官贵'的说法吗？"

"这种说法，我是相信又不相信，我相信有风水之说，顺应风水，是对上天的敬畏，但我又不相信，我有些倔强，因为我从心底厌倦了乌烟瘴气的官宦仕途，代代不问官贵也没什么。"

"据说，您黄氏后代只出过一县丞，还真没有当什么大官的了。"

黄大人哈哈一笑，说，"这倒没什么了，百姓安居乐业比什么都重要，说起来，我有一些感伤的，要数对不住我的两个女儿丹鸾、碧凤了，她们为修水渠，终身未嫁。"

我转过头，在"龙首堂"的斜对面有一座"姑婆庙"，就是为纪念黄大人的两个姑娘而建的。因为丹鸾、碧凤从女儿家变成了姑妈，又从姑妈变成了姑婆，故称"姑婆庙"。

"黄大人，我还有一个疑问，开凿隧洞的方法是您首创的吗？"

黄大人说，"将柴火放岩石上烧，高温时泼冷水，岩石在冷热中爆裂的工艺，并不是我首创，公元前251年，蜀郡守李冰在兴建都江堰时发明的。"

"哦，明白了。黄大人，时间不早了，在下告辞。"我向黄大人拱手作别。

"再见，小伙子。"黄大人说。

"我不是小伙子，我都四十了，黄大人。"我说。

黄鞠生于公元567年，河南固始县人，担任过隋朝谏议大夫，因不满隋炀帝的暴虐，举家难逃至霍童。据说他是有史料记载的闽东最早的一位文化名人。

出黄鞠故里，顺 104 国道南行不远，来到霍童山大童峰"鹤头岩"山麓，福建省最早的道教宫观鹤林宫位于此。黄昏降临，晚霞映红的天空慢慢暗淡下来。鹤林宫嵌在绿色山腰，飞檐翘角，黑瓦红墙，如一幅静穆的画。我们一行顺着坡道上行往鹤林宫，我落在队伍最后。

"年轻人。"一个声音从身后传来。我扭过头，是司马承祯，唐朝著名道士，道教上清派第十二代宗师。他手执拂尘，宽衣大袖，行走无声。我停下来等候，与司马道士同行。

"司马炼师，见到您很荣幸。"我说，"一路走来，看到霍童山下十几座宫观寺庙隐现林中，分次排开，仙踪历历，真是奇观啊。"

司马道士说，"霍童多神仙洞府，必多仙真道士，唐时更是如此，镇上旅馆客满为患，唐大中年间，一位叫马湘的仙人只得挂梁而睡、贴墙而睡。来此云游和修炼的神仙太多了，霍童山还曾一度改为'仙游山'呢。"

我抬头看了看不远处的鹤林宫，对司马道士说，"霍童山以及鹤林宫声名远播天下，您起了非常重要的作用啊。"

司马道士说，"年轻人过奖。霍童声名远播不是一己之力能完成的，是几代仙人道长共创的结果，我呢，只不过在我的《天地宫府图》一书中较为明确地记载了霍童山是道教三十六洞天之首，为后世留下一份证据。"

我问，"霍童山为什么能排三十六洞天之首呢？"

司马道士说，"有些事情是无法真正说清楚的，偶然的缘起和漫长时日的累积会成就一地名声，当然，霍童山为第一洞天大致有这样几个原因：一是自然环境独特，山岩洞壑众多，有灵泉圣水，药用资源丰富；二是曾为左兹、葛玄等高道修真之地；三是霍童山道教典籍中有崇高地位；四是霍童山是我修真并深为向往之地。"

我说，"不管怎么说，您'重定山川诸神'，让霍童山有幸享有了一千多年的尊崇，直至今天，'霍童洞天——中国道教三十六洞天之首'成为霍童最响亮的广告语。"

司马道士若有所思，没说什么。

我又问，"我们眼前的鹤林宫，是霍童洞天的最大宫观，传说您是在这里修炼成仙，驾鹤升天的？"

司马道士说，"我要更正一点，我在霍童山炼丹的地点也不在鹤林宫，而是在香炉峰（升左边的炼丹岩一带）。鹤林宫当时的确是这里最大的宫观，最初的鹤林宫是南北朝道教繁荣的产物，它的兴建和以'鹤林'命名与一个叫褚伯玉的道士有关。"

我说，"司马炼师，'坐忘'是我非常喜欢的一个词，坐在那里忘了，忘了什么呢？您说'内不觉其一身，外不知乎宇宙，与道冥一，万虑皆遗'，这个词的内部有无限的空间，尽人去遨游。我想问您的是，修道成仙本是一种感觉、境界，但您提出了量化的'五渐门'过程，即斋戒（浴身洁心）、安处（深居静室）、存想（收心复性）、坐忘（遗形忘我）、神解（万法通神），这个具有实际操作性吗？"

司马道士说，"年轻人，当你提出这个问题时，就说明你的心不静，你的烦忧太多，用你们的话说是患上了现代依赖症，其实修道成仙，并非说变成一股气一阵烟，神叨叨地飞升到天上去了，而是'遂我自然''修我虚气'，让人平心静气，烦忧全无的，修道是可以治疗你们的现实依赖症的。"

"司马炼师，"我说，"我好像突然懂了，您的修道'五渐门'既可操作也是感觉，既是过程也是结果，既是拿起也是放下，既是大有也是大无……"

"年轻人，"司马道士说，"这就是所谓的道了。"

天完全黑下来，夜幕垂下，鸟啼虫鸣、星星月亮还没开始夜的舞台表演，山风吹来，有一丝凉意，已是深秋了。我们的车驶离鹤林宫，霍童山渐渐远去，倚着车窗望去，白天大大小小的峰峦不见了，而一个巨大的山形的影子在黑暗中凸显出来，有人说这就是睡美人山。她的确很美，挺胸仰躺，脸庞圆润秀美，一副娴静安详的样子。她就这样躺了千百亿万年，霍童也因她美了千百亿万年。

在霍童睡懒觉的确说不过去，第二天早餐后我们就要离开霍童，我特意起了个大早，我想看看晨曦中的睡美人。当我寻找昨晚目睹的睡美人的位置时，奇迹出现了，我觉得只要你愿意想象，好多座山都是睡美人，她们表情不一，姿态不同，但都很美。

我愿意相信，睡美人就是霍童的象征，霍童很美，她古朴、安静、清幽。睡美人是我在霍童遇见的第三个人，虽然我们没有说一句话，这也够了，一切尽在不言中。

建盏：千年的黑釉之光与极致之美

一、站在龙窑边上

闽北中心城市建阳东北33公里处，有镇名水吉，水吉镇有后井、池中等村落。后井、池中村一带，山势不高而温柔起伏，林木不密而绿意葱郁，山林之下有平畴沃土，视野开阔，祥和平静。初识之下，这里与闽北其他山乡并无什么异样。

时间的尘土掩埋一切，尘土之上，山野如故，万物如昨。但是，时间堆积的厚尘总有被掀开的一刻。终究，文人典籍中的历史记忆、村民劳作中的寻常发现以及不同时期的多次考古发掘，让水吉这片平常之地显出异样，且是大异样来：千年以前，这里曾是中国著名的八大窑厂之一的"建窑"所在地，当年赫赫有名、为名人雅士竞相追逐的黑釉"建盏"烧制于这里。历史上建阳水吉曾属建州辖地，窑因而得名建窑，瓷因而得名建盏。

那时，在大宋的天空下，后井、池中村旁方圆十余里的山丘上，顺山势"爬"满近百座"龙窑"——窑依山势砌筑成直焰式筒形穹状隧道，形似苍龙故称龙窑。窑址总面积约十二万平方米。可以想象，当年红彤彤的窑火映红了水吉镇半边天幕，商贾云集，运送精美绝伦建盏的车船往来不息，一派繁荣景象。

1989年12月至1992年7月，中国社会科学院和福建省博物馆在对建窑遗址进行全面调查和选点发掘中，发现了一座全长135.6米的长条形斜坡龙窑，为国内已知最长的龙窑，堪称世界之最。

我们充满好奇，去看龙窑。后井、池中离水吉镇不远，途经的山坡上，散落着一堆堆黑釉瓷碎片和大量烧瓷用的匣钵，匣钵灰黑，有的破损有的完整。山体被挖得大坑小坑，有新土，有旧泥，碎瓷片、碎匣钵扔得满山遍野，看来这片千年前的窑址已经被翻挖过无数遍了，景象残败，有些触目。

来此翻挖的大多是附近村民，在碎瓷破钵中他们望穿秋水，渴望寻到宝贝——宋时的建盏。前些年，有村民挖到了9个"老货"，一下子发了大财。人们羡慕不已，挖建盏一夜致富的诱惑让很多人对此乐此不疲的同时，对政府的保护不屑一顾。为了避免偷挖乱采，政府采取过多种措施。村民说，这些年老建盏受追捧，价格天一样高，哪像一九九几年，喂鸡喂鸭用的都是建盏，拿一个旧盏到镇上换来一个吃饭的新碗，要知道今天这么贵……哪想得到哦。

古龙窑遗址在眼前了。窑自然是不在了，但可以看出窑是顺山势从山下往山上"攀爬"上去的，窑墙、窑门、出烟室、窑室均有迹可循。龙窑由土和陶砖砌成，那些陶砖被烧成了暗红色。遗址边建有供参观的台阶，我们拾阶而上，从山脚行至山腰，龙窑的另一截继续往上延伸。这的确是一座很长的龙窑，专家们估计当年每窑烧造数量在10万件以上。今人在遗址上方盖有砖瓦棚，用来为古窑址遮风挡雨，砖瓦棚随古窑错落而上，远望过来，确似一条龙。

窑址周围的红土里有许多建盏碎片，捡起一块碎片，擦去红土，乌金釉或者兔毫盏片，幽暗的光芒便穿越千年的时光闪亮在我们眼前，这些光亮优雅内敛，它们能映照出当年能工巧匠们的劳作境况和对建盏技艺的孜孜追求。

站在龙窑顶端，放眼四顾，绿意和清风主宰了眼前的一切，曾经"窑火连天风烟过，山下坡前龙窑多"的盛景已不复存在，但是这些闪着黑釉之光的碎片和遗迹留存的窑址为我们打开了一扇与宋代建窑、建盏对话的窗口，让我们得以窥见那个时代大气、简素、幽玄的器物美学风貌。

作为走马观花的建盏文化的打探者，在我们的脚步到达之前，这里走过无数脚步，但有一个人的足迹我们不应忘却。他是现代意义上对建窑、建盏文化考察发掘的第一人，也是真正将"崇高且文雅的建瓷"文化带到世界面前的第一人，他叫 J. M. 普鲁玛，一个美国人。

普鲁玛原是福州海关干事，在福州的古玩店被美妙的建盏征服过，当他得知这精美绝伦的玩意儿烧自建阳水吉时，萌发了实地探察的念头，直到他调任上海海关之后才成行。

1935年6月，普鲁玛驾驶自己的汽车，聘请一位名叫毕可瑜的中国人做向导，取道杭州、江山，到了浦城，继而找到水吉池中。当时那些在村民眼中一无是处的建盏，在普鲁玛眼中是文化的"金山银山"，是一座无法估值的宝库。普鲁玛在水吉一位热情好客的布店老板的帮助下很快找到了古窑址。

普鲁玛回国后，经数年研究，出版了《建窑研究》一书，他在书中惊叹道："这里就是建瓷茶碗的产地，也就是我梦想许久、千里迢迢来寻找的东西，散布在每一废堆上的物品之丰富多到使人感到震惊……无名的宋代陶工制造出那些崇高且文雅的建瓷，难以用语言表达……"

普鲁玛在窑址现场日出而作，日落而息，忙碌地工作了整整一天，他到过大路、池墩等三处窑址。天黑之时，普鲁玛从这里带走了八大箩筐的建盏残片、完器以及窑具等珍贵文物，由南浦溪乘船而去。普鲁玛带走的这批建盏中有一些精品之作，藏于美国的博物馆和密西根大学，至今仍向世界展示着建盏的魅力。

普鲁玛之后，我国多家考古单位和文物部门对建窑窑址进行过四五次科学、详尽的发掘，发掘成果丰硕：厘清了建盏产地、盛行时期等一系列学术问题的同时，还发掘出了诸多建盏器物，一些建盏均为国家一二级文物，其珍贵程度不言而喻。2001年6月，经国务院批准公布，建窑窑址为国家重点文物保护单位。

至此，水吉后井、池中这块散满瓷器残片的土地之下的秘密和价值，才得以全面揭开它神秘的面纱，宋代建窑的辉煌历程以及建盏的绝世大美在时隔千年之后，再一次盛大地铺陈在我们面前。

二、黑釉之光与极致之美

我认识建盏的时间不长，但掏心来说，在我见到它的第一眼就被它征服了。这个事实让我相信，人与物的相遇，也会有一见钟情、一见如故的美妙故事上演。

建盏依凭什么以"秒杀"的方式征服了我？当然不光我，它还征服过宋代的皇帝赵佶、大学问家书法家蔡襄、文学家苏轼、黄庭坚等名人雅士，征服过日本、韩国的一些高僧大德之人，以及今天诸多审美高蹈的玩家、藏家、艺术家，等等。

建盏的魅力何在？我以为，在于它有大美。

建盏的器形有大美。与其他盏碗造型繁复、俗世、呆板不同的是，建盏器形走的是一条大方、简素、脱俗的路子，或者说是一条彰显艺术气质的路子。建盏的基本器形是大口、斜壁、小底，多为圈足且圈足较浅，足底面稍外斜，形如漏斗，造型简练质朴，胎骨似铁，手感沉重。整个造型自然、脱俗、安静，仿佛藏之深闺的芊芊女子，只要一走出来，便艳惊四座。在此基础上，以盏口造型样式，建盏分为：敞口、撇口、敛口和束口四大类。

敞口碗：口沿外撇，腹壁斜直或微弧，腹较浅，腹下内收，浅圈足，形如漏斗，俗称"斗笠碗"。撇口碗：口沿外撇，唇沿稍有曲折，斜腹，浅圈足，可分大、中、小型。敛口碗：口沿微向内收敛，斜弧腹，矮圈足，造型较丰满。束口碗：撇沿束口，腹微弧，腹下内收，浅圈足，口沿以下约 1 厘米左右向内束成一圈浅显的凹槽，作用在于斗茶时既可掌握茶汤的分量，又可避免茶汤外溢，也有加强口沿强度，防止烧制变形的工艺上的考量，该凹槽俗称"注水线"。此类碗腹较深，器型整体饱满，手感厚重，为最具代表性的建盏品种，也是产量最大的建盏，出土或传世品最多。

建盏的釉色有大美。可以说，建盏的釉色之美将建盏推向了审美的极致之境。建盏是黑釉瓷的代表，它的魅力在于黑釉表面分布着多姿多彩的斑纹，这些斑纹是在窑火中天然形成的，既善变不可控，又绚烂斑驳；既仰仗原料、烧制技艺，又偶然天成、独一无二——如果说世界上没有完全相同的两片树叶的话，那么世界上也没有完全相同的两个建盏，为得一件釉面斑纹具有大美价值的建盏，无数陶艺家穷其毕生心血孜孜以求，期许与享有极致之美而又可遇不可求的建盏相遇。

宋时最具代表性的建盏叫兔毫盏，黑釉中透露出均匀细密的斑纹，因形状犹如兔子身上的毫毛一样纤细柔长而得名，有"银兔毫""金兔毫""蓝兔毫"等。其中以"银兔毫"最为名贵。"兔毫金丝宝碗，松风蟹眼清汤。"这是宋代诗人黄庭坚对兔毫盏的赞美。"忽惊午盏兔毫斑，打出春瓮鹅儿酒。"这是宋代诗人苏东坡对兔毫盏的夸耀。大诗人们都不由惊呼其美，兔毫盏的魅力可见一斑。兔毫盏的魅力在于"毫"，"毫"要细，有力，齐整，我见识过藏于日本根津美术馆的兔毫盏图片，美极了，绚烂如焰火绽放，温柔似兔毫拂面。

除兔毫盏外，建盏的名贵品种还有乌金釉盏、鹧鸪斑盏，以及极其难得的曜变斑盏。据说乌金釉盏是建窑早期产品，我在龙窑捡到一块乌金釉盏残片，一千多年了，釉面乌黑发亮，黑得温润澄明，亮可照人，同行的专家说这是上好的乌金釉。

鹧鸪斑，也称建窑油滴，釉面斑纹为斑点状，似鹧鸪鸟胸部羽毛的斑纹而得名，斑纹斑驳鲜亮，自然随意。还有一种鹧鸪斑盏，釉面有如水面上漂浮的油滴，晶莹欲滴，立体感十足。鹧鸪斑盏是建盏珍品，产量稀少。

最值得称道的是堪称建盏极品的曜变斑盏。釉色上散布着浓淡不一、大小不等的琉璃色斑点，圆环状的斑点周围有一层干涉膜，在阳光照射下，会呈现出蓝、黄、紫等不同色彩来，并随观赏角度而变，似真似幻。曜变斑盏是建窑的特异产品，异常难得。藏于日本博物馆的三件曜变斑盏，是日本国宝级的珍品，见过它的人以神圣的口吻叙述道："整个宝物的黑色釉层内放射出紫蓝色的霞光，随着不断转动满室宝光浮动，正应'紫气东来'之兆，冥冥间有如神在，这就是宝气？这就是此宝的艺术之神？"这几件宝物来自中国的建窑，宝气是从建窑飘荡出来的。日本人说"一只碗中可以观看到宇宙"。

可以说，釉色的变幻莫测、美轮美奂成就了建盏最迷人的地方。但一件可称艺术品的建盏是在大量废品的基础上诞生的，专家估计，没有起泡变形或脱釉或粘底等重大缺陷的建盏所占比率不到百分之一，优秀的（没有明显缺陷且斑纹流畅通达）褐兔毫盏所占比率不到千分之一，优秀的银兔毫盏所占比率不到万分之一，而鹧鸪斑和曜变斑分别属于十万分之一和百万分之一的作品。

建盏的烧制有特色。第一次见识建盏我还闹了个笑话，我问是不是没有烧完，怎么黑釉没有把盏的足部包起来。原来这就是建盏的特点：足部铁胎外露，色黑或灰黑、黑褐，手感厚重、粗糙，铁胎周围有釉泪挂着。因为建盏用正烧，外壁施半釉，以避免在烧窑中底部产生粘窑，由于釉在高温中易流动，所以建盏外壁底部往往有挂釉现象。正是这种铁胎的枯槁与黑釉的温润交融的特色，让建盏不同于其他瓷器，有了自然、朴拙的味道。

如此看来，似乎可以为建盏的艺术价值和珍贵指数找到缘由了。建盏的器形之美与釉变之美，标志着我国宋代建窑烧制水准达到一个新的高峰，同时从它所受的推崇和追捧来看，它又暗示了我国宋代审美价值观的一种趋向：黑色是万色之色，庄重厚实，大气内敛；裸露的铁质胎足与珣丽变幻的釉光相融一体，代表枯槁与幽玄，静穆与无穷；造型朴素大方，自然脱俗。建盏透露出的这种颇具东方神秘意识的审美价值观，可以用苏东坡的一句诗来概括："外枯而中膏，似淡而实美。"

建盏东流日本后，在日本拥有崇高的艺术地位和广泛影响力，说明建盏具有某种超越时代和国度的精神内核，它契合了日本禅茶艺术的审美特质：不齐整、简单、枯高、自然、幽玄、脱俗、静寂……其实，这种精神内核何尝又不是人类的审美样本之一呢。

三、昨日传奇

二十世纪 70 年代末，福建省博物馆的考古学者和厦门大学师生对芦花坪窑址进行了两次发掘，取得了多项重要成果，其中最重要的有两点：一是确定了"建盏是在龙窑中烧成的"；二是证明了"建盏的烧造年代创于北宋，盛于南宋及元初，而停烧或废烧于元末以后。"

在尘土下掩埋了近千年的宋代建盏，被小心洗净之后，重新回到高雅的博古架，或者进入宏伟的博物馆，它的黑釉之光与极致之美在今人眼里也不曾暗淡和落伍，也许我们对建盏的真正认识才刚刚开始。细细打量那一件件来自遥远时代的建盏，尽管它当初只是一件品茗斗茶的日常器物，但不经意间成为精美绝伦的艺术品，甚至成为一个时代的审美隐喻，它身上有许多像云朵一样的谜团萦绕在我们脑际：建盏为什么在宋代盛极一时？为什么存在三百年之后又风一样地消失于漫长的历史之中？昨日的辉煌传奇与寂寞消失，一只建盏究竟暗藏了历史的什么玄机？

或许只有回到历史的海洋中，才能钩沉起一个时代与一只建盏之间蛛丝马迹的关系。

史学家陈寅恪先生说："华夏民族之文化，历数千载之演进，造极于赵宋之世。"华夏之"文化造极"为何种境况呢？诗词歌赋、琴棋书画、为学论道……一派繁荣，大师辈出、名流雅士、山野文人……你方唱罢我登场，热闹非凡。如此想来，赵宋之世的确是一个风雅与附庸风雅的时代，文人们自由散漫，品茗交游，玩物养志，不亦乐乎。

值得一提的是，大宋还出了个艺术家皇帝——宋徽宗赵佶，朝政可以荒废，但艺术之园不可荒芜，他是伟大的书法家，他独创的瘦金体至今光芒四射，他是画家，他是金石家，同时他还是一个茶叶专家，正儿八经写过一本《大观茶论》的书，绘声绘色描述茶叶之事，尤其对当时风行全国的"斗茶"过程做了全面精细记载:"点:点茶不一。而调膏继刻,以汤注之……"

宋代斗茶用的是研膏茶,也就是把茶叶捣成膏状再用模具制成的饼茶,成为"团茶"。先将茶叶碾成细粉,置于茶碗之中,然后用沸水注入,使茶与水融合到一种最协调的程度。斗茶过程中,首先要看茶末是否浮出水面,如果茶末浮在水面,茶不能与水交融,说明茶末碾得不够细致;再看茶的颜色,对白茶来说,茶色越好,说明它的色种越纯,品级就越高。如果茶面上结成云雾,结成雪花,这是茶色已全部呈现出来了。谁的茶面上轻灵、清新的乳沫多、白,形美,谁就是斗茶的胜者。

真正斗茶的经典环节叫"分茶",就是注水时能"使茶汁纹脉形成各式物象","禽兽虫鱼花之属,纤巧如画,但须臾就散灭",有点像今天在咖啡上冲成图形。此种茶艺在今天已经失传。

赵佶皇帝又说了,"盏色贵青黑,玉毫条达者为上,取其燠发茶采色也。"就是说要观赏比试的白色泡沫,用青黑色玉毫茶盏最好。他说的这种茶盏就是建盏。黑釉建盏得到帝王的嘉许,建盏当然身价倍增,独享尊荣。皇上都认可了,底下的贵族名流、文人雅士等当然也跟着推崇备至了。宋代祝穆在其《方舆胜览》卷十一中说:"兔毫盏,出瓯宁之水吉……然其色异者,土人谓之毫变盏,其价甚高,且又难得之。"可见建窑的兔毫盏在当时已是名器,十分难得。

然而,草创之初的建盏,烧制于边远闽地建州水吉的私人窑厂,虽然在民间已有声誉,但与当时官办的白瓷、青瓷等相比,仍然名不见经传,让它登堂入室成为贡品,有一个关键人物起了推波助澜的作用,他是北宋名臣蔡襄。

蔡襄是福建人,有一年官至福建路转运使,此官职要定期巡视其部郡,并有督办贡茶的任务。秋天,蔡襄前往建宁府巡视部郡后,顺路到建安县北苑御茶园,了解过去督办贡茶的日期和有关情况,还参观制茶的全过程。他所到之处均备有好茶招待,而茶盏是由当地瓷器厂生产的兔毫盏。蔡襄品茗完,认为这种茶盏极优,就委托御茶园人员替其购买若干,以备送给在京的好友。

后来，蔡襄被召回京复职，才知京师已经掀起饮建茶热潮，朝野上下也开始斗茶。为了普及品茗的知识和鼓励大家斗茶，他撰写《茶录》一文，进呈宋仁宗御览。在《茶录》中，蔡襄特地推荐建窑生产的兔毫盏，他指出："茶色白，宜黑盏。建安所造者绀黑，纹如兔毫，其坯体微厚，熁之，久热难冷，最为要用。出他处者，或薄，或色紫，皆不及也。其青白盏，斗试家自不用。"蔡襄既是大宋名臣，又是茶叶专家，有他的推荐，建盏从小旮旯山里一跃成为朝廷贡品，于是便名噪一时了。后来，建窑发掘出的许多兔毫盏，底部都刻有"供御""进盏"等字样，它们就是进贡朝廷的御器。

建盏风行上百年之后，宋、元时代覆灭。明代初年，朱元璋认为斗茶乃奢靡之风，不能重蹈宋之悲剧，于是废团茶而代之以散茶，冲泡散茶的瀹饮法代替了碾末而饮的点茶法，斗茶之风也渐趋消失。曾经盛行宋代的建盏，也就慢慢退出了历史舞台，曾经窑火熊熊的建窑，也停烧或废烧。历史的尘土开始覆盖建阳水吉这块地方，也开始覆盖那些美丽的建盏。

但是，建盏在异域的日本却得到新生。元朝时，一批日本僧人到我国浙江天目山佛教寺院修行、学习，僧人们日用茶盏都争用建盏。归国时他们将建窑烧制的黑釉兔毫盏，作为珍宝带回了日本，称之为兔毫天目。日本人把建盏及黑釉器称为天目，以至于今天"天目"成为黑釉一类陶瓷的国际通用名词。

宋元时期，日本也进口大量中国建盏，这也是为什么传世的建盏以日本最多，其中宋代的"兔毫""鹧鸪""曜变"等四只建盏已被定为日本国宝，享誉世界。日本人视黑釉建盏为"神器"，为神秘的建盏着迷，日本的"陶瓷之祖"加藤四郎曾专门渡海来福建，学习建窑技术四五年，回国后制作黑釉陶瓷。日本人至今都爱用黑釉碗，是深受中国宋人的影响。

让人想不到的是，与朝廷命运一样容易破碎的一只建盏，在他国日本安静地度过了一段很长的历史岁月，传承有序，魂魄依旧，直到今天依然让人赞叹不已。无疑，这是一件让人悲哀的事。

四、寻访手艺人

时光进入21世纪。乱世藏金,盛世藏宝。不知不觉中,建盏收藏热悄然兴起。建盏卓绝的文化美学价值和丰富的商业投资价值,让一些藏家对宋代高端建盏趋之若鹜。不过,千年前的那些绝美的兔毫、鹧鸪、曜变终究是稀世之器,可遇不可求,能否恢复宋时建盏的烧制技艺,复兴建盏的艺术魅力,成为今日建盏技艺人的新课题。

据说千年前的建盏烧制技艺早已失传,但在建阳的城镇乡村,仍有一批建盏技艺人从未放弃,痴迷于此,他们想复原古法技艺的同时,也想创造新的烧制法,烧制出不逊于甚至超越宋时建盏的作品来。他们从出土的完器、碎片中寻找昔日的烧制方法,从无数次的烧制实践中获取经验,当你问那些资深建盏人的从业时间时,他们的回答不是二十年,便是三十年、四十年,当院落中的那些败品、残品、次品堆成一座座小山时,幸运之神终于降临了,一些精美无比的新建盏,终于在这片创造过建盏辉煌历史的古老土地上,再次露出真容来。

毕竟这是一块属于建盏的土地,这里的地理优势得天独厚:烧制建盏的瓷土就取自身边的山丘,施釉的釉矿同样采自身边的地下。就连日本人,要烧制地道的建盏,也得千里迢迢来建阳,取这里的瓷土,用这里的釉矿。

在一个作坊间,我们见识了建盏的大致制作过程。烧制建盏的瓷土,颜色深红,瓷土用几种不同的土配制而成,含铁量很高。超过1300°高温烧制好的胎骨厚实坚硬,叩之有金属声,俗称"铁胎",含砂粒较多,露胎处手感较粗糙。瓷土经过洗浆、沥浆、炼泥工序之后,是制坯,传统技法是手工拉坯,双手将泥拉成器坯,要成足竹胸,一气呵成。之后是晾坯、修坯,接下来是上釉。

釉料刚采回来的时候有点像一块块普通的矿石,在水中浸泡慢慢软化成浆状,过滤掉残渣,加入草木灰等一些其他配料就成了釉水,这个过程要很长时间。建盏不能用化学釉，否则烧制出来的建盏会这种自然釉料的古朴之美。做好的釉水颜色偏红，黏性强，属于含铁量较高的石灰釉，因此具备烧成黑釉的基本条件，其最大的特点就是在高温中流动性强，低温时结晶生成各种奇特的斑纹，斑纹在不同光线下色泽和明暗也不同，变化丰富，非常美。施釉时，用手捏住圈足，胎体倒置着浸入釉水，在釉水中停留一段时间，让釉水渗透进胎体，直到胎体挂上足够厚的釉。

然后将上好釉的坯体晾干，放进龙窑高温焙烧，通过火的艺术，釉面产生各种奇异的斑纹。据建盏大师说，建盏最大的奥秘就是釉的配方和火候。第一靠配方，你配不好，它就不变。第二靠火候，火候掌握不好，它会变过头。最后是出窑，建盏是放在匣钵中烧制的，打开匣钵，一只斑纹变幻莫测的建盏是否会出现在你眼前呢，那就向上苍祈祷吧。

在建阳东奔西走的几天，我们见缝插针地走访了几位有代表性的建盏技艺人，他们性格各异，行事风格不同，对待建盏的"仿古"与"创新"观念也不尽相同，但有一点是相同的，那就是他们对建盏的发自内心的喜爱。

水吉镇上的蔡氏兄弟——蔡炳龙、蔡炳盛，有手艺人的老实与质朴，他们似乎并不善言谈，住在镇上不起眼的四层楼房里，四楼是他们的作坊，他们大部分时间都在那里度过。蔡氏兄弟做建盏三十多年，在这个圈子里头，他们的仿古技艺是没得说的，他们烧制的高仿"建盏"达到真假难辨的地步。经过二十多年的摸索，兄弟二人成功还原出了建盏失传的近千年的烧制技艺。但兄弟二人说，现在到了"温故而知新"的时候了，研究透了老物件，才能明白怎样做出"胜于蓝"的新物件，老二蔡炳盛说："让别人在水吉不仅能见到老的建盏，也能看到新的，而且不输给老盏的新盏。"如今，蔡氏兄弟都是建盏技艺省级非物质文化传承人。

离水吉镇不远的芦花坪，是建阳市芦花坪建盏有限公司的所在地。芦花坪不仅是个美丽的地名，它还是建盏的注册品牌，还是宋代芦花坪窑址的所在地，这里青山绿水，环境宜人。老板孙福昆，身形高大，慈眉善目，平头黑边眼镜，透出一丝文雅。与很多建盏作坊不同的是，孙老板的厂区很大，占地面积10万平方米，他还建了一个新龙窑——长36米，窑室内宽2.2米，高1.8米，仿古法以柴火为燃料，一次耗费1万多公斤，一窑可以烧两万件。孙老板说："窑顶拱背在长期高温下经常会发生塌陷，每烧五十窑左右需大修一次。"古法柴烧成本高，他也有电窑。孙福昆的建盏企业在建阳算是较大的，他做建盏日用器，也做高端的建盏艺术，他雄心勃勃，就是要把建盏做大做强，做到全国去。宽敞明亮的展厅里总是客来客往，生意不错。如今，"芦花坪"作为一个品牌已经在北京、西安等地声名远播，但孙福昆并没有满足。

去探访"贵稀堂"是在一天晚饭后。"贵稀堂"在市区边上的考亭村。我们到时天已经黑了。"贵稀堂"老板叫詹桂溪，原本做根雕、古玩生意，看到建盏"泥巴也能变钱"，于是在靠市区的考亭村租了五间民房做厂房，投入几百万购置设备，干起来。我们进到一栋四层居民楼一楼，是展厅，博物架上摆着许多新旧建盏，没人，便大声喊："詹老板！詹老板！"一直没人应答，等了一会儿，手上油污，满头大汗的詹老板进来了。詹老板年轻，中等个儿，看上去精明强干，忙解释："不好意思，电窑坏了，正忙着修呢。"詹老板告诉我们，在建阳办厂稍成规模地生产建盏仿品，也就是近三四年的事。好点的一套当礼品卖，能卖个一千多元，买家多来自北京、广东等地。他的厂算中等规模，一年能生产百万件建盏仿品。他说："订单很多，但生产能力饱和，不敢多接。"詹老板不停表示，没办法陪我们，他要赶快把机器修好，让我们自己看。

离开"贵稀堂"，我们前往在建阳市区的黄美金大师家。黄美金名气很大，他烧制的金油滴盏已经名震圈内外，他的作品大受藏家追捧，很多作品都卖出了天价。据说他为人低调，深居简出，不常见客，因有高人出面，加上我们远道而来，黄大师答应见我们。市区的一个巷子深处，是黄美金的家，四层小楼。推院门进去，黄美金先生在一楼的茶桌前等候我们。一楼是他的展厅，博古架上摆满各种建盏。黄大师年逾花甲，瘦劲，精气神十足，前额光亮，头发少而蜷曲着后背,颇有艺术家气质。沏茶,喝茶,简短寒暄之后,黄大师起身打开身旁的柜子,取出一个锦盒,锦盒打开,著名的天价般的金釉滴盏出现在我们面前了——15年来烧制的他最为满意的一级金油滴建盏,标价为680万元。我要说,这是我见过的极品的建盏了,灯光下,满盏金光闪耀,轻轻转动,金色光芒开始变幻,或暗或亮,油的温润,金的熠熠,互相辉映,那是一个极富内涵的富丽世界。黄大师说:"烧瓷一辈子,研制金油滴九年,才诞生第一件成功作品。"与很多技艺人不同,他将建盏艺术视作生命,他只把建盏当艺术品来做,他追求的是烧制出不逊于出自古建窑、如今藏之日本的国宝级的"油滴""曜变"来。黄大师教我们欣赏建盏:手拉坯,器形正,斑纹绝美……黄大师健谈,睿智,艺术范儿足够,我感觉他是为建盏艺术而生的。不知不觉两个小时已过去,我们作别黄大师时,夜已经深沉了。

……

或许,建盏的辉煌会再一次到来。

与铁观音为邻

一

是否可以这么认为：与山为邻，人会变得沉稳、包容，故为仁者之乐，仁者，仁德、宽厚之人也；与水为邻，人会变得澄明、活泼，故为智者之乐，智者，聪明、智慧之人也；那么，与茶为邻呢？人会变得超然、内敛，故为道者之乐，道者，超脱、崇尚草木之人也。

这样说或许有些虚妄，有些生硬的简单。但我们静下来想一想，想想我们记忆中那些与山为伴、与水为邻的人们，无论古人今人，名士凡夫，你会发现他们的品性里一定融有山的沉稳包容、水的澄明灵动之气，比如"性本爱丘山"的陶渊明就有仁厚坚韧之德；比如从湘西沅水走出的沈从文，文字和生命无不氤氲着水的灵性。我相信，当我们与某物长时间或一辈子相伴为邻，此物一定会以某种方式存于我们的身体和品性之中，这或许是所谓的物我相融、物我两忘之境界吧。邻，既有接近、亲密之意，也有某种生存方式选择的哲学意味。

如果能与山、水、茶同时为邻，当然是人生之大境也。有这样的人吗？有的，唐代人陆羽。陆羽隐湖州妙喜寺，居杼山，侍泉水，煮新茶，日日与山、水、茶为邻，析茶之术，悟茶之道，写出天下第一部茶叶专著《茶经》来。陆羽为茶立传，能传之千秋，大概是仁、智、道融合的力量所致。

二

那么，在茶乡安溪，那些日日与铁观音为邻的人们呢？他们或种茶，或制茶，或说茶，或卖茶——饮茶自不必说——日日与铁观音摸爬滚打在一起，茶在他们身上和心里烙下了什么印迹？他们对茶有怎样的感觉和领悟？初夏时节，安溪之行，为这既虚且实的问题，我似乎寻到了答案。

虎邱镇仙景村，离安溪县城30来公里，山势起伏，茶园遍野，在一座清末古大厝，我们体验铁观音的手工制作工艺。采摘、晒青、凉青、摇青、炒青、揉捻、初烘、包揉、复烘、复包揉、烘干。在这道繁复得近乎神圣般的工序中，手工的力量与人的思维自始至终与茶叶发生着无言的对话——晒青的温度湿度、炒青的速度火候、烘焙的时间等等，无不在意、讲究。一泡乌润肥壮、香馥味醇的铁观音的出现，总在可控与不可控之间、可知与不可知之间，被宿命般的命运牵引，那"结实沉重似铁，外形美如观音"的铁观音因此被涂抹上一层神秘色彩。

带领我们体验制茶的是林老伯。林老伯一辈子做茶，劳其筋骨、炼其心智的做茶生涯让他拥有了与其古稀年岁不匹配的健硕身体和俊朗精神。林老伯安静而不失热情，摇青、包揉……像玩儿一样，而我们，认真而卖力地学着他的样子，还是做不顺溜。事实往往是这样，师傅做事总是看上去漫不经心，如玩儿，而徒弟总是一副认真、谨慎的样子，这叫作修炼。我问林老伯："怎样才能做出好茶来？"林老伯黑红的脸庞上漾出笑意，道："这个可不好说，嗯——如果要说的话，在于三个因素：天、地、人，缺一不可哦。"我点点头，装作懂了。

茶来自草木，种植、采摘、制作，遵循天、地、人合一的自然之道。种茶，关乎天文与气象，土壤及周边环境，在彼此的对话中，茶农默默观察茶树的生长。制茶过程中，关注茶叶瞬息万变的转化，读懂茶叶的表情和它无声的语言，人与茶互动。这期间的妙道不可言说，这也是为什么茶客们为一泡好茶愿越千里、掷千金而追寻它的原因了。人在草木间，日复一日，年复一年，便有了尊崇自然、敬畏自然的超脱之"道"了。可以说，每一个茶人都是自然之"道者"。

林老伯平静地告诉我，他做出的好茶，在茶王赛上得过头奖。

三

我们中国人向来有认祖归宗、慎终追远的传统，说到铁观音，在安溪有一地不能不提到：西坪。对中国乃至世界茶叶文明史来说，西坪的地理意义非凡：西坪是中国铁观音茶的发源地；是乌龙茶的故乡。就是说，全中国，全世界，任何一株铁观音茶要认祖归宗、慎终归远的话，应该来到西坪，这里是它们的原乡，它们的圣地。

西坪镇距县城32公里，疆域145.5平方公里，有山山不高，有溪溪如带，烟雨雾绕，上天的眷顾，加上先祖的智慧，"高山雨雾出茗茶"实乃自然不过的事情了。

在西坪南岩山之麓，有三两株铁观音母树倚在巨石边，立有高大的牌坊拱卫它，它的神圣和与众不同便显现出来。在心里膜拜它之后，我们移步到离它不远的南轩品茶。为我们泡茶的是西坪年富力强的镇长。茶杯端起放下，话语起起落落。

说起西坪的茶，镇长如数家珍。从历史文化价值——明成化年间（1465—1487），这里发明了人类独一无二的乌龙茶"半发酵"制茶工艺；清乾隆年间（1723—1736），发现和培育"茶中之王"安溪铁观音；茶树短穗扦插育苗法……说到茶叶产业——西坪的茶园面积、茶叶产量、涉茶从业人员、茶商品牌都名列安溪县前列……在座的朋友提问了：铁观音的农残超标吗？铁观音有加香精吗？镇长谦虚大方，一一解释：农药的使用是与茶产业现代化同步的，现在的农药越来越进步，对人的危害在降低，西坪的铁观音农残没超标，而且引入生态茶园之后，对农药的依赖在降低；铁观音的香味来自自然，添加香精是多余……

四

从制茶的老伯，到推广茶的干部，我感受到了安溪茶人发自内心的对铁观音的那份热爱，茶融在了他们的血液里，带给他们坦诚、洒脱以及内敛的品性。

我也自诩好茶之人，常饮安溪铁观音，也算作与铁观音为邻吧，但与那些骨子里与铁观音为邻的安溪茶人相比，我再来说茶，多少有些矫情了，但是我第一次与铁观音相遇的情形至今不忘。

我长在湖北江汉平原乡下，家乡不产茶，乡人也没喝茶的习惯，但凡有客来，都会拿出平时不常用的青花瓷碗，倒上一碗雾腾腾的白开水，热情说，您喝茶，您喝茶。很是奇怪，一杯白开水，并不见茶，却唤您喝茶您喝茶，我至今没弄明白为什么这样。

说来不怕人笑话，我第一次"真正"喝茶是在出生二十多年后，那时我离开家乡初到人生地不熟的福州供职。这个城市有两个特点，一是满街长满榕树，二是随处可见茶叶店和茶楼。

年轻单身，一人饱全家不饿，什么都没有就是有闲，如何打发闲时成为一桩让人头痛的事儿，偶然间得到一朋友张君，像得了一剂医头痛的药，药到病除。我住地附近，有一条热闹的夜书市，一溜过去，摆的不是盗版书就是发黄的旧书老书，我是这里的常客，比摊贩还敬业，逛来逛去，挑来拣去，一是寂寞的时间耗去了，二是总能淘点好书，如鲁迅的书、沈从文的书等。一天我将手伸向一本黄毛边纸封面的《美国中短篇小说选》，心窃喜，碰到好东西了，没想到另一手也同时伸向了这本书，两只手碰到一起，扭头看，两人都笑了。一聊，两人都是"崇洋媚外"的文学青年，这样认识了张君。张君闽南人，一日都离不了茶，用他话说是茶水里泡大的，我们认识第一天，他拉我去喝了平生第一次茶，此后的闲时，我和张君常去茶馆，喝茶聊天，日子随茶水一起喝走了，茶越喝越淡，友谊越喝越浓。

五

那天喝的是安溪铁观音。去的是陆羽茶楼。店主和张君熟，简单招呼我们，不客套也不怠慢，这让我舒服自然。我们在一个枣红色的根雕茶桌前落座，桌上乳白色的碗盏，精致细腻，亮薄如纸，感觉一捏即脆。店主往电壶里续纯净水，接着煮，一根木镊子镊着茶盏，旁边玻璃器皿盛着沸水，在里边丁零哐当转动，很快洗净，水也煮好了，店主取一泡茶，扯开，倒在掌心，茶颗颗粒粒，有绿意，送到鼻尖闻闻，店主自言自语，说不错，他的大手熟练地侍弄那些听话的茶具，一小盏茶，用镊子送到了我面前，汤色清亮，飘着清香，嘬一口，人就醉了。

多年后，尽管我喝过很多价格高昂的铁观音，观看过多次动作繁复讲究的茶艺表演，但那晚的茶味总让我回味，那晚店主淡定自然、简单有力的伺茶手势总在眼前挥之不去，相比，那些过度在价格上"一争高下"的铁观音、那些过度夸张意在表演的茶艺多少有些乏味，茶是俗物，不在价格，不在表演，而在乎生活，在乎真实。

记得那晚带着茶味离开茶楼时，店主问我哪里人？我说湖北天门。店主说，巧了，我这陆羽茶楼，陆羽不是你老乡吗？我说我左眼总跳呢，原来茶神光临了。说完转身取些铁观音塞到我手中。陆羽是天门竟陵人，老家辟有他的纪念馆，小时总弄不明白，家乡不产茶，怎么还出了个茶圣呢？再者，老家人把喝白开水唤作喝茶，是否与老乡茶圣有关呢？

有些事情就是如此——说不清楚。不说了，喝茶去吧。

乡村织布机：谢幕的耕织生活

我外婆有小半辈子是在织布机上度过的。当我为她算一笔人生账时，发现了这个"秘密"。外婆生于1922年，卒于2010年，活了88岁。她十七八岁坐上织布机，1980年代那架织布机拆解，前后算起来，外婆与织布机打交道近40年。织布机拆解的那一刻，她强颜欢笑，喃喃自语：拆了好！拆了好！我知道，她的泪在心里流。

那一年她六十过一点，身体尚硬朗，她知道她不再有机会织布了，心有不舍。但织布机不能不拆解，舅父盖了簇漂亮的新瓦房，那架"服役"几十年的"老古董"，陈旧而不体面，无法与新房相得益彰。当然更为重要的原因，是现代化的织布工厂已取代个体手工织布，这架曾用来改善生活的织布机派不上用场了——就像我母亲，她是穿外婆织的"土布"衣长大的，出嫁以后她再也不穿"土布"衣，说"不好看"——某种程度上说，乡村手工织布机的拆解，意味着一种古老职业的凋零，意味着千百年来在中国大地上形成的一种男耕女织的生活方式的谢幕。

与今天现代的织布机相比，外婆那架织布机的确"土"和"旧"。织布机全由木头打造，体形硕大，具备简单机械传动功能，由织机床、织机架、卷布辊轴、挡板、踏板等构成，样子如一个有支架的大木床。我儿时记忆里，这个庞然大物是外婆家里唯一值钱的"神秘的机器"，全家人都有"伺候"它的经历。外婆教我唱："七尺地，八尺宽，中间坐个女人官。脚一踏，手一扳，十二个环环都动弹。"童谣唱的就是织布机。

外婆家的土屋有些昏暗,织布机摆在采光好的大门边。总是一身青布衫,脑后绕着发髻的外婆,身体微弓,坐在上面,脚用力一踩踏板,手一扳机档,织布机上面的铁环环就哗啦哗啦地响起来。外婆身体有节奏地摆动,梭子在她手中左来右往,伴随啪嗒啪嗒之声,棉线"忙碌地"经纬交错。如此一天又一天,一月又一月,御寒的布匹如瀑布一般铺展、卷拢起来。外婆夜以继日"手舞足蹈"的织布图景,长久地驻留我的脑海中,成为她永久的形象。织布机原始古老,但它的声音铿锵均匀——"唧唧复唧唧";它的功能多样——"为缔为绤",可以织细布啊,也可以织粗布;它的贡献可不少——"一女不织,或受之寒"……

"一女不织,或受之寒。"是为实情。外婆生养了五个女孩,只有外公外婆两双手劳作,生活贫困、拮据——贫瘠的田地仅供糊口,油盐钱从鸡屁股"抠"出来,孩子们的冬衣夏衫呢?只能自己动手了,从种棉花开始,采棉花、纺线、织布到浆染,都靠一己之力完成。织布是一项精细复杂的技术活儿,精明而好强的外婆是有名的织布能手,她织的布匀称平整。因名声在外,总有人把棉花拿来让她代为织布。这种代工不收费,以物换物,比如送四斤棉花来,取走一匹布,剩余的布即为工费,或者三斤棉花加一斗米换一匹布。困难时期,外婆的织布机还真为家里解了不少燃眉之急。

一株棉花变成可以裁衣的布匹是个漫长、复杂而精细的工程,在今天这一工程已经高度细分化、现代化,每道工序由不同的专业工厂完成,而当年所有工序都在一个家庭完成,虽然出产量不大,但其复杂的工序一样都不少。我记得,外婆家里除了庞大的织布机外,随处可见与织布机配套的纺车、锭子等器具,简直是一个"一条龙"的小型织布工坊。这些大大小小的织布器具都是自己请师傅打制。我外婆的织布时间全在"业余",她的"主业"是种地、照料一群孩子,在此之外,她所有的时间都在织布机上度过,我的几个小姨在成年之后偶尔也上机织布,但在我印象中她们总是三天打鱼两天晒网,而长年累月坐在上面的都是我外婆。小孩子是没有耐心的,我觉得一次布织完下机总是太过漫长。长期的耳濡目染，我也大致知道了织布的主要工序，而且有些工序我们小孩也能参与其中，但做不了多久耐心尽失，便跑开玩去了。

采棉、轧棉、弹棉就不去说它了，这是对棉花的前期处理，别人送到外婆家时就已经是处理好的棉花了。我见识到的第一道工序是搓棉条。我外公做得最多的就是搓棉条。轧松的棉花放在一个大包袱里，每次扯出一些，用一根细高粱杆做芯子，外面再包上些棉花，把它搓成圆条条就可以了。手搓的棉条长两尺左右，不要太长，也不要太短。搓好后，把高粱秆抽出来就行了。

下一道工序：纺线。坐在纺车前，右手摇动纺车，大轮子通过"皮带"带动小轮子，左手捏着棉条，棉条随轮子的转动抽出一根根棉线，棉线缠绕到穿在小轮上的光滑的纱锭上。纺线也是有窍门的，右手摇得不能过快，否则左手抽线容易断掉，要运转均匀，左手时近时远，如轻舞一般，样子优美。绕在锭子上的线团，大体上中间粗、两头尖，如红薯的形状。我们小时候很喜欢转动空的纺车，比赛谁转得快，但常招来外公的责骂，说把纺车摇坏了。

纺线之后是挽线。挽线比较简单，快速，就是把纱锭上线团挽成大麻花状的棉纱线，把纱锭套在一个竹筒里，转动挽线车，纱锭上的线很快转移到挽线车上，四到六个线团之后就可以取下，扭成大麻花状的棉花线即可。

下一道工序是浆线和晒线。我母亲很不喜欢吃那黏黏糊糊的稀饭，她说小时候家里经常浆线，煮那种黏黏糊糊的稀饭，米汤拿去浆线，稀饭给她们吃，那种稀饭不好吃，她吃怕了。把锅烧开，把大麻花线放到锅里，用米汤煮。这样做可以让棉线变得结实而柔韧，织布时不容易断线。线煮透后，再拿出锅来晾晒，将它晾干。

之后是倒筒。把浆好的大麻花线倒到用来织布的竹筒上。竹筒的直径大概三四厘米，长三十厘米左右。倒筒要借助一个单独小纺轮，把大麻花线上到小纺轮上，然后把小纺轮上的线头找出来，系在竹筒上，右手摇纺车把，纺车转动，竹筒跟着转动，那个框在小纺轮上的线就倒到竹筒上去了。倒这种竹筒，一般要倒几百个才行。

接下去是牵机上线。这一工序是怎么完成的我一点儿印象也没有了。据说这是一个复杂精细的环节,只有最聪明的妇女才能完成。也称为上经线,把棉线分成经线。牵线时,有一个较厚的木板,几米长,上面每隔几寸钻有一个小眼,可以插进一只筷子。这样的木板要好几根,一字长条地排开,上面得有大几百个眼子。牵线时,先把筷子插上去,再把倒好线的竹筒插进筷子里去,然后把竹筒上的线头子都找出来,然后向对面牵去。这个时候,机杼已经下下来了,第一遍是把线一根一根地穿过一个机杼上像笼子似的那个东西的缝儿。有多少个缝儿,就得牵多少根线,多少根线得一根不乱地穿过去。穿过去后,均匀在摆开,绑在已经下了下来的织布机后面的卷子上去。牵线时,用手执线必须保持平衡,否则牵出的线松紧不一,织布时就会被梭子打断。所以说这道工序的技术含量很高。

下一道工序:倒纬线。这里要提到梭子。梭子如一根小米蕉,精致小巧,中间掏空,可以放置小小竹筒,因长期在手中抛来抛去,梭子总是光滑油亮,很是好看。把棉线倒到小小竹筒上,缠绕上棉线的小小竹筒放置到梭子里就可以织布了。

之后是织布。抛梭、脚踏、手推的过程,将梭子纬线在经线里来回穿梭,脚踩踏板,翻转着织好的布匹。据测算,每米布需要来回穿梭 3000 多次。有个成语叫"光阴似箭,日月如梭",梭子总是快速地来回穿梭,时间很快就过去了,如果见识过手工织布机织布,就能形象地体会这个成语。我的几个小姨也常坐上织布机织布,但她们织的时间都不长,没有耐心,有时还遭到外婆的呵斥,因为她们没有耐心,脚踩踏板的速度要么快要么慢,不均匀,织的布不细密不结实。外婆说,手推挡板,推得重落得慢,布就紧;推得轻落得快,布就稀疏不均。布织得好坏,是外婆的名声,她很在乎,所以坐在织布机上的都是她。

最后一道是染色。织出来的布一般是白色——棉线的颜色,把白布放到染锅里煮,然后晾干。这种简单方式染出的布,容易褪色,或许就是我母亲说的"不好看"的原因吧。

"是刘是濩,为絺为绤,服之无斁。"这是几句让现代人有些为难的话，十二个字里就有五个生僻字。这几句话来自《诗经·葛覃》，距今大致2500年，今人的为难似乎可以理解，又难以理解——那个简单的年代有如此复杂的字句，而今天这个复杂的年代只有简单的字句。这几句话的意思是说，割藤蒸煮织麻忙，织细布啊织粗布，做衣穿着不厌弃。

意思简单似儿歌，因为它处在我们文化的源头，所以它传达给我们的信息却异常可贵：中国人使用织布机织布的生活至少可以追溯到2500年前。

西周时期的《诗经》、汉代的《史记》、南北朝的《木兰诗》等文字中都有对织布、织布机的美妙描述。比如《诗经·葛覃》上说："是刈是濩，为絺为绤，服之无斁。"意思是割藤蒸煮织麻忙，织细布啊织粗布，做衣穿着不厌弃。比如《木兰诗》中描述："唧唧复唧唧，木兰当户织。不闻机杼声，惟闻女叹息。"比如《史记》上引古语说："一夫不耕，或受之饥；一女不织，或受之寒。"

千百年来，时光总能让世代重复的生活细节抽象成某种"符号"。纺纱织布、缝补浆洗，早已成为中国妇女勤劳形象的动作隐喻，而女织男耕、桑麻满圃，则成为中国人田园生活的象征图景。女子织布——这个词有形象，有动作，有场景，是"符号化""意象化"的最佳对象。而那一架架原始古老的织布机，则是这个"符号"必不可少的道具和实物。

不过，这一切都成为记忆了。

外婆那架织布机拆解后，堆弃在柴火棚里，变成了一堆废物，任灰尘落满。在其后的二十多年里，外婆没再织布，但外婆一定经常见到那架织布机的"残物"，不知道她见到时会想些什么。

酒醒何处：魏晋酒事断想

一

如果把夏禹时期一个叫仪狄的人酿造的第一壶酒作为中国酒的起源的话，那么，酒在华夏大地上至少走过了4000年的历史，一部酒史几乎逼近于华夏五千年的文明史。史籍《吕氏春秋》《战国策》最早有："仪狄作酒""昔者，帝女令仪狄作酒而美，进之禹，禹饮而甘之"的记载，是为中国酒起源的文字佐证。

无论独享美酒，还是把酒庆祝，无论借酒浇愁，还是因酒祸事，千百年来，酒总是与人们的日常生活和个体内心情感纠缠在一起。但是有一天，酒挣脱了自身的物质属性，逃离了兴奋的个体饮者，上升到一个前所未有的高度——即成为一个时代的群体风尚和生存哲学，成为一个时代的主题词，成为后人进入一个时代的精神通道，那么酒就不仅仅是酒了，那么这个时代也就不仅仅是一个庸常的时代了。

这个与酒结下不解之缘的时代，叫魏晋；因为喝酒纵歌，因为酒醉放浪，因为风流自赏，这个时代诞生了一个专有名词，叫魏晋风度。

历史，有时犹如一部勾魂摄魄的悲情影片，轻轻地落幕却沉沉地敲打在观众的心上。魏晋便是这样一部影片。鲁迅先生说，魏晋的天空"悲凉之雾，遍被华林"。悲情、悲凉——一个时代为什么会如此？两个字可以概括：乱、愁。

魏晋是指东汉政权瓦解之后，魏到两晋的时期，也就是公元220年到公元420年。短短200年，便有二十几个大小王朝交替兴灭，也就是说平均每隔六七年便有王朝更替。有王朝更替，便有连绵不绝的战争，有战争便有死亡，有死亡，便有无尽的哀愁。历史学家说魏晋是中国历史上最动荡、最混乱、最黑暗的时期，这种说法一点都不夸张，可谓兵荒马乱、灾连祸接。

所以，在战乱、哀愁的现实土地上，魏晋天空笼罩着悲情、悲凉的云雾。

任何事物都有其两面性，任何一个极端都伴生另一个极端。战乱、哀愁的另一面是群雄并起、英雄主义行天下，悲情、悲凉的另一个极端是思想解放、个性张扬。时光总会暗淡哀愁，流年也会老去英雄，当一切走远之时，在魏晋时代夹缝间生存的士人文人们，却用自己的清谈、服药、饮酒等外在行为，成就了内在的率性至真、慷慨任气，追求绝对自由的"魏晋风度"。

魏晋过去将近1600年了，在今天，当人们重新回味那段缥缈如烟的历史时，战乱与哀愁的场景很难被再次想象，而心中留存的对"魏晋风度"向往的火焰总在默默燃烧——这向往，并非因为嗟叹当前现实对魏晋自由精神的缺失，仅仅是因为自身内心的某种朝圣；而这向往的火焰的燃烧，一定是因为那个时代，那些人物，那些清谈，那些药物，那些轶事，当然更重要的是那些酒，做了人们心中的助燃剂。

1800年前，一切都曾鲜活地演绎着。

大约在公元200年左右，汉帝国大厦开始土崩瓦解，集中体现儒学教条的名教日益暴露出虚伪苍白的面孔，不妄之徒借仁义以行不义，窃国大盗借君臣之节以逞不臣之奸。人们突然发现，除了自身的生生死死之外，过去一直恪守的儒家道德、操守，统统都是假的，人们开始仰慕人内在的气质、才情、个性和风度。

于是，我们看到魏晋士人一个个登场：阮籍手持鹿尾，宽衣大袖，嘴角露出讥世的微笑；山涛赤袒上身，抱膝而坐，背倚锦囊，双目前视，表情深沉；刘伶双手捧酒杯，回头作欲吐状，一位侍者手捧唾壶跪接……

他们奇装异服，我行我素，觥筹交错，困酣醉眼，他们毫不掩饰地炫耀自己的才华，他们从容应接明丽澄净的山水。一句话，他们向内发现了自我，向外发现了自然。为了亲近自然，彰显自我，酒成了他们抵达彼岸载船之河，甚至大有"天子呼来不上船，自称臣是酒中仙"的盛唐气概了。酒，与这群人结下了妙不可言的缘分。

被文学史家称为"后英雄时代"的魏晋，英雄主义的冲动与对生死焦虑的超越，像划过空中的一条彩链，穿南北之史。一代枭雄曹孟德，无疑是这条彩链上最令人眩目的链珠。他"鞍马间为文，往往横槊赋诗"，气韵沉雄地吟咏道："对酒当歌，人生几何！譬如朝露，去日苦多。"酒，成为英雄渴求功业与嗟老叹岁的一种意向指归，成为英雄激情蔓延与自我爆发的"点火石"。

曹操这一吐纳建安风骨的吟咏，揭开了魏晋这一方酒窖的缸盖，从此芳香四溢……

二

其实，远在竹林诸贤之前，名士们就经常"樽中酒不空"了。

"建安七子"之首的孔融，生性好客，家中每日宾客盈门，但他时常慨叹道："座上客常满，樽中酒不空，吾无忧矣。"这口气就是说，家里酒水开销过大，时有"樽空"之愁，事实也是如此。恰好这年，战事频繁，加之农民收成紧缩，天荒兵饥，为了节省谷梗，曹操颁布了禁酒令。

可这位"汉末孔府上"的"奇人"频繁上书，为饮酒辩护，且措辞激昂，明白指说："与其说是惜怜谷物，不如说是害怕自己失王为寇。"曹操说酒可以亡国，非禁不可。孔融又反对他，说也有以女人亡国的，何以不禁婚姻。绩嫌成忌，终落至枉状弃市。孔融后来虽然被曹操加以"败伦乱理"的罪名而杀害，但个中缘由谁又能否认不与这"酒辩"有关呢？

事实上，曹氏父子也是饮酒的。曹操《短歌行》言："何以解忧，唯有杜康"；曹植《箜篌》引言："置酒高殿上，亲友从我游……乐饮过三爵，缓带倾庶羞。"问题是我们无从知晓，曹氏父子颁布禁酒令时，自己是否以身作则，率先垂范？

魏晋饮酒之风的盛行虽然始于汉末，但酒真正成为名士们生活的全部或者说生活中最主要的特征，是在竹林诸贤出现之时。他们不仅对酒的消耗量大，沉溺的情形弥深，而且流风所被，竞相效法，影响也是很大的。

阮籍作为竹林七贤的杰出人物和精神领袖，不拘礼法，谈玄饮酒，也是出了名的。阮籍母亲刚刚去世不久，一次在晋文王司马昭的座上，饮酒食肉，无所顾忌。司隶校尉何曾在坐，很看不惯阮籍的吃相，便对司马昭进言道："明公当今以孝道治理天下，而阮籍身居重丧，竟敢公然在明公座上饮酒食肉，于礼何有？此人宜遣之流放海外，以正天下风俗教化。"何曾与阮籍有过过节。借礼法进谗言，看来何曾就不是什么好东西。

司马昭听了，不以为然道："阮嗣宗性本至孝，居丧毁顿如此，君不能与我共为他担忧，怎么还会说出这种话来呢？况且在居丧期间如果患有疾病是允许饮酒食肉的，这本就符合丧礼！"

阮籍好像没有听见何曾与司马昭的对话，饮酒食肉不停，神色闲定自若。

更令人叹为观止的是，阮籍一次出仕为官步兵校书尉，其理由是闻步兵"厨中有贮酒数百斛"，待厨中贮酒饮完，他也就自卷铺盖谢官逍遥去了。

酒本来是亲朋知己在筵席上为尽兴致的一种欢乐物，可是魏晋饮君子嗜酒的种种行径，却成了他们对抗虚假礼法的隐身符。魏晋易代之际，司马氏不敢要求大臣们尽忠，因为他就是篡夺曹魏的不忠之人，只敢要求大臣们尽孝。但如果真要以礼法正天下风俗教化，司马氏又是首犯。在一旁进谗的何曾也不是一个响当当的礼法之士。

阮籍之所以"饮酒食肉不停，神色闲定自若"，是因为他揣摸到了司马昭的这种心理劣势，以饮酒食肉的几分佯狂，故意与礼法对抗。《晋书》上记载："魏末阮籍，嗜酒荒放，露头散发，裸袒箕踞。"更可看出阮籍对伪善的名教予以彻底的嘲弄、示威。

三

当然，我们要谈魏晋的酒文化，是无论如何绕不过这位醉乡的大师——刘伶的。

据说有一次，刘伶酒病发作，人渴得非常厉害，便向妻子讨酒来解渴。妻子见他酒病成这个样子，还索要酒饮，一气之下便把酒泼了，酒器也给砸了。妻子满面泪流地劝刘伶道："夫君你饮酒太过头了，不是摄生长命之道，一定要把酒戒掉！"

刘伶听后平静地说道："你说得很对很好。但我怕不能自己戒掉，最好是在鬼神面前发个戒酒的重誓，你快点替我把祭神的酒、肉准备好。"

妻子听后，深为高兴，回答道："敬遵君命。"很快便在神前供奉好酒肉，请刘伶自己来神前对神发誓。刘伶恭敬地跪着道："上天生降我刘伶，因以喝酒为性命。一次喝它一觥酒，五斗喝尽方除病。妇道人家之言语，慎之又慎不可听。"祝誓过后，欣然喝酒食肉，颓然又入醉乡矣！

以好酒与阮籍交厚的刘伶，采用哄骗的手腕骗了妻子一顿酒食，以解酒病，酒对于刘伶来说，俨然成了他生命的一部分。他很少写文章，竟然写出了一篇《酒德颂》来颂扬酒之妙处，其中有云："止则操卮执觚，动则契榼提壶，惟酒是务，焉知其余。"看来，刘伶对酒别有寄托。我们在《世说新语·任诞》篇中看到，"刘伶恒纵酒放达，或脱衣裸形在屋中，人见讥之。伶曰：'我以天地为栋宇，屋室为裈衣，诸君为何入我裈中。'"

当时的名教用一副伦理的僵壳把人性的自由禁锢起来，把有血有肉的人变成一种非人的伦理的抽象物。而阮籍、刘伶辈用纵酒裸露的行为朝向礼法之士虚伪苍白的面孔，期冀以个体的行为"越名教而任自然"。

酒之所以悲剧性地成为仕人们礼法的工具，实质上，是社会情势所逼。当时政治腐化，社会混乱，道德沦丧，正如王瑶先生所说的，一个名士，一个士大夫只有两条路可走：一条是如何晏、夏侯玄似的为魏室来力挽颓残的局面，一条是如贾充、王沈似的为晋作伏命功臣，建立新贵的地位。这两条路，竹林诸人心知肚明，二者皆不可为，为了免于政治上的迫害而又独尊自由个性，只有韬晦沉湎于酒中，麻醉自己，终日酣畅，不问世事。

说到魏晋时期酒兼有远祸避害的功能，使人想起《晋书·阮籍传》所记载的一则趣事：当司马昭为司马炎向阮籍提亲时，阮籍不同意这门亲事，但拒绝又容易招来祸害。于是阮籍便大醉六十天，使司马昭一直没有开口的机会，只好作罢。

酒犹如一层烟雾，蒙住了司马氏的眼睛，虽然保全了阮籍等人的性命，但他们内心的痛苦却是无法比拟的。纵酒是一种挥霍行为，既是挥霍对象酒，也是挥霍饮酒者自身，自我失去了对自身的控制，已意识不到自己的存在，自我被酒销蚀掉了。

从原始人类到今天，人们的一切活动，归根到底无不是为了争得更长久的生存时间与更广阔的生存空间，这大概也是人类心理世界中一种最基本的本能意识。在政治风云如此突变、价值体系如此荒废的魏晋，阮籍、刘伶哪里还能争得长久的生存时间和宽广的生存空间？渴求自由的理想如绚丽的泡影幻灭之后，剩下的只是对生命长短的焦虑和对主体缺失的懊恼。

四

刘伶去世约100年后，历史演进到晋宋变易的时候，中国文学史上出现了一位伟大的诗人，他就是陶渊明，田园诗的创始人。就所处的外在社会政治环境和内在思想境况，陶渊明与阮籍有相同之处，二人对酒的嗜好，也可算一知己。

顺带说一句，我在华中师大读书时，我的古代文学老师戴建业在业内素有"陶渊明研究专家"之称，他对陶渊明的解读让我至今记忆犹新，尤其让我沉醉的，是他对陶渊明饮酒的分析，他认为在魏晋饮者中只有陶渊明才深得酒中真趣，这真趣是，畅饮时的真性情与淡然生死的生命境界融为一体。我对陶渊明饮酒的看法均来自于我的老师戴建业先生。

陶渊明自称"性嗜酒"，他把酒抬高到了和自己生命等同的地位："在世无所须，惟酒与长年"。生前他以"家贫不能常得"酒而遗憾，还断言自己死后也会因在世时"饮酒不得足"而抱恨。据说在彭泽做县令时，他将"公田悉令吏种秫，曰'吾尝得醉于酒足矣！'妻子固请种粳。乃使二顷五十亩种秫，五十为种粳"。

有人做过统计，他现存一百四十二篇诗文中，有近六十篇直接或间接涉及饮酒。难怪那位梁太子萧统说"陶渊明诗，篇篇有酒"了，虽说夸张了点，但也不无道理。

写到这里，我们不难发现，在孔融、阮籍、刘伶那里，酒只和他们的生活发生了关系，他们饮酒所得的境界只能见于他们放纵任达的行为，虽然这种行为会影响到诗文，但毕竟是间接的。而陶渊明却把酒和诗直接联系起来了，酒中有诗，诗中有酒，酒不仅成了他艺术生命的催化液，而且成了他艺术创作的题材来源之一。我只想掬取他诗歌创作大海中的一抹浪花："忽与一觞酒，日夕欢相持"，"虽无挥金事，浊酒聊可恃"，"愿君取吾言，得酒莫苟辞"……

陶渊明饮酒与阮籍、刘伶等饮客是有所不同的。陶著《五柳先生传》中有这样一节："性嗜酒，家贫不能常得。亲旧知其如所，或置酒而招之。造饮辄尽，期在必醉；既醉而退，曾不吝情去留。"

陶渊明饮、醉、去、留的行为绝不是对自己思想和感情的掩饰，而恰好是自己生命真性的坦露与揭示，从内心到外表都晶莹剔透，有如山涧透明无碍的清泉，他的饮酒就不同于阮籍、刘伶辈饮酒时的烦躁与荒放。陶渊明从内心到外表所抵达的澄明之境，是以对生命的豁达为前提的,也就是说陶渊明的饮酒已经超越了对生死的恐惧和焦虑了,他从酒与诗融结的艺术生命中,统一了生存的自由时间与广阔空间,抵达到无我无旁的境界。

我们不禁会问,魏晋酒事到陶渊明这里,为什么会变得如此平静而悠远无穷呢?鲁迅先生为我们做了精妙的解释,鲁迅先生说,"再至晋末,乱也看惯了,篡也看惯了,文章便更和平。代表平和的文章的人有陶潜。他的态度是随便饮酒,乞食,高兴的时候就谈论和做文章,无尤无怨。……他的态度是不容易学的,他非常之穷,而心里很平静。家常无米,就去向人家门口求乞。他穷到有客来见,连鞋也没有,那客人给他从家丁取鞋给他,他便伸了足穿上了。虽然如此,他却毫不为意,还是'采菊东篱下,悠然见南山'。"

毫无疑问,魏晋酒文化,发展到陶渊明这里,渐进极致,掀起了整个中国酒文化的第一个高潮。

一个"后英雄"竞逐的时代,诞生了一群令人咀嚼不尽的奇人,隐匿了一方深埋1600年的酒窖,这——就是魏晋。

股市是人性的跑马场

何为人性？简言之，就是人的七情六欲——七情：喜、怒、忧、思、悲、恐、惊；六欲：色、声、香、味、触、意，即眼要观、耳要听、鼻要闻、舌要尝、身要触、意要想。七情是心理动态，六欲是生理需求，一内一外，一动一求，说尽人之本性。这人性好比一匹野马，时而温和时而刚烈，很多地方都是它的跑马场，我以为，能让它淋漓尽致地撒野的，是股市。

我妻子炒股，我在岸上帮忙或者帮闲。所谓帮忙、帮闲，就是提供资讯，兼带评股荐股，像电视上那些煞有介事一本正经实则信口开河的股评家那样，我为我妻子的前台操作提供后台服务。比如妻子问这只股怎样。我说行业是夕阳行业，不值得冒险。妻子问那只股怎样。我说明星企业明星董事长正闹绯闻，行情会下来，可以进。等等。

妻子不抹我面子，尊重我的意见，但每次征战都是铩羽而归，总是亏，所以我的岸上服务，没什么成绩可供夸耀，有时越帮越忙，有时越帮越闲。其实我对股市一窍不通，也是信口开河，还好我懂得"炒股便是炒人"的道理，说股市怎样，说哪只股怎样，其实是说这背后的人、人心怎么样，所以我也说得头头是道，说得人模狗样，而心不虚。慢慢地，我威信扫地，妻子不再咨询我，咨询我是亏，不如不咨询我，此后据她说，自力更生，成绩还不错。

我算不上股民，充其量只是"股民帮手"，不懂股市，但我对

"股事"颇为上心。不上心,不知道,一上心,吓一跳。"股事"之奇、怪、险、狂,真是让人瞠目结舌,取材下来,无须编造,可以直接拍一部惊悚恐怖大片——"股事风云"。

这"风云"里,有人前天在地狱,昨天在天堂,今天成为传奇。此话怎讲?一散户,卖掉房子炒一只股,家无定所,妻离子散,没曾想,过一夜,那只股从两元多一下子蹦到十多元,一天净赚500万,此人却茫然不已,说不知是高兴还是心酸,有了这些钱,其他什么都没有了;有人则相反,昨天在天堂,今天在地狱,明天成为悲剧。一老股民,炒股二十几年,未曾失过手,一次失手,断送了他二十几年的积蓄,想不通,觉得在"股友"面前面子挂不住,从十楼一跃而下。这"风云"里不仅有悲剧、喜剧,还有奇剧、怪剧。一小年轻,喜欢逆熊市而上,许多人不敢出手时,他从四万加到近百万,屡屡斩获,年终盘点时进账八十多万,他的怪招是,做超超超短线,即当天买,第二天卖,卖了当天买入,第三天卖出,涨几分钱抛出,绝不留恋,跌几分钱坚决斩仓,也绝不留恋,可谓怪;也有奇的,股神巴菲特8岁开始炒股,咱们中国的一对从事证券业的夫妇崇拜巴菲特,为自己7个月大的儿子开设了炒股账户,该婴儿成为中国年龄最小的股民……有人在这里暴富,有人在这里扬名,有人在这里丧命,有人在这里心焦,有人在这里妻离子散,有人在这里声色犬马,有人在这里慨叹,有人在这里悟道,"股事"风起云涌,一言难尽。

我们不禁会问,是何方神圣赋予股市如此大的魔力,让人为之神魂颠倒、欲罢不能,甚或抛头颅洒热血?其实答案并不复杂,一切皆因"钱"。最早的股市诞生于1602年的荷兰,同时期的伟大剧作家莎士比亚不仅在他的剧作中写到了股市的雏形——《威尼斯商人》里的富商安东尼奥向朋友借钱投资并许诺如果还不上割下身上一块肉——而且在他的剧作《雅典的泰门》,中揭示了金钱的魔力:"金子,黄黄的,发光的,宝贵的金子!只要一点点儿,就可以使黑的变成白的,丑的变成美的,错的变成对的,卑贱变成尊贵,老人变成少年,懦夫变成勇士……"本质上说,股市的魔力就是金钱的魔力,只不过股市为金钱的交换搭建了一个金碧辉煌的场子,人们在这个场子里进进出出，像玩游戏一般沉迷其中，像探险一般惊险刺激，像乘过山车一般起起落落。

久而久之，这个场子犹如宇宙中的黑洞一般，体积越来越大，能量越来越大，将人世间的种种"场"——名利场、心气场、娱乐场、奋斗场、冒险场等——全都吸附到自己周围，成为一个超级"场"，股市就是这样一个超级"场"。

在这个"场"里，人性这匹烈马尽情撒野。

佛说，人有三毒：贪、嗔、痴。三毒中贪为首。股市里，贪是毒药，但多数人都会饮下它。一些股民，一年365天，天天满仓，心情来回坐电梯，赚了舍不得出，大盘六千点了想着八千点，今天涨了期待明天还会涨，一个字——贪；赔了也不出，总想明天会回来，明天还是继续赔，心想后天会回来，还是那个字——贪。损失终于惨重了，懂得了"贪"的恶果，但再战江湖时，还是贪。这就是人性。

人的"七情"里有悲、喜，有恐惧，关于此，宋代范仲淹有句名言："不以物喜，不以己悲"，美国股神巴菲特也有句名言："在别人贪婪的时候恐惧，在别人恐惧的时候贪婪"。名言之所以成为名言，是因为做不到，这两句话在股市里仍难做到。比如，你从五只候选股票中挑选了一只，结果第二天，另四只股票都大涨，就自己买的那只股票大跌，以至辛苦一个月赚的被最后一只股票全部摧毁。你能不悲、甚而嗔吗？嗔就是佛说的愤怒的意思。再说贪婪和恐惧，身在庐山中的时候，谁又能识庐山的真面目呢？该贪婪该恐惧的时刻，实在难把握。

赌把、撞个大运是人的天性，股市更是纵容和放大了这种天性的，因为股市乃冒险者的乐园，可以不劳而获，可以一夜暴富，可以惊险刺激，谁又愿意把自己可怜的几个鸡蛋分放到不同的篮子里呢？谁又不想赌一把、撞个大运，一夜成名天下知呢？不仅大鳄在赌，小小的一个散户也是如此，赌和撞大运是一棵树，根植在多少股民心中的。

股市终究成为多少股民的伤心地，人们欲哭无泪，因为人性这匹烈马在股市中实在难驾驭，所以有人调笑说，只要你是个正常人，你就避免不了在股市中留下一个孤独、落寂、哀叹的背影,股神巴菲特全世界只有一个,而且是一个非正常的人。

　　哀叹之后,总会有些关于"股事"的总结,什么"机会是跌出来的,风险是涨出来的"、"绝处逢生,熊市无底,牛市无天";什么"小富由己,大富在天"、"人在炒股,股也在炒人";什么"逆反行为和从众行为一样愚蠢";什么"独立思考,不言放弃"……其实,话说到这里,已经不是在总结股市,而是在总结人生,总结人性了。

艺术的敌人和朋友都是时间

我一直有读画和读画家传记的习惯，前不久读到了丰子恺编著的《凡·高生活》一书，讲述凡·高的生活和他的艺术故事，书里边还插有凡·高的画，凡·高的画和故事让我一如既往地感动，凡·高已经被无数人谈过了，似乎意犹未尽——大师留给人们的总是如此——所以，我也想谈谈凡·高。

一、艺术的敌人是时间，艺术的朋友也是时间。

丰子恺先生编著的《凡·高生活》（原名《谷诃生活》），1929年11月由上海世界书局出版，84年之后的2013年，此书重新出版。此时，距作者丰子恺先生去世38年。书的面目变了，由繁体竖排变为简体横排，插入凡·高大量画作，译名改为如今通用译名，没变的是丰子恺的文字。书中所述对象——凡·高和他的那些画作，距今也已120多年了。

今天的我们读这本书，一是读丰子恺隽永的文字和他独到的见解，二是读凡·高的生活和他的艺术世界。无论我们从这本书里读到什么，但有一份奇妙存在：这么多年过去了，一本小小的民国时代的书，穿越几十年的时空距离来到另一个时代，还有再版重新被人阅读的价值，不能不说是一种奇迹。84年，多少文字，多少书灰飞烟灭，而这本《凡·高生活》留了下来。这恐怕是所有的艺术都渴望获得的一种幸运吧。

艺术与时间，是一对摔跤手，它们是"不打不相识"的关系。如果时间把艺术打败，它们将成为敌人，艺术也将成为伪艺术，被时间抛弃；如果艺术把时间打败，艺术和时间将会成为一对亲密朋友，艺术也将成为真正的艺术，与时间一起永存下去。

没有一个艺术家或作家不愿意自己的艺术成为时间的战胜者，所以在有些场合，比如文学研讨场合，总能听到这样的声音："我的作品是写给五十年、一百年之后的读者读的"、"五十年、一百年之后再看吧，我的作品还活着"……说这种话的人是带有底气的，相信自己的作品可以打败时间。而拥有这种信心的有两种人：一种是天才，比如凡·高，生前的价值不被人认识，他用最终打败了时间的作品来为自己获得声誉；还有一种是蠢材，自高自大者，作品不行，活着得不到重视，用时间来给自己开脱，其实百年之后，他自己也死了，在场听到这话的人也死了，谁知道是否还有人读他呢。

艺术与时间的对垒终究是残酷的，所以凡·高就说："我认为这是伟大人物经历中的一幕悲剧……他们往往在作品被公众承认以前就死了；在他们活着的时候，他们遭受着为生存而斗争中的障碍与困难的不断压迫。"但凡·高对自己作品的遭遇却全然不介意，丰子恺先生写道："他并不因了俗众的不理解而失望，也不因了商卖的美术界的屏斥而灰心，毕竟他是有实际的精神的根据的。"——凡·高说我的内心仍然是安静的，是纯粹的和谐与音乐；我的最大的愿望是创造美的作品。

凡·高相信时间。"我的艺术是献给未来的。"他说。

二、是把艺术当饭吃当命活，还是把艺术当玩意当名片，是一种态度。

每一个伟大艺术家的成功都不可复制。凡·高的成功也不可复制。因为伟大都是独一无二的。但是，如果你要成为一个艺术家甚至伟大的艺术家，对待艺术的态度是可以复制的。

凡·高对待艺术的态度，是把艺术当饭吃当命活，他说"如果不作画我就会疯掉"，他的艺术与他的生活、生命互为等号，不分彼此，凡·高是这一态度的极端的例子。丰子恺先生在"序"里边说："凡·高的全生涯没入在艺术中。他的各时代的作品完全就是各时代的生活的记录。"的确如此，他走到哪里画到哪里，遇到什么人画什么人，前提是这些物这些人均与他的生活、生命发生过交集，比如他的佳作《唐吉老爹像》的唐吉老爹就是凡·高感激的人，比如他笔下的太阳、麦地、向日葵，那是他内心的激情在蓬勃燃烧的样子。

凡·高在27岁之前尝试过多份工作：画店学徒、福音传教士、教师，他想养活自己，但都不如意，不是别人炒他鱿鱼，就是他炒别人鱿鱼，他心在绘画上，割舍不了。27岁之后，他不再从事其他工作，专事画画，但画画并不能养活自己，他靠父亲和弟弟提奥接济，勉强维持生计。他一直在日常生活与绘画生命之间苦苦挣扎，他可以把生活过得很糟糕，但他从不放弃自己的另一半生命——绘画。到37岁自杀，十年间他留下了2000余幅杰作，如此算下来，他几乎每天都在作画。这是何种的一份热爱啊！

是把艺术当命活成就了凡·高的伟大，还是艺术天分成就了他的伟大？这个问题，没有答案。

但是在今天，有一个现实是，把艺术当生命的艺术家越来越稀有了。曾经，在我们文学成为朝圣对象的1980年代，有一些诗人是把诗歌当饭吃当命活的。有一个"朦胧派"的诗人是一个电厂工人，写过几首广为传抄的诗歌后，到北京参加了首届青春诗会，返原籍后工厂通知他去上班，他说："没有听说诗人还上班。"此后他一辈子以诗歌为生，与清贫潦倒相伴。

在这个为自己活着的时代，我们是否活得太过精明，太过看透一切，一心想着只要把自己短短的一辈子过得风不吹雨不淋，过得知足常乐，至于是否平庸乏味，是否得且过不在思考之列。一个追逐物质与权力的时代，它的艺术家是不会轻易为艺术而活的，在这样的时代，一个艺术家要过得滋润无比，过得随波逐流，真是太容易了，谁愿意为了艺术去"苦其心志，劳其筋骨"呢，所以，那些卓越而伟大的艺术也因为艺术家的少执着、少狂热、少专注而远离他们。我们知道，伟大的艺术来自作品与艺术家全部生命的合二为一。凡·高是如此，卡夫卡也是如此。

不是说艺术家就该固守清贫困苦，艺术家也可风光无限，但是对待艺术的态度，应该是专注、专一，不妥协、不满足，为了艺术，该舍弃俗世的快乐还得舍弃，该下地狱还得下地狱，像凡·高那般把艺术当命活。

做艺术是要有所牺牲的，尤其是做真正的艺术，凡·高为艺术做了高贵的牺牲，这或许是大师诞生的前提。

三、艺术之难，难在有生命力，难在有热情的永不熄灭的生命力。

人为什么需要艺术？

因为人是有生命力的，他需要与另一种同样具有生命力的对象物对话、交流，而艺术是另一个自己，是人的对象物之一，所以人需要艺术。丰子恺说"学艺术是要恢复人的天真"，也有类似意思，是说艺术里藏着人的天真之本性，人要从艺术里找寻本真。

那么，艺术便有了高下之分：有生命力的和无生命力的。这与丰子恺先生的说法一脉相承，他认为"古来艺术家有两种类型：其一，纯粹是一个'艺术家'或'技术家'……其二，不仅是一个艺术家或技术家而是一个'人'"。所以，有生命力的艺术是事关"人"的，人的苦恼、忧愁、奔放、欢喜等情感都在艺术里呈现出来；而无生命力的艺术里也许有"人"，但人是僵硬的、固化的、无生机的。

比方说，同样是描绘炎阳下向日葵，凡·高的向日葵勃发着热情的永不熄灭的生命火焰，但是诸多模仿者的向日葵，尽管无比形似，颜色也鲜亮，就是很难感受到那种燃烧的生命力。这是伟大艺术与庸常艺术之间的差别，这种差别造成了艺术的难度。艺术之难，难在有生命力，有那种热情似火的永不熄灭的生命力。

19世纪后期的欧洲艺坛被冷静、客观、僵化的现实主义笼罩，"画家似乎只有一双眼睛而没有头脑。只知照样描写眼前的形状、光线，与色彩，而没有一点热情的表现"（丰子恺语），无论自然主义还是印象派均走入了"冷冰冰的客观记录"的山穷水尽的地步了，那些与人生无关、缺乏情味、肤浅的艺术正在被世间所厌倦。此刻，一道为世人所忽视的闪电划破欧洲艺坛的沉闷天空，这道闪电就是凡·高——他带来了现代意义上的有生命的艺术，它深刻、刺激、深入人心的精神。尽管，那个时代的所有人冷遇他、拒绝他，但时间没有拒绝他，他不仅将生命力带入欧洲绘画，而且为伟大的艺术开辟了一条新的道路。

那么新问题来了：凡·高的画面是如何拥有这种神奇的生命力的呢？或者说，人的内在精神是如何经由客观的外在的画面来呈现的呢？这个问题如谜一样令人费解，同样是线条、造型、色彩，为何有的艺术品可以看到生命力，而有的则看不到？如果我们纯粹将这一问题的答案归结于"感觉"，那无疑就进入审美的"虚无"境地了。事实上，在凡·高充满生命感的画面中，我们发现，那些可见的线条、色彩与不可见的精神之间建立了某种独特的联系，他的线条飞舞如波浪般急速流动、色彩热烈灿烂、表现法单纯、画风粗暴，每一笔线条，每一块色彩都是一种情感的暗示。尤其当金黄的太阳和麦地成为画家的象征体时，他胸中勃发的生命力真正地与外在的形式建立了永恒的联系，这就是凡·高的原创意义和不朽之处。

用恰当的线条语言和色彩语言创立自己独特的生命象征体，并毫不掩饰自己内心的情感，这也许是绘画拥有生命力的原因。所以凡·高说："一个人绝不可以让自己心灵里的火熄灭掉，而是要让它始终不断的燃烧。……你知不知道，这是诚实的人保存在艺术中最最必要的东西！然而并不是谁都懂得，美好的作品的秘密在于有真实与诚挚的感情。"

四、艺术家从来没有病态的，只有病态的时代和病态的眼光。

凡·高去世124年了，他疯癫割耳的怪诞行径和他伟大的艺术一起，被一代一代人津津乐道，以至于人们得出可笑的结论：伟大的艺术家都是疯子，都是病态的。

如果你真正走入凡·高的内心世界和艺术世界，你会发现：凡·高是一个内心安静、充满爱和真诚的艺术家，而非病态的艺术家。

没错，凡·高患过癫狂病，在他生命的最后三年里，他的精神崩溃过三四次，并且在1888年第一次崩溃时与自己同为画家的好友高更发生冲突，做下荒唐事情——割下自己的部分耳朵，用纸包裹送给妓女拉谢尔。但我以为，犯病是凡·高作为一个"人"的遭遇，谁不害病呢？精神病院也不是为凡·高一个人所开设。犯病之后的凡·高大部分时间是清晰的，他知道自己出了问题，需要休息，在精神病院，他是安静的，他积极配合医生的治疗，病情一旦稳定下来，他就向往画布和颜料，渴求在绘画中寻找自己的幸福。这是一个普通精神病人的作为。

人有病，天无言。而作为艺术家的凡·高，他的艺术是健康明朗、热情奔放的。他画《窗边的织布工》《食马铃薯的人们》表达他对劳动者悲苦命运的忧虑；他画《阿尔的吊桥和洗衣妇》《拉克罗的收获景象》表达他对自然的礼赞和丰收的宁静喜悦；他画《瓶中的十五朵向日葵》《圣保罗医院后的麦田和收割者》表达他的生命热情……他的艺术里看不见半星病态，反而绘画让他沉静，感到安全，他把精神的苦难变成艺术的节日。

但是，凡·高是一个性格上有缺陷的人，他固执，自我为中心，奔放，易激动，丰子恺先生认为"他不会处理现实生活，没有冷静的判断所致。他只信任自己的善，直道而行，不顾及他人"。他的癫狂病与他的性格有关之外，还与他长期的孤寂、清苦和屡屡受挫的感情生活有关，当然还与他视若生命的绘画这一繁重的精神劳作有关。他生命中的后十年，作画2000多幅，他常常从早至晚整日作画，有时夜间也继续工作，他不断地走向精神深处，越走越深，"他的肉体本来羸弱，不能胜任精神的驱使。其精神与肉体常常不绝地抗争，以致内外两力失却均衡，招致了破灭的危机"。我赞同丰子恺先生的这种分析。这是凡·高精神崩溃的根本原因。

艺术家从来没有病态的，相反，有病态的是艺术家所在的时代和看待艺术家的眼光。凡·高所在的时代并没有理解他，接纳他，那个时代"相当普遍地存在一种怀疑、旁观、冷淡的精神，虽然一切看起来都很活跃"（凡·高语），它置一个伟大的艺术家处于不利的状态。还有那些不待见他的民众和画商，他们拒绝他，瞧不起他，甚至签名驱逐他离开给了他诸多创作灵感的地方，这让画家不止一次地受到活着的恐惧和凄怆。病态的时代和病态的眼光让一个伟大的艺术家精神崩溃，1890年，他举枪将子弹射向自己，生命定格在37岁。

有人说，如果凡·高过得幸福些会怎样呢？我们知道，世间没有如果。无论怎么说，凡·高将短暂的一生全部交给艺术，艺术毁灭他的同时也让他在艺术中永生，这就是一种幸福了。

五、一切艺术的成果都是金字塔的，艺术家与艺术家的心是相通的。

人们爱把一些著名的雪山称为圣山，是因为它高耸云天，神秘莫测，因为它美。艺术也是如此，一切艺术的成果都是金字塔的，处于塔尖的艺术如这圣山一般，光芒四射，美妙无比。

对艺术的分享者来说，越是塔尖的艺术，美的震撼力越强；越是感受过塔尖的艺术，对艺术的要求越苛刻。古话说："曾经沧海难为水，除却巫山不是云。"

但对艺术家来说，处于塔尖，高处不胜寒，得到理解总不会那么容易，要历尽波折，要曾经沧海，凡·高的际遇便是如此。凡·高活着时，欣赏他的不超过四个人：总是给不幸的美术家提供帮助的小画商唐吉、曾与凡·高一同学画的画家贝尔纳、当时名气比凡·高大的高更以及他的弟弟提奥。凡·高的画挂在商店里无人问津，除了有人找他定制过一些风景画之外，据说他生前只卖出过一张画，那张画被一个俄罗斯商人花400法郎买走。

凡·高死去后，世界仿佛一夜间理解了他，他作品的复制品遍播各地，画价飙升。凡·高经常找他的弟弟要钱，他提议他的弟弟把他寄去的画作据为己有，从而能把弟弟每月寄来的钱视作自己赚的钱，他还写信告诉他的弟弟，他所有的油画和素描都是弟弟的财产。那时当一文不值的画家这样说时，不知他的弟弟是否相信这是一批天价财产。

如今，越来越多的人被凡·高征服，他的艺术如圣山一般立于人间，打动着人们，他的生命与艺术融为一体的故事，令人感慨。但是对他的深入理解并没有停止，在全世界，写凡·高的传记不下十几种，关于凡·高的电影、纪录片也有多种，有的洋洋洒洒，有的条分缕析，各有千秋。

就我读到的丰子恺先生的这本《凡·高生活》来说，是一本好极了的凡·高传记，文笔极简传神，如素描一般勾勒出了凡·高短暂而炽烈的生命与艺术。丰子恺是一位出色的艺术家，他与凡·高风格迥异，如水，含蓄包容，温和动人，但凡·高，如火，奔放激情，毫不掩饰，如水的风格来叙述如火的生命，正因为如此，我们才看到了一个更加接近凡·高的凡·高。

我相信，艺术家与艺术家的心是相通的。

天一信局传奇

一

眼前的景况提醒我，记忆远比几座建筑留存的时间要长久。

这里是中国首家民间侨批局，亦称大清第一民办邮局——天一信局的旧址所在地，漳州龙海角美镇流传村。村子的小巷深处，有三座中西合璧式建筑：北楼、陶园、苑南楼。西洋拱券式外廊与闽南民居相结合，气派而精巧。这三座体量巨大、建筑考究的"豪宅"连成一片，构成了天一信局当年的商业运转中心和生活居住中心。北楼是天一信局的业务办公大楼，苑南楼、陶园是居住楼和后花园。

百年后的今天，那个忙碌、繁华的小型邮政帝国早已不复存在，这些"豪宅"日渐沉寂，衰败下来，它们被高矮交错的乡间楼房和厝屋包围着，如一位迟暮的贵族老人被一群顽劣的乡间野孩子围绕。

时间在这里界线分明。一边是历经百年风雨的欧式洋楼，一边是民居小厝；一边是古旧斑驳但气势犹存的廊柱和西式山花，一边是簇新的现代钢窗和门户；一边是蛛网暗结的沉寂，一边是市井烟火的热闹，这就是一个曾经辉煌的"邮政帝国"与一个闽南侨村的"传奇"景观。

毫无疑问，这些建筑正在衰败，墙皮剥落，浮雕损毁，众多无人居住的房间霉味弥漫。几位老人居住在这里，他们是这个家族的后人，他们除了向有关部门呼吁要保护这座全国重点文保单位外，有时还要追赶那些觊觎这里老物件的小偷，当然，他们最重要、也最得意的工作是向每一位来访者讲述他们老祖宗的辉煌与荣光。

尽管他们不是亲历者，但他们是那个"邮政帝国"骄傲的后人，记忆的光亮在讲述的那一刻照亮了这片陈旧的建筑，百年前的人事回来了，一切鲜活又繁华。

天一信局还叫过另外一些名字：天一批郊、天一总局、郭有品天一信局、郭有品天一汇兑银信局。名字因时势而变，但"天一"二字未变，"天一"取自汉儒董仲舒的《春秋繁露·深察名号》中的"天人之际，合而为一"，即天道与人道合而为一。用"天一"作为局名寓意"天下一家"，再遥远的异国他乡也是一家。

"批"是闽南语"信"的意思，侨批不是简单的华侨信件，是附带信件的汇款凭证。天一信局经营的是为东南亚华侨、侨眷提供银款、信函的收汇、承转、给付的业务。

不夸张地说，天一信局创造了一个时代、一个家族的传奇。

它的总部在一个不起眼的小村子，分局辐射范围远达八个国家，包括中国在内共设33家分局；它起于末世，终于乱世，跨越清代与民国，历时四十八年；它在鼎盛时期，每年侨汇额达1000—1500万银圆，侨汇业务占当时闽南地区侨汇总量的三分之二；它是中国历史上规模最大，分布最广，经营时间最长的早期民间侨批局；它创办之早，影响之深，在全国邮政史、金融史上占有重要位置，堪称"天下第一"。

记忆赋予传奇神秘、悠远的魅力。这些建筑老了，但记忆历久弥新，每一次讲述，天一信局的传奇便被塑造一次，无论遗落了某个场景，还是添加了哪个细节。何必锱铢必较呢，没有记忆就没有讲述，没有讲述就没有传奇，对于天一信局也是如此。

二

　　角美镇流传村，村旁有一条江流过，江名九龙江，东流不远，汇入东海。这条江至关重要，是传奇的发轫之地。1869年，17岁的流传村青年郭有品从这里登船，顺江出海，下南洋，到达菲律宾的吕宋，打拼谋生。另外，在那个陆路交通匮乏的年代，水路是最宽广、最畅通的道路，这也是天一信局能在一个沿江小村子诞生的前提。

　　闽南人有下南洋的传统。旧时国内战乱不断，民不聊生，慌乱贫困的闽南人一代一代、一批一批为了谋生为了改变命运远渡南洋，这样，遥远的东南亚与闽南许多小村庄便有了千丝万缕的牵连。年幼丧父、由母亲丁氏抚养成人的郭有品，在成年之际加入下南洋大军成为必然选择，因为这是他报答母亲，肩扛起养家重担的一条出路。

　　郭有品得到堂兄郭有德的资助，随"客头"漂洋过海来到吕宋，打工或做点小生意。郭有品勤劳朴实，尊老敬贤且乐于助人，深得同乡侨民的信赖。1874年，郭有品被一些富庶侨商推举为"水客"，专门替吕宋侨商及其雇用的华工携带银信回国，派送给侨属，赚取一些佣金。

　　"水客"，是当时为了适应海外华侨和国内亲属通信、汇款的需要而产生的一种职业。"水客"即是水手，他们最初也就是大帆船上的船工，慢慢地，"水客"成了替华侨捎带家信、款项回乡的信使。

　　出洋的主力主要是青壮年，在异国他乡，他们吃苦耐劳，辛勤打拼，总要把攒下的积蓄寄回国内赡养父母家庭，买田起厝，当时还没有邮政和银行，这些积蓄只能通过"水客"捎带回家，这样向国内家眷捎带银信的侨批业应运而生。

　　郭有品帮侨民带信带钱，在东南亚与闽南之间来回奔波，银信承接派送之事精细及时，赢得了大家的信赖，从一般的"水客"慢慢成了"客头"。

　　几年"客头"生涯，郭有品有了积蓄，有了经验，他深知经营侨批是一桩收益颇丰的生意。同时，随着海外华侨大量增加，华侨寄信汇款回乡逐年增多，一般"水客"已不能适应华侨信汇日增多的需要。于是，1880年，郭有品在故乡流传村创办了首家民间侨批局——天一批郊，有规模地经营吕宋与闽南之间的华侨银信汇寄业务。天一批郊比1896年成立的大清中华邮政局还早16年。

从"客头"到天一批郊，是时势与英雄的一次美丽邂逅，它开启了郭有品"邮政帝国"的起步之路。而真正让天一批郊名满东南亚的，是一次"诚信广告"。天一批郊开办后，每批银信均由郭有品本人亲自押运。在一次押运侨汇途中，船遇台风突袭沉没大海，全部银信顷刻付之东流，所幸郭有品获救。返乡后，他变卖田亩家产兑成大银，凭衣袋中仅存的收汇名单款项逐一赔付。据说那一次郭有品赔付了800块银圆，相当于现在100多万元人民币。此后，郭有品名声大震，获得了华侨的信任，天一的业务量与日俱增。

1882年，郭有品回国完婚，完成了家族血脉的传承。

天一信局坚持"信誉为首，便民为上"的经营之道。对于远途来寄的人，招待食宿。汇款时如款项一时不便，而其信用可靠者先由信局垫上；远途者，还提供休息之便或招待食宿。对居无定所的侨民，则店前收寄，回信到达，挂牌招领。

1896年，清朝邮政局正式对外营业，天一批郊经过申请核准，登记注册为"郭有品天一信局"，总局设在龙海流传村，外设厦门、安海、马尼拉、宿务、怡朗、三宝彦等分局，后又增设香港、安南（今越南）分局。几年间，以闽南为据点，形成了一个条理清晰的巨大辐射圈，基本上涵盖了我国东南沿海和整个东南亚国家，鼎盛期每年侨汇额达千万元大银。

就在郭有品的"邮政帝国"基本形成之时，不幸降临。1901年，天一信局创始人郭有品去厦门拜访侨友时染病，英年早逝，年仅48岁。

三

有位诗人说，在人生波动的曲线上，每一个转折点都站着一个人。

的确如此。郭有品去世后，他的儿子郭行钟站在了这个"转折点"上。巧合的是，郭行钟接过天一信局的"权杖"时，跟他父亲当年下南洋的年龄一样，都是17岁。

年轻的郭行钟传袭了父亲的经营头脑和经营策略，在他的经营之下，天一信局业务锐增，赢利甚丰。1902年，郭行钟大胆改革，将天一信局改名为"郭有品天一汇兑银信局"，分设信汇部和批馆，实行专业化经营与管理，并逐年增设分局于外埠，进一步拓展了市场空间——一家现代化意义上的企业初具规模。

至1911年后的十余年间，天一信局迎来了它的鼎盛时期。东南亚和中国东南沿海的分局达33家，雇用职员556人，其中国内163人，国外393人，成为名副其实的"天下第一民办银信局"。

无论天一信局怎样如巨网一般网络尽东南亚和东南沿海的银信汇兑，但巨网的那根纲线始终系在闽南九龙江畔那个叫流传村的村子里。这里是天一信局的起始地，也是郭氏家族的所在地。天一创始人郭有品为"郭氏邮政"这栋大厦打下了坚实地基，而他的儿子郭行钟则为这栋大厦封了顶，挂上了"天一总局"的牌子。

闽南人讲，人生三大事：结婚、生子、起大厝。盖一座大房子是许多人的梦想。如果说郭有品为天一信局留下了诚信经营、科学管理的精神财富，那么郭行钟则为天一信局留下了标榜着成功的物质财富——起大厝。

1911年，郭行钟斥巨资在故乡流传村兴建"天一总局"。这是一个典型的中西合璧式的建筑群，气势恢宏、工艺精湛，古色古香。由北楼、陶园、苑南楼三大部分组成，总建筑面积近5000平方米，历时十年，于1921年告竣。

这个建筑群当年气派壮观的情形今天已难以看到，毕竟它们经历了一百年风雨，但在记忆与描述里，我们仍能感受当年的"非同凡响"。

北楼最为壮观。北楼是"天一总局"的办公业务大楼。二层砖木结构，前后为拱券式外廊，廊柱高大气派，正立面装饰了西式山花，门墙上的装饰中西交错，有构思巧妙的信鸽和骑车邮差的高浮雕，也有西洋建筑里的安琪儿浮雕。建筑内部，中间一个大院落，回廊环绕。

北楼向西并列是三进式大厝，两旁紧栓双边雨屋、屋后紧连苑南楼。苑南楼为拱券式外廊建筑，二层，后院为三进式闽南红砖大厝。

北楼与苑南楼之间有钢筋混凝土天桥连接。屋后的陶园占地3000多平方米，是一座漂亮的花园。花园里建有亭台、楼榭、假山、猴洞、鱼池、花圃、石砌小道等等，绿草如茵、木林成荫，曲径通幽，群芳竞艳，一派优雅恬静的迷人风光。石雕、木雕、砖雕造型丰富，手法细腻。如此规模宏大、中西合璧的建筑，耸立在这个古老而传统的乡村，在当时不能不说是一大奇观。

每批侨信到达天一总局，总局立马在楼前高高升起"天一旗"。"天一旗"是一面红、黄、蓝三色各占旗面三分之一的绸布旗，中间"天一"两字为白色，其造型为"天"字居中，"一"字变形为"天"字顶端有缺口的圆形，环绕"天"字四周。鲜艳的标志让附近几个村庄远远就能望见，侨眷互相传告及时前来领取。当天未领取者总局便于次日派出专人投递，直接送达收信人手上为止。

天一总局业务办公大楼——北楼的落成，代表了十九世纪末二十世纪初期中国民办邮政的最高峰。

无论人与物，命运就是如此，高峰之后是低谷的到来。

1921年后，东南亚一带经济不景气，侨商收入普遍受损，因歇业而回国的华侨渐多，侨汇逐渐萎缩，天一信局的利润从此开始滑坡。1923年，新加坡邮政局废除民信包封并提高民信邮资；1925年，民国邮政总局又照会海峡殖民地总邮务局，又将民信邮资再增加一倍；1927年又传闻中国银行准备改组为国际汇兑银行，天一总局在常遭军政勒借且香港、吕宋分局严重亏损。

1928年1月18日，天一信局宣布停业，并将分局房产转卖以弥补亏空。天一银信局的停业，曾引起闽南金融界的短时间波动。

一个偶然中必然的开端，一个无法预料的结局，存在48年历史的天一信局拉上了它演出的帷幕，除了留下这寂寞的建筑外，还留给人们无尽的记忆和感慨，这就是传奇。

据说，一份由清华大学城市规划设计院规划设计的天一总局保护规划方案已经出炉，有关部门即将组织实施。这无疑是个好消息，也许有一天天一总局的风采会重新出现在我们面前。

石狮景胜别墅记

一

　　与一个人相比，一座建筑的寿命或许要长久些；与一座建筑相比，一个传奇的寿命或许要更长久些。所以，一个人，建一座大房子，成就一段传奇，既是个体生命价值的体现，也是家族记忆绵长恒久的例证，如果再幸运些的话，还会成为一个地区的文化话题和文化景观，被历史珍藏并讲述下去。

　　走出景胜别墅，夕阳的金色余晖洒满大地，这座老别墅沐浴在金色光芒里：红墙更灿烂，圆石廊柱更突出，矗立楼顶的八角亭更富丽……眼前的一切恢宏、静穆，恢宏是精美讲究所呈现出来的那种恢宏，静穆是历经风雨之后坐看夕阳时的那种静穆。这一刻，我有些感慨：这座老房子的主人离世已经五十多年，这座老房子也有六十多岁了，而关于主人和老房子的传奇却正年轻。

　　人去，楼并未空。

　　如今，住在这座精美大宅里的是高积雄一家，以及他的另外两家亲戚。高积雄，别墅主人高祖景的侄孙，近十几年来，这座别墅一直由他代为管理。高积雄住在这里，除了让这座大宅保持人气和烟火气外，他还担当了家族传奇的记忆者和讲述者的身份。

高积雄老先生七十多岁，精神俊朗。1946年景胜别墅开工兴建的时候，高积雄还是一个年仅五六岁的孩童，但是工程的浩大场面，仍给他留下深刻的印象。高积雄回忆说："当时浇筑水泥板的时候，全村五六百人都不做饭，都跑来帮工，吃饭都在这里。还有拉那个门沿的大石板的时候，也是全村出动，那时候没有机械，全靠人力，每一个来帮助的人都能得到五毛钱的美金，那时候五毛美金很大了……"

高积雄先生回忆说，这座别墅耗资巨大，全部工程花去了20多万美金。在当年，200美元便足以在石狮镇区开办一家相当规模的布庄。后来，建造这座别墅的两个包工头之一，用从这项工程中赚到的钱回到家乡自己盖了一座"五间张"的大厝。

俗话说，闽南人一生中有三件大事：娶妻、生子、起大厝。闽南人爱拼会赢，敢闯天涯，挣钱后，首要任务是盖一座大房子。当年很多闽南人出海远走东南亚，到菲律宾、马来西亚、印尼等国流汗打拼做生意，富甲一方时，他们便会返回故乡，一掷千金，来完成人生中的三大事之一：起大厝。起一座什么样的大厝能标识自己的身份和彰显家族的荣耀呢？闽南红砖古厝的元素不可少——墙石混砌、白色花岗岩与红色清水砖和谐对比、花样墙面，这是家乡的文化因子；西洋建筑的大气、豪华也不可少——罗马式圆柱、高大门廊、屋檐上的齿饰，这是远走他乡的见识，把这两者结合起来，有着闽南传统形式和西洋建筑风格糅合在一起的独特而新式的别墅，就在闽南侨乡拔地而起了。

景胜别墅的主人高景祖，兄弟四人，他排行老二，除了老大之外，其他三兄弟都远走菲律宾谋生。从事烟草生意的高祖景不久就在菲律宾发家，成为三兄弟的佼佼者，一度成为菲律宾著名的烟草大商。高积雄说，他几年前去菲律宾时，还曾看到过许多用于储存烟草的仓库，占地面积大得惊人，集装箱货车都能开进去，当时生意的红火场面可见一斑。发家之后，高景祖请来菲律宾的设计师，也请来闽南的设计师，这样，一座独特的、合璧了中西建筑风格的气势恢宏的别墅便建筑起来了，成为当时村子里标志性建筑。

二

景胜别墅位于石狮市东南郊的宝盖镇龙穴村。在村中穿行不远，它就醒目地出现在我面前：红墙围起一个巨大的长方形院子，东西围墙各开一大门，门上建有起脊的红瓦古门楼，别墅建于院子中央的石筑平台之上。在我看来，它不似别墅，更像是一座中西合璧的宫殿。白色的圆石廊柱，包围红色的墙面，再加上楼顶升起的中国式角亭，确实有如大气恢宏、色调灿烂的宫殿一般。

景胜别墅很大，占地面积1565平方米，多大呢？接近四个篮球场那么大。整座建筑为方形四层楼房，坐北朝南，双层骑楼，一二层檐口上下各四十根圆石廊柱支撑，形成四周回廊，颇显西洋风格。二三楼正面中部走廊凸出，有泥塑雕花山形排楼，精美漂亮，打破方形建筑的单调划一。檐沿雕饰动物吐水口，用于屋顶平台排水，实用功效与艺术装饰合二为一。第三层向后推进，平台连接处有一座二层八角单檐仿木斗拱小亭。四层则仅剩升起的楼梯间，四层平台中间建有一座重檐六角亭，两座中国式亭子均由钢筋混凝土浇筑——景胜别墅也是泉州地区较早使用钢筋混凝土框架结构的建筑。两座亭子，红檐绿瓦，远望去，犹如西式洋楼上带上了两顶中国帽子，看起来很有意思。这也是中西建筑风格的一种融合和创造吧，这种创造除了在泉州地区可见外，其他地方罕有看见，这也形成了此地建筑另一个独特的命名——侨乡洋楼。

跨进别墅门槛，与外边洋气十足的造型不同的是，里边的建筑形式是中国式的，为"五间张""四榉头"结构，以厅堂为中心组织布局，厅堂前有一贯通顶层的天井，供屋内采光通风。天井是中国庭院单层建筑的构成之一，而这里的天井贯通三层楼、纵深十多米，并不多见。厅堂、房间使用大量上等杉木，古色古香，木制器物制作工艺的复杂程度令人叹服。整栋别墅共30个房间。房间内和走廊之上，随处可见工艺精美的木雕、泥塑、砖雕及石雕，有中国传统的花鸟、鱼虫、山水人物，也有西方的天使、时钟等饰物。地面铺就的是彩色瓷砖，六十几年过去，颜色鲜艳如初，这类花瓷砖、花窗、铁门，在当时是稀罕昂贵的洋玩意儿，都是从遥远的菲律宾运来的。

景胜别墅1947年奠基动工，1949年初步落成。景胜别墅的落成是一件让村人和高祖景兴奋的大事儿。据说，别墅落成时，高祖景还特地从菲律宾购进一部电影放映机，回乡放映电影，南洋带回的发电机也派上用场。晚上，通透的光照和时髦的电影，在恢宏的别墅前交相辉映，一时轰动整个泉州，成为流传至今的佳话。

别墅落成让人兴奋，但也留有遗憾之处，其实这是一座没有最终完工的豪宅。一楼二楼地面铺有花瓷砖，我们上到三楼时，三楼地面没有铺瓷砖，露出已经风化的水泥地面。我们还发现别墅内所有的木制门窗，器物都没来得及进行油漆、装饰。这是什么原因呢？原来，整个建筑工程是高祖景先生的夫人和二儿子负责的，1949年，别墅装修到二楼，高夫人正准备按计划继续装修，工程也进入了尾声阶段，就在这时石狮解放了。这时候，由于当时国民党的蛊惑宣传，石狮当地的有钱人家大都逃到国外躲避。出于谨慎，高祖景召回妻儿及所有家眷，停止了工程的建设，举家迁往菲律宾，将房子交由侄子代为看管。此后，别墅由人民政府代管，解放军部队住进这座豪华大气的别墅，刷有毛主席语录的字迹至今还留在围墙上，清晰可见。后来落实华侨政策，别墅归还给高祖景的后人。高祖景的侄孙高积雄先生从1960年搬进别墅后一直住在这里，负责看护这座建筑。

每一座老建筑都会留给后人一些谜团，越老谜团越多，因为随着时间的推移，当年的一些常识都会成为不被后人理解的难题。景胜别墅落成距今六十多年，并不算老，但因其设计精巧，工艺精美，所以它依然留给我们一些小谜团。

比如，一楼天井处，有一块雕琢细致的石头很巧妙地安置在天井一角，这块石头是谁不小心遗落在天井中的一块普通石头吗？并不是，它是一个排水机关。将它抽出，有一个洞口，它可以直接将生活污水或是下雨时的雨水很好地排出去。整个别墅地底下有一个很完备排水系统，而那块精致的石头与那个洞口刚好吻合，很是美观。

爬上三楼的时候，外围的走廊上有奇怪的类似铁门的东西，它被横躺着放在走廊地面上。这些铁栅栏作何用呢？它们是用来防盗的，这样做的好处是将楼梯封死，将盗贼拒之门外。

三楼的八角亭与四楼的六角亭相映成趣。当走进八角亭中间讲话，会听到明显的回音声。只要踏出一步，回音便消失了。这里隐含着深奥的声学原理。令我们不解的是，当年的建造者是有意为之，还是无意中创造了这个奇迹呢？

另外，在六角亭亭门口上方刻有由六个大写英文字母——COKENG，这组外文石刻在中国建筑物中还是比较少见的。但是在英文词典中并没有这个单词，别墅的主人想用这几个字母来表达什么意思呢？陪同我的本村干部小张说，他去过菲律宾，菲律宾有很多生造的英文，他猜想这可能也是一个生造的英文。我说用手机查了一下，这个词是否是 COKE 加后缀 NG 呢？如果是的话，就有"可乐""快意"的意思。是"快意"吗？

这些小小的谜团，让走进景胜别墅的人充满了小小的乐趣。1998年，景胜别墅批准为石狮市市级文物单位，并被评为泉州十佳古民居。

三

我们中国人讲究叶落归根。年老了，乡愁日重，在外漂泊一辈子，如一片枯黄的叶子，落下时总想落到故乡的根上，在省外、市外的如此，何况在国外的呢？高祖景先生年轻时远走他国谋生，事业有成，年老了自然想回到生养他的地方颐养天年。

高积雄先生证实，高祖景花巨资，费心思，在家乡购地建造这处豪华别墅，是准备作为自己年老后叶落归根的养老之所的，然而时势弄人，高祖景最终并未实现自己的愿望。别墅工程收尾时，石狮解放，工程停止，家人回到菲律宾，高祖景先生再未回到故乡，别墅建成十年后，高祖景在菲律宾离世。实际上，高祖景没有在他精心建造的别墅里住过一天。他去世后，按照遗嘱，高祖景的灵位回到了家乡宝盖镇龙穴村，从这个意义上说，只有在他去世后，才真正住进了这座由自己亲手建造的豪宅。

如今，高祖景的后代都在菲律宾经商，而他当年在菲律宾创下的"商业帝国"，也已逐渐没落，虽然他的后辈们将会在菲律宾开创出新的天地，但是高祖景的那个辉煌时代毕竟已经过去了。20世纪90年代，高祖景的二儿子曾回龙穴探亲，走过落满尘土的楼梯，抚摸房子的砖砖瓦瓦，想起父亲，想起过往，感慨不已。

景胜别墅一楼大门两侧的墙面，由花岗岩石筑成，这里宛如一个文化展览地，镶嵌各种吉祥砖雕图案和各种与家族有关的匾额和诗刻——这是闽南红砖大厝的传统——一个家族的文化密码，比如家族源流和主人的文化趣味都藏在这里。

大门前面两侧的廊柱上刻有一副对联："祖泽长流泉源自远，景星高拱灿烂其盈。"这对藏头联告诉人们，这栋别墅的主人叫"祖景"，寓意说，祖宗的恩泽源远流长，后人的一切如繁星般灿烂。另外的廊柱上还有一副对联："景福多来天地外，胜情只在山水间。"告诉我们，这栋别墅名"景胜"。

大门左右的八字角上分别刻有两首纪实诗："少小耕田壮远游，岷江拓业几春秋。腰缠万贯非容易，历尽艰辛运尽筹。""世界风云几变迁，艰危历遍庆安全。归来松菊存三径，满室团圆相厄天。"讲述主人奋斗的艰辛，世界的变迁，告诫后代要珍惜、珍视家族的荣誉和和睦团圆。教育后辈可谓用心良苦。

大门左右门框有一副对联："霁江衍派开龙穴，渤海分支傍虎岩。"其中"霁江"是堂号，"渤海"是郡望，由此可知，龙穴村高氏属于渤海郡高氏的一支，其直接的渊源则来自泉州"霁江"高氏一派。讲述家族由来，刻在门框上，暗示永世不忘先祖渊源。

大门门楣上方镶嵌泉州书法家张鼎书写的匾额："曝麦观书"。就是说，一边在院子里晒着麦子，一边读书，这是古人一种怡然自得的状态，或许也是这位富商辗转奔波后，晚年归家后的一种精神向往吧。

建阳寻文访古记

一

闽北的建阳是一个去了一次还值得再去的地方，因为建阳的空气中氤氲着古老的"文风""文气"，走马观花不足以沉浸于建阳、感受于建阳的"文风""文气"，所以一次不够，值得两次三次踏足那里，方可沉思静悟。

很多地方喜欢说自己过去"文风昌盛、人文荟萃"，说来说去就是出了几个状元、有几个文官，那些陌生名字连提及者都时常念错，实际上是算不得"文风昌盛、人文荟萃"的，那些文名、人名早就被时间尘埃覆盖，附着于名字之上的几首诗作、几篇时文也早已腐了，朽了。在我看来，没有洞穿时空、没有旺盛的生命力、没有久远的知名度的思想、精神、人物，很难称得上真正的"人文""文风"。"人文""文风"是如基因一般以隐秘的方式、顽强的生命力藏于某地的土壤和空气中的人文因子，它连接过去，影响和塑造今天甚至明天的地域人文景观。

建阳真不一样。虽然它蛰居于闽北的层层山峦中，但它闽北地理中心和闽北历史文化中心的位置不容更改，是真正的"文风昌盛、人文荟萃"之地。

比如,"在中国文化史上发出莫大声光(钱穆语)"的理学大师朱熹足迹遍布建阳,他70年的生命至少有20年在建阳度过,尤其是人生最后10年定居建阳,著书立说,开坛讲学,游历村野,他现存1200多首诗作,有100多首是写建阳的,最后建阳也成为他安息长眠之地。

比如,历史上有一个坊间刻印图书的专有名词,叫"建本",十分有名,就出自建阳麻沙、崇化(今书坊)两地,当时与"浙本"(浙江临安,今杭州)"蜀本"(四川成都)鼎足而立,瓜分中国的图书市场。建阳由此成为我国历史上的三大印刷中心之一,建阳获誉"图书之府"。

再比如,成语"程门立雪"在中国家喻户晓,其道德感染力和故事的想象力,让人过目难忘,故事的主人公有一位就是建阳人,他叫游酢,是理学南传入闽的承前启后者。

还有大宋提刑官、世界法医学鼻祖宋慈,他和他的法医学检验专著《洗冤集录》名播全世界,是建阳有世界级影响的人物;还有建窑的建盏,千年前的黑釉之光与极致之美,从不曾暗淡与凋谢……

不再比如了,仅就这三者:朱熹、建本、游酢,就可为建阳"文风昌盛、人文荟萃"提供注脚了,这三者不仅搭建了建阳人文的雄伟山峰,就是纳入中华人文的地形版图,它们也是重要高地。更为奇崛的是,他们的生命力、影响力并未因为时空的更替而丧失——朱熹的许多思想、看法至今仍深入人心;"建本"的历史地位、图书之府的历史记忆至今仍不可抹杀;程门立雪的故事至今仍被津津乐道。

二

我们去拜谒朱熹墓。朱熹是真正的大文人,我们一群小文人去拜谒他,内心虔诚又忐忑。虔诚是因为伟大的朱熹经历了一个文人该经历的一切——聪慧苦读,博取功名,遭受政治迫害,不得志,丧失亲人之痛,讲学著述,养浩然之气,成理学集大成者,光耀中华文明

——令我辈仰视而尊敬；忐忑是因为在朱熹这面镜子面前，我辈小文人逼仄的内心、粗糙的学识、短视的眼光等诸多品性显露无遗，唯有诚勉自己，向大师靠拢，向大师学习。

朱熹墓位于建阳黄坑镇后塘村的大林谷，这里距建阳83公里，翻过北边那座山就是武夷山了。车在一个古亭边停下，鹅卵石铺就的小路带我们进入墓地，路边是稻田，远处是起伏的小山，田园风景，祥和怡人。大文人的墓没有我想象中的那般气势，因为朱熹归逝受过多朝追封，为他修建一座有气势的墓是容易的事儿，但没有，他的墓朴素、大方、无华，规制不大，两百来平方米吧，倒是与大文人泰然处之的气度相配——封土堆卵石垒砌圆形，周壁以鹅卵石垒砌，远看如凤字形。墓后立大石碑，刻字："宋先贤朱子刘氏夫人墓"。墓前有明代所置石香炉、石供桌及石华表一对。墓与大地融为一体，坐西北朝东南，西北处的小山丘上有翠绿大树，东南方视野开阔，远处是苍茫山峦。

墓地选址黄坑大林谷，据说是有高人托梦于大文人："龙归后塘，乃先生归藏之所。"后来朱熹和学生来到黄坑后塘，发现眼前一切如梦中所见，便选定下来。朱熹夫人刘氏先安葬于此，24年之后，大文人再葬于此。

朱熹是在建阳市郊的考亭去世的，考亭距离黄坑80余公里。大文人以沉重石棺收殓，从考亭到黄坑，石棺足足抬了六天，36人抬杠，数百人随行送别。因为当时朱熹理学被贬为"伪学"，对于大张旗鼓地送葬，朝廷是加以约束的，但朱熹毕竟是一代大文人，小小约束怎么能阻挡人们对大文人的惜别之情呢。

三

在朱熹墓所在地黄坑镇与建阳市的中间，是麻沙镇和书坊乡。麻沙和书坊在今天只是两个普通的乡村小镇，但在宋代，这里刻书作坊林立，书市繁华，居民"以刀为锄，以版为田"，刻成了全国图书中心之一，著名的"建本"成为两地书刻的专有名词。

毕竟近千年过去，麻沙的书坊印迹消失殆尽，而在书坊乡，有两处遗迹将现在与当年鼎盛的刻书业连接起来，让我们这群天天与书为邻的小文人，有了伸展想象翅膀的依凭：如果生在当年，是否有幸在麻沙、书坊刻出自己的著作，也成为无数"建本"中的一本？两处遗迹，一处是"书林门"，一处是"积墨池"。

书林门在书坊乡书坊村，此门原是书坊东门，书商由此进村，有一条大道直通书市。门由斗砖砌成，正面门额上方镶砌砖刻"书林门"三字，背面门额上方镶砌砖刻"邹鲁渊源"四字，均为楷书，文气十足。门很新，为新修复，高5.2米，宽5.1米，门额顶高3.2米，孤立于道路中间，被普通的乡镇居民楼包围。

积墨池在书坊村的一处稻田旁，按专家们分析，积墨池地处洼地，四方作坊印书废水均流于此，年久水色如墨。新中国成立之初在农田改造时墨池被淹埋，1989年县文物部门寻得遗址并修复。新修复的积墨池长约4.5米，宽约3.5米。

无论书林门还是积墨池，其文化象征意义大于文物价值，我们来过，知道当初如此即可。让我们纳闷的是，藏于偏远山乡的麻沙、书坊为什么成了全国三大印刷中心之一呢？有人说出各种理由：宋时文风鼎盛促成了刻书坊盛行；这里是中原入闽必经之地；这里偏远宁远离战争适合书坊兴盛；这一带枣木多是雕版的好材料；这里有上好的墨矿；这里有麻阳溪流经水路畅通适合书籍流通，等等。历史的选择有偶然，有必然，谁又说得清呢？

无论怎样，对我们这群小文人来说，书和书坊总是亲切无比的。

虽然麻沙没有了书坊的遗迹，但麻沙有引以为傲的闽学大家游酢和游酢纪念馆。游酢是麻沙长坪人，虽然朱熹的名声掩盖了他，今天的人们也少有知道他的文史地位，但他与那个美妙成语之间的故事，只要一提起，人们便油然而生敬佩之情。他的名字随同那个成语一起具有了长久的生命力。

四

　　程门立雪是一幅美妙的画面：雪是洁白无瑕的，恭立于纷飞的雪中等待先生醒来，先生醒来，雪已覆盖弟子的膝盖，这种等待如雪一般，高洁无瑕。尽管后来有学者认为等待者游酢、杨时并不是立于雪中，而是在先生家中等待，只是出门时看到雪深一尺了，但是人们还是愿意相信他们是"恭立雪中"的，如果是后者，那这个故事的魅力会大减，便不足以流传千古了。

　　再者，如果是后者，建阳的"文风""人文"会有如此的生命力和影响力吗？正是这份看似不可理喻的执着和虔诚成就了一切。

　　建阳之地的人文遗迹和人文记忆还有许多，就留待下次再来探访吧。

连江定海古城：曾经的战争之城

一

中国有两座定海古城：一座浙江舟山定海古城；一座福建连江定海古城。

时空流转，万物生生灭灭。如今，舟山定海古城已演变成舟山市的一个城区了，现代城市的"新"容不下历史的"古"与"旧"，古城标志性的遗迹，如古城墙、古城门以及成片的古民居拆毁殆尽。一百七十多年前，鸦片战争爆发，英国人攻陷定海，这座小城的美惊呆了一个叫爱德华的随军医生："天呐！简直就是一座花园！"英国人眼中的那座古典的花园今天已不复存在，那座雕刻有一千二百多年时光的古城，只留在发黄的书页、稀薄的记忆和恒久的"定海"二字中了。

相比之下，福建连江定海古城算是幸运的。它仿佛一直在那里，天经地义似的，时间在它面前保持了最大的耐心，一切似乎未曾改变。一个阳光很好的春天的午后，我走进了连江定海古城，犹如走进了一部书里，书里的故事传奇而厚重。

可以不夸张地说，连江定海曾是一座战争之城。代代驻兵，朝朝设防。定海城堡从建筑的那一天起，便饱受沧桑、风雨和战火洗礼。

连江定海古城位于福建连江县筱埕镇定海村。穿过一条百余米长的热闹街市，尽头便是面海而筑的南城门，城墙高六米多，由大石条垒砌，高大气派，上书"定海古城"四字。城墙前这条簇新而现代的街市，是前几年填海建造，与古旧斑驳的城墙形成对比。古时没有这条街市，潮汐涨上来，海涛拍击城墙根，卷起千堆雪。从南城门进入，一道连续建筑有三个拱洞的城门，是谓"三重门"，为闽东沿海罕见的古建筑。

过城门左转，踏着一条古旧石阶登上城墙，视野随之开阔，古城堡的整体格局尽收眼底。城墙沿海环山筑造，顺山势蜿蜒起伏，上山坡至东城门，接后城墙，延至西城门，与南城门合围，全长两千余米，如巨龙盘山镇海，山海相衬，颇有气势。据说我们站立的瓮城上，曾建有五扇四间大城楼，俯视定海湾，城楼于辛亥光复时被拆毁。以城墙为界，形成了城里、城外两城。城内民居顺山势而建，那种"人"字形斜屋顶的三两层民居如梯田般叠加而上，阳光下，成片的暗红色屋顶熠熠生辉。城外古榕葱葱，远处的大海苍茫如雾。

尽管东、西城门已不复存在，大部分城墙也已淹没于民居之中，城外也有填海新建街市，但连江定海古城堡保存依然完好，其规模依旧如昨，城堡的轮廓和格局大致可见，昔日的气韵和风采仍藏于一砖一瓦之中。这一切，或许因为这个位于定海湾北部的小小半岛地处海隅没有更大的开疆之地、限制了其翻天覆地的变化的缘故吧，所以我们才有幸，在今天，在闽地，还能见到这样一座保存相当完整的大石城。

据陪同我的当地朋友说，他的家乡——连江县筱埕镇定海村，本没有这座古城堡，明初洪武帝朱元璋令筑浙江定海城，误传成了筑"连江定海城"，结果就有了这座古城。或许这只是朋友的一种戏说，但历史有时就如一位吊诡的魔术师，你不知道下一秒钟他的帽子里会变出不可思议的什么来，比如：名称同叫"定海"，同样筑有古城堡，舟山定海的声名甚至响亮于连江定海，但是谁曾想，若干年之后，舟山定海古城不见了，而连江定海古城依然默默耸立，以千年不变的姿势默默注视着这片美丽的海湾……这一切是天意，还是人愿，不得而知。

二

从城墙上下来,回到城门口。这座有"三重门"的古城门再一次吸引我的目光。这座城门设计独特,我们鲜有见过。大多数古城门正中设门,顺方向而开,北城门朝北开,南城门朝南开,而此南城门正中无门,若需进城,要从城门左侧城门通过。门在南城门左侧朝西开。这是怎么回事呢?

原来,历经六百多年的定海城堡,遭受过近百次战火洗劫以及风灾侵袭。特别是1558年(嘉靖三十七年)正城门被攻破,全城陷落遭遇劫难,城内部分建筑毁于一旦。因为南城门过于暴露,易受攻击,定海军民吸取教训,在1561年(嘉靖四十年),将城南门改西向,将原南门向外拓展6.6米筑造凸城墙,仍以大石条四周垒砌,在凸城西侧墙上向西边开2米多厚,2米多高的小城门——至今仍是城内外的通道,并在此城门额上镌上石匾,匾额阴刻楷书四个大字"会城重镇"。意谓:定海城堡是一个省会城市的拱卫重镇。倭在城外,不知城门于何处,易守难攻。

跛过朝西开的城门之后,左转便是南向开的两道内城门。这三道城门,均呈拱形,古朴敦厚,有六百多年历史了,用来开闭的门扇虽已俱毁无存,但门臼、门闸档仍留存城墙内。据《福宁府志》记载,定海城堡内城门每扇高3.2米,宽1.3米,外门每扇高2.5米,宽0.9米,均用铁板包厚木上钉,铁板和钉重146斤,为耐海雾擦涂桐油。大门前还设置附板,如遇警急,则下板重闸。城门之坚固可见一斑。

此后,福建沿海所城屡遭攻破,唯定海城汗毛不动。它屹立于闽江口北岸,守卫海防,保卫省城。定海不过一个小渔村,筑有如此精钢不破的城堡,又是筑于何时?何人所筑?因何而筑呢?

为连江定海城堡垒砌第一根大石条的是周德兴,投入这一浩大工程的是周德兴手下的上万民兵和上千海戍兵,时间是1387年(洪武二十年)。

翻开福建沿海地图，即使你不是军事专家，你也会发现，串成一线的漳州铜山、泉州浯屿、莆田南日、宁德崳山、连江定海构成了八闽海疆的重要屏障，而定海的地理位置于省会福州更为要害，它控江扼海，是闽江口北咽喉，福州门户。明代兵部尚书吴文华记说："独定海亘大海，首敌冲，最为省会咽喉。"当外敌来侵扰时，定海成为防卫和抵御的前哨。

由于定海位于黄岐半岛南突出部，坐拥定海湾，海产丰富，历来是舟楫航行、停泊的寄锚地，所以定海也成为倭患和海盗"青睐"和"光临"的地方。元代之后，倭患日盛，定海民众不堪其扰。在此情况下，1387年（洪武二十年），明太祖朱元璋为治沿海倭患，加强防倭战备，请出年迈的老将军江夏候周德兴——周德兴是安徽凤阳人，与朱元璋乃近邻故旧。他追随朱元璋投入了推翻元朝的战争，屡立战功。明王朝建立以后，他又奉命征伐蛮夷，在统一中国的事业中立下了战功，被封为江夏候，是明初一位有影响的人物——到福建督建防卫所。

周德兴入闽后，在全省沿海要害处修筑防卫所城十六处，设置类似现在边防派出所的巡检司四十五个，从军事设施和机构上健全了防海之策。定海城堡就是在这样的背景下开始筑造的。城堡建好后，城外挖城壕，设立瓮城、城门、哨台、水涵等，城内设置参将衙门，城北设左右中军署，衙门前建有接官亭。历史上，倭患和海盗侵扰东南沿海150余年，定海城堡一直是闽东沿海抗倭斗争的坚固城堡。

定海城堡自建成开始历经几次修复，1537年（明嘉靖十六年）增修城墙，1703年（清康熙四十二年）修复城毁之处，2005年第四次修建，修复南城门、北城门。2010年，人们在北城门附近山林中，新发现了一段古城墙遗迹。城墙有一二十米长，高约三米，掩映在一处被树荫和枯藤遮盖的角落里。"这段古城墙的发现，为定海古城的勘界增加了新的实物依据，"从事《定海志》的编撰的65岁的黄家殿老师说，"发掘、修复更多的古城遗迹，是留住历史的一种方式。"

三

进得城来，一条条石板小路像一位位向导，把我们带进一个迷宫般的古城世界里。行走于或宽或窄的巷道，总会与那些有些说头有些来历的古迹不期而遇，比如明代的沈有荣参将府，比如古城正中的据说规格相当于省一级的城隍庙，比如供奉和平女神妈祖圣庙天后宫，等等，当然还有一些难以说清来头的普通的明清古宅，比如何氏大厝、黄氏宗祠等。

遗憾的是，因为时间久远、时代变迁，加上这些古迹成为定海居民日常生活的一部分，并没刻意保护，所以大多损毁，尚留部分旧式建筑，或作他用，或简单保护起来。有意思的是，定海的每一处古迹无不烙上了兵火的印迹：参将府当年就是兵戎森严的指挥所，城隍庙就是因为当年守城官级高而规格高，一些古宅更是因为多次战火侵袭而踪迹已无……

史书记载，倭患始于元代，明代为烈。据《连江县志》记载，明永乐至嘉靖年间，东南沿海倭患达150多年，连江县遭倭犯境16次，其中4次经连江犯省会福州。倭寇所经之处，均遭疯狂的劫掠焚杀，死者狼藉，庐舍一空。期间，定海遭倭患侵扰计8次，其中最为著名和惨烈的一次发生在1410年。

1410年（明永乐八年）10月15日，倭寇大举侵犯定海。从塔仔尾上岸，企图由双髻山入城攻掠定海城堡。定海军民奋起抵御，千户汤俊、百户任简、金旺、朱文、丁铭五位将领及佐吏率兵出东城门，在双髻山下、校场前等处与倭寇浴血奋战。生擒倭酋在东关山山坡斩首，头颅从坡上滚落而下，此处地名称作"倭头坡"，寇上岸地为"贼仔尾"。五将佐身先士卒，杀敌无数，同日阵亡。乡民为他们的忠勇感动不已，隆重地将他们葬于双兜树，人称"五忠墓"。此战大获全胜，倭寇胆寒，此后几十年不敢觊觎定海堡。明代兵部尚书吴文华在《定海七井碑》里赞曰："己未庚申之岁，滨海而居无坚城焉，独定海血战得全。"今天，在定海双髻峰下，仍见"五忠墓"。

每次倭患侵犯，定海军民都英勇抵抗，其事迹记录在参将府前左侧的一块巨大的抗倭纪事碑中。碑文一千余字，记述了明嘉靖以来戚继光、沈有容率领军民抗倭的史迹。这座记录定海军民英勇历史的丰碑，距今将近400年的历史，遗憾的是碑体已被嵌入民房的墙体中，但这段保卫自己家园的浴血历史人们不曾忘却。

此后，尽管倭患减少，但军防和战火仍没远离定海。清初，郑成功父子抗清复明，以定海城做根据地，抵御清军十余年。郑成功父子退守台湾后，定海被清闽总督姚启圣在此屯兵训练水师，准备进攻收复台湾。民国初期，定海城堡三次被日本侵略者占领，遭战火洗礼。建国初期，定海城堡常遭台湾马祖守军炮火轰击……

回想起来，作为文物保护单位的定海城堡，它在中国军事史上的确写就了极其独特而又让人感慨万千的一页，如有关军事材料中介绍，定海城堡是"防海之制和主张实行海陆结合、攻守结合、军民结合，利用近海、海岸和陆上要点的多层次歼敌战略的海防第一防线"。毫无疑问，在过往的历史中，定海古城堡对强化我国海防建设、抵御外侵曾经有过重要的价值和意义。

如今，战火远离了定海城堡，定海村民过着和平与安宁的日子。同行的定海朋友说，定海古城堡成了这个海边渔村的标志性建筑，也成为某种吉祥的象征。每到除夕夜，闽东沿海都有"开门纳福"习俗，此时定海民众都要跑出"三重门"，沿古城堡绕一圈，以祈求新一年万事如意、岁岁平安。谁家姑娘出嫁、先人出殡，也要从城门处，以示安宁大吉。但不管红白喜丧，决不许从城墙道上通过。

定海古称"亭角""亭角澳"，"亭"为大小亭山之统称，"角"为偏僻的海角，"澳"为海边弯曲可以泊船、海边港湾可以居住的地方。后改"亭角"为"定海"，有镇定海疆之意。小小定海村始于公元280—289年（晋太康年间），已有一千七百多年历史。

在定海的时间很短暂，但定海留给我的回味很绵长，它如一部传奇而厚重的书，值得人们一次次沉入其中去阅读、去品味。

到石竹山做梦去

眼下中国，有一个炙手可热的词汇，叫"中国梦"。各种会议上谈论着，各类媒体上讨论着，可谓：家梦国梦天下梦梦梦如花，你心我心大家心心心相印。绽放如花、任重道远的中华民族伟大复兴之梦，不仅成为人们的一种美好愿望，而且成为照亮人们前行的一道精神光亮。

"中国梦"很热，热辐射的范围也很广，很多人都耳熟能详，但是说起福建福清西郊那座因"梦"闻名的山——人们在那里祈梦、做梦、圆梦被称为"中华梦乡"的山，我想知道的人就少些了吧。"中国梦"是新近涌现出来的事儿，但那座能带人进入梦乡的山，其祈梦习俗已有千余年历史了，始于汉盛于明，兴旺至今，是名副其实的梦山，且在华夏神州独此一山。

那座山叫石竹山。因满山奇石秀竹而得名。石如何奇绝？竹如何秀美？有诗为证："石能留影常来鹤，竹欲摩空尽作龙。"石竹山属闽中戴云山余脉西山山脉南段，主峰状元峰海拔534米，此地夏无酷暑，冬不严寒，四季青绿，山水相依，为胜景之处。

石竹山很有些声名，福建各地以及台湾地区、日本、东南亚诸国每年都有络绎不绝的人慕名前来祈梦、朝拜、赏景。山之声名因名人而更盛，名人也因名山留之久远，石竹山亦是如此。踏足石竹山的历代名人雅士很多，具代表性的人物有：

宋代理学大师朱熹，他在登山途中的休憩亭中留下意境深远的诗句:"两山相对终无语,一水独流似有声。"

明朝大旅行家、地理学家徐霞客,于公元一六二〇年六月中旬慕名前来石竹山,《徐霞客游记》记载:"闻横路驿西十里,有石竹山,岩石最胜,亦为九仙祈梦所。闽有'春游石竹,秋游鲤湖'语,虽未合其时,然不可失之交臂也。乘兴遂行。"

清末帝师陈宝琛到此游览并留下题匾:"虽痴人亦能说梦,惟至诚可与前知。"

其中流传甚广的是福清本地人、明代内阁首辅叶向高的故事。叶向高年轻时不仅在山中祈梦求签,还曾住观中攻读经书典籍,后功成名就。叶向高晚年曾对人说:"石竹何氏所栖,岩壑奇绝,祈灵如响……得梦甚验。"由于乡贤叶向高等众多名士祈梦应验,助长了石竹山梦文化的传播。此外,长乐状元马铎、文渊阁大学士李光地、海军将领萨镇冰等名人也都与石竹山祈梦结缘。

自明代以后,大量的善男信女,都慕名前来石竹山烧香拜神、祈梦求签、许愿还愿,慢慢地,石竹山被美誉为"九仙祈梦所""石竹仙境""中华梦乡",其名声也便日隆了。

到石竹山做梦去!石竹山让你梦想成真!——没到石竹山,便被石竹山梦境般的神秘和神奇所吸引,在一个阳光灿烂的深秋时节,我慕名前往石竹山,想感受一下石奇竹秀的仙山,看看"白日"究竟如何"做梦"?

出福清市城区西行不远,便到一大型人工湖边,湖名石竹湖,湖内有一小岛形如鲤鱼,也称鲤鱼湖,岛上栖有数千白鹭,白鹭起起降降,湖面碧波荡漾,美似一幅画。湖边有山,西岸即为石竹山。在石竹山山南麓,从山脚抬头仰望,红墙橙瓦的廊檐古建筑群如同"挂"在山腰一般,翠绿掩映,香烟袅袅,宛如空中楼阁,那是石竹山道院,我们祈梦的地方。

我们没有沿登山道上山,选择了快捷的现代缆车——缆车,懒人坐的车。无疑,坐缆车遗失了一些风景,也收获了另一些风景,视野开阔,一览众山小。徐霞客当年上山时没有缆车,走的是登山道,"石阶宛转曲折,树荫遮蔽,弯曲如龙的树干老藤盘绕在陡峭倾斜的岩石上，猿猴上下跳跃，啼叫声不断"，如今当然难见此景象了。

出缆车，在山腰的山道上西行。石竹山岩壑奇绝，翠竹遍山的情形便是见识了。岩、洞、峰、塔、石其妙地变迁组合，形成了一线天、二塔、三岩、四泉、五仙、六洞、七峰、十二石等108个胜景。有时在岩洞中穿行，见识石峰的妙处，有时在悬崖边行走，欣赏远山的浩渺。

往上转两道弯，从石洞侧门进去，一出洞就是仙君楼、观音殿、文昌阁等道院的古建筑了。祈梦、做梦的主神殿是仙君楼，它是石竹山道院最著名也是历史最悠久的建筑。这里供奉何氏九仙，他们就是传说中在梦中点化世人的神仙。我们来到仙君楼时已是下午时光，来此祈梦的人不是很多。靠着大殿的墙根铺着一排排草席，有人跪拜何氏九仙后，就躺在上面睡觉做梦。这个不大的主神殿里，据说有时有一两万人在这里求梦，只能站着"睡"来求梦，"像插蛏一样站着，还蹲不下，跪不下"，即使这般站着"睡"，人人都能求到梦，很是奇怪。

这里为什么要供奉何氏九仙呢？这也是石竹山为什么成为"梦山"的缘由。相传西汉时期，闽郡太守何堠生有九个儿子，但离奇的是，九个儿子除长子额头正中竖长一目之外，其余皆目盲。何太守是中年得子，虽然满心欢喜，但却也因此不胜苦恼。长子安慰何太守："父亲不必悲伤，所谓大道无形，且五色令人目盲。茫茫红尘，庸俗过甚，我等是担心受到了外界的干扰，而破坏了修道的诚心。其实我们兄弟几人心如明镜，何尝一日目盲？父亲请放心，等到我们几人道成之时，便是我等目开之日。"九子在世33年，有一天，忽然要拜别父母，何太守夫妇虽然不舍，但也无奈，送别九子来到闽江之滨。只见九子各取闽江龙津之水擦拭双目，顿时目开眼明，炯炯有神。自此九子得道，飞升成仙。后来他们到了石竹山，继续潜行修炼，并且以梦点化世人，泽被黎民苍生，因此被当地人尊称为九仙。这就是石竹山供奉九仙的由来。

主神坛有求签的，我按照规矩念着生辰八字、家住何方、姓谁名谁，求什么，在一个很大的铁罐子里抽出一支签，付了钱从一位老者那里得到签文：凡人建屋先筑基，柴木规模要相宜，君若不堪栋梁用，必然也作大门楣。我没有向老者求解签，那就自己想想吧。

听说主神殿后面有个祈梦洞、祈梦石，在那里最容易做梦。从主神殿后边门出，穿过一段廊，就到祈梦洞了。所谓祈梦洞，就是一个山洞了，洞内灯光昏暗，供奉九仙，一圈草席铺在墙根，我躺上去，想在这里做一个梦。躺下去后，似乎有一种奇特的磁场环绕，让人有似睡非睡的恍惚的感觉。睡了大约二十分钟，我坐起来，我没有做梦，同行的三位也坐起来了，其中有一位说她做了个梦，做了什么梦，做梦的人说保密。

来石竹山为什么容易做梦？也许是一种心理暗示，也许石竹山具有了风水学上的"藏风聚气，得水为上"的条件，也许是千百年来人们内心的一种"信"吧。

不过，有梦总比无梦好。

白云寺里的七菜姑

闽江是一条巨龙，琅岐岛是这条巨龙口中的一颗绿色珠子，要是巨龙打一个喷嚏，这颗珠子会飞到东海里去吗……

地图册上的地理形制，让我们对琅岐岛与闽江关系的想象有了依凭。巨龙与珠子的想象可谓形神兼具：闽江干流蜿蜒流淌577公里之后抵达琅岐岛，闽江在这里分成南北两股水道绕过琅岐岛注入东海，这样，处于闽江入海口的琅岐岛，成了飘浮于江海之间的一个三面环江、一面临海的岛屿，宛如闽江之龙口中的一颗珠子。

这颗珠子是绿色的、是明丽的、是有故事的。

海江交汇之处有山岛耸立，这样的地方要么有美丽景致，要么为交通要塞，要么为战略要地，无论历史脚步如何匆匆，总有印迹在这样的地方留下。或守望美景，或繁华起落，或硝烟阵阵，琅岐岛终究不负自然之赐予、人类之耕耘、历史之积淀，无论自然风景还是人文历史，都魅力十足，耐人寻味。

春天一日，阳光正好，我随一帮文人墨客走进琅岐岛：寻访曾经热闹的古渡口；探秘不见踪迹的古炮台；走入几家讲究的宗族祠堂；穿越四百年的古朴树林；流连于海边的沙滩、岩石……阳光西垂，不舍而归，琅岐的魅力收纳于记忆之中而长久不忘。

当然，最让我不忘的当数"一山一寺七菜姑"——白云山上有白云寺，白云寺里出了七菜姑。

白云山观日

　　还没到白云山，就听人说白云山观日是琅岐十大景致之最，话还越说越大，说不仅如此，还是整个福州地区最好的看日出的地方。我没来过，不敢评判，倒是增添了我的期待。

　　汽车盘山而上，在树荫掩映下的山道上爬坡，坡陡，汽车有些喘气。白云山不高，不到300米，但是琅岐的最高峰了，车行十多分钟后到达山上。山上树木参天，鸟鸣林幽，是一块清静之地。白云寺藏在山峦一侧，石柱黄瓦，香烟袅袅。穿过林中一段石阶路，白云寺后面就是白云山巅了。

　　山巅之上建有醒目朴素的观日台。台高8米，长20米，宽5米，由花岗石砌成，台上马鞍形石栏杆，犹如古城垛。台正面有匾，隶书"观日台"，系琅岐籍著名书法家陈奋武所书；匾下两扇木门如古城门，两翼有石阶可上，如曲径回廊，登"梯台"，转"副台"，到达观日"主台"。

　　登临观日台，视野随之开阔，东望，即是蔚蓝无垠的大海，天高云淡，海天一线，果然不凡。白云山位于琅岐岛东部中间地带，在金砂、云龙、海屿三乡镇的中心，海拔275米，东临大海。福州地区可以观日的除白云山外，还有福州鼓山的朆峰和连江县的云居山、青芝山。我登过鼓山，也到过青芝山，比较起来，鼓山离海太远，迷迷茫茫；云居山、青芝山太矮，视野有限，现在看来只有白云山得天独厚，最能感受海上日出的佳处。看来，福州地区看日出的最好之地是白云山的说法并非空穴来风，也并非大话了。

　　我们到达时已是午后时分，太阳躲在云层里，海面上除了迷茫朦胧一片外，并没有看到阳光在海面上的"舞蹈"，如果想要看日出只得在白云寺里借宿一晚了，因还另有安排只得作罢。不过据陪同我们的杨老先生说，琅岐白云观日在外名声很大，古时候各地的文人墨客，纷纷从福州乘船东下到琅岐岛，登白云山，宿白云寺，夜半即起,翘首东望,都能看到不枉此生的海上日出。

杨老先生说得没错,我回家后在网上做了些"白云观日"的功课,果然看到了历代官员文人留下的描写海上日出的漂亮诗句,至今读来仍让人喜欢。

比如,明代一个叫董应举的搞水利建设的副部长写有《上白云般若庵》,诗曰:"海上尽处云存寺,般若东头日上天。说有扶桑知远近,欲从夜半取虞渊。"清代一个在外地当县长的琅岐人董文驹写有一首《白云观日》:"白云古寺白云巅,东望微茫水接天。红日扶桑翻浪出,雷轰赤水火轮悬。"董应举把日出写得很朦胧,一种缥缈之美;而董文驹则把日出写得壮丽无比,写出了一种热烈、炽烈之美。写白云观日写得最细致最感染人的要数明代一个副厅级官员董叔允的《白云观日歌》,诗写得很长,其中有这样一些句子:"……东方半壁天欲燃,欲出不出波喧阗。须臾银涛变成雪,复有如朱赤线相。波中闪烁朱轮走,鲲鹏入烧鲸鲵吼……"把日出的瞬间写得精彩极了,辉煌极了。

看来,白云山观日果真名不虚传。

白云寺古今

可以说,中国大地上的每一座寺庙都是有来历、有故事的,何况一座建于八百多年前的寺庙呢?

白云寺始建于南宋绍兴年间(1131年—1162年),距今八百多年了,初名白云般若庵,又名白云庵,既然是庵,即是女性僧人修行和居住的地方。其时建筑为三进构架,四面风火墙。头进为埕,两边回廊塑十八罗汉,中进为大雄宝殿,后进为藏经阁;此外庵前有放生池;庵后有奎光阁,为祀奉孔圣人和文人读书的地方。

清代时白云庵改为白云寺,清嘉庆十七年(1812年)重修,僧贤朗法师手书"白云寺"。道光丁未年(1847年)又重建。民国期间又改为白云庵,为比丘尼修行的场所。抗日战争期间,由吉莲姐主持，有比丘尼7人。新中国成立后白云庵再改为白云寺，重新修缮，广植林木，开拓公路，环境愈见清幽，风光愈加秀美。"文化大革命"期间，寺被毁，仅存大雄宝殿的残墙断壁。1977年，乡村信众筹集资金建大雄宝殿，并在寺边建"招凤庵"。1984年，建"观日台""七尼遇难纪念祠""七尼遇难殉节墓"等。1986年，释悟记任住持，居士30人。1994年10月，经政府批准，登记为合法的宗教活动场所。

这是从资料上读来的有关白云寺的建筑形制和历史轨迹。走过一些寺庙后我们会发现，寺庙的建筑体例大致如此，其历史变迁也逃不出毁了建、建了毁的命运，唯一不变、不灭的是寺庙的香火，一代一代延续至今，哪怕寺庙毁成残垣断壁，废墟中安插的那支香火依然燃着，香火袅袅升腾，每一缕都是芸芸苍生对信仰的虔诚和美好生活的祈祷。

不断修葺、不断加建的白云寺，在今天显得富丽堂皇，佛光四溢。大雄宝殿背后，正在开山建新的殿宇楼阁。僧人们做早晚课的诵经声经由现代的扩音设备传送出来，悠扬而清晰。

我们这群人对白云寺里那些古旧的东西似乎更感兴趣。从观日台返回，大雄宝殿左后山坡上，倒着几块残损的石碑，杨老先生招呼我们过去，大伙儿如发现"新大陆"，兴致很高，呼着应着，穿过一片荆棘林到石碑前。几百年了，碑上的字迹开始风化，隐约可见"朱子祠"之类的字，杨老先生说这里也曾建有朱子祠，供读书人读书的地方，今天就剩一些残碑石刻了。

朱子祠旁边曾有奎光阁，今天已没了踪迹，但明代的洪塘状元翁正春在奎光阁里读书的故事流传了下来。翁正春的父亲与琅岐的翁对江认宗为兄弟，因此翁正春早年寄读在白云寺里，后来翁正春状元及第，官至中央宣传部长。有一年翁对江诞辰，翁正春无暇回福州，特寄回一轴肖像以为祝贺，至今还为琅岐翁氏家族所珍藏。翁正春对白云山赞赏有加，他说，"兹山也，胜可步武夷，然迩省会；丽可当三山，然而僻市嚣，地与山其造设也奇矣！"意思是说白云山的美景可以和武夷山一比，秀丽如福州城内的三山。翁状元还题写白云寺大门的藏头楹联:"白石嶙峋有仙骨,云峰耸拔无俗尘。"至今仍在。

大雄宝殿后面,离寺东香积厨房不远,有一口古井,叫"龙头井",有几百年了,僧人至今仍用它吃水。"龙泉"从岩缝里涓涓流出,井并不深,可见底,曾在琅岐做过镇长的诗人崔虎说,别看它不深,大旱年份也从来没干涸过,即使几十桌客人在这里吃饭,这井水也能供应上。喝上一口,甘甜清冽,沁人心脾。

七菜姑传奇

与很多寺庙不同,白云寺里有一个全国独一无二的"七姑殿",七姑殿在大雄宝殿左侧,黄瓦翘檐,好像刚刚粉饰过,很是簇新。七姑殿供奉的是曾在这里修行的七位菜姑。

菜姑,何为菜姑?我在心里嘀咕。我知道比丘尼、尼姑、居士,菜姑是第一次听说。后来才知道菜姑是从闽南语"化"过来的,我这个对闽南语一窍不通的"湖北佬"不知菜姑为何意似乎可以理解了。菜姑是指带发在寺庙中修行的女子,长素食,单身。"菜姑"是闽南俗语,原名是"斋姑"。"斋"在古汉语中有整洁之意。佛教中有"斋戒",即是整洁身心。出家吃素叫"吃斋"。由于她们长期素食,而"素"与"菜"有关,后人就把她们称为"菜姑"。"菜"在闽南语中比"斋姑"的语音更为顺口,菜姑就取代了斋姑。

八百年历史的白云寺也有过不少高僧大德之人,为何专门修殿供奉七位菜姑呢?这与那段受日本侵略的屈辱历史有关。

1941年,日本攻占福州时将大本营设在闽江口的川石岛,川石岛离琅岐岛很近,大约六七海里,所以虎狼兽性的日本鬼子经常进犯琅岐岛,或开炮或飞机轰炸,炸死很多无辜群众。

1941年农历三月二十三日傍晚,日本鬼子数十人从川石岛登陆琅岐,窜犯白云寺。当时庵内只留下七菜姑,如狼似虎的日本兵蹿入大雄宝殿,七菜姑惨遭蹂躏,痛不欲生,当晚集体自缢,舍身雪耻。可怜七菜姑中有一位母亲和两个如花似玉的女儿,一家三口全都殉节。

次日天一亮，躲在殿后的一和尚跑到山下海屿村报信。村民陈师本当时跟着大人上山，"看到菜姑尸体排成一排，披头散发，吐着舌头，怪吓人的。"村民为七菜姑的贞节所感动，凑钱将尸体火化了，骨灰装入金瓮，埋在寺旁的园地里。

但有关七贞女的故事当地另有版本，说是眼看日本兵向寺庙逼近，为了免遭日军侮辱，七菜姑商量，与其被凌辱杀害，不如以死抗争，留个清白在人间。母亲叫女儿先上吊，其他人再吊死。等日军蹿入大雄宝殿，发现七菜姑已披头散发吊死。七菜姑之贞烈，令日军为之震慑，当夜即逃走了。

我在大雄宝殿附近"白云寺抗日遇难———七贞女殉节墓"碑上看到七人名字：赵偏莲、连惠莲、吉莲姊、狄明梓、狄明珍、周钿萍、徐俭女。其中吉莲姊与狄明梓、狄明珍是母女。吉莲姊时年49岁，为最年长者。狄明梓和狄明珍分别为18岁和16岁，为最年轻者。

七菜姑抗暴事件的亲历者陈师本老人今年70多岁，当时他还只是个10多岁的孩子。他常在白云寺附近放牛，与庵内菜姑混得很熟。他回忆说："这些菜姑不是本地人，长得都很漂亮，年龄最大的四五十岁，最小的10多岁。她们对村民很友好，常将自己卷的烟送给村民们抽。"

七菜姑用生命写就了她们的传奇，她们的故事总是感动很多人。70多年过去，她们的墓前总是有人凭吊的香火。她们都是身心洁净之人，当她们的洁净被日本鬼子玷污时，她们用命去换取新的洁净。

七菜姑的故事让我心酸，除了她们用命去换取贞洁之外，我还想，她们做出这个决定时，究竟想了什么？那个被蹂躏的黑暗时刻结束之后，她们是如何度过的？尤其是那位母亲和她那两位豆蔻年华的女儿。

平潭将军山记

一

将军山在1996年以前不叫将军山，叫老虎山。

对一座山的命名自有它的来由，或取外貌的形似声似，或依凭古老而美妙的传说，或为纪念某些重大人事等等。种种命名有时出于偶然随意，有时郑重其事，不一而足。顾名思义，那老虎山一定与虎有关联啰。

还真有那么回事儿。与虎有关的老虎山至少有这样几种说法：其一，老虎山曾有一个奇妙的传说。三百多年前，"海国龙王"托梦给一渔夫，说"华南猛虎"将封神立地于"三山"峻岭，此虎可庇佑海面一帆风顺。渔夫便上山寻奇，果真发现一座虎踞雄奇之山，老虎山之名从此代代相传。其二，老虎山以山险、石奇、洞幽、林茂闻名，因三面环海，时常山风呼啸，似群虎啸叫，而虎虎生威，因此得名老虎山。其三，至今在山顶的一面巨石壁上刻着一个数米见方的草体"虎"字，笔力苍劲豪放，虎虎有风声，据说是平潭岛迄今最大的一方摩崖石刻，老虎山山上刻"虎"字，也算是相得益彰。

无论这些命名的说法是否可信，是否牵强，这又有何关系呢，人们美好的愿望和朴素的情感寄托其间就可以了。况且这名儿也是可以更改的，每一次更名是一座山的一次仪式。

叫了世世代代的老虎山的更名发生在 1996 年，也正是这一次更名，让名声不是特别大的老虎山真正拥有了"虎虎生威"的更大名声——将军山。

1996 年 3 月 18 日至 25 日，中国人民解放军南京战区在台湾海峡举行陆、海、空三军联合作战演习。演习指挥部检阅台设置在临海而起、险峻陡峭、巨岩交错的老虎山上。3 月 19 日，中央军委副主席张万年牵领 128 位将军莅临山顶指挥、观摩三军联合作战演习。这次演习规模大，规格高，尤其对东南海岛——平潭岛来说，迎来 128 位将军和英勇的三军官兵，是前所未有的大事。当地政府和群众为扬浩气、铭盛世、启迪后人，于是改山名为"将军山"。

从卫星遥感图像远望平潭岛，平潭很像一只漂浮在海上的祈福祭祀用的神坛，也像古代传说中的神兽麒麟，所以平潭还有两个吉祥的别名：海坛岛和麒麟岛。将军山位于平潭岛的哪里呢？

打开地图，在那只"神坛"的左耳朵处，或者说在那只"神兽"的尾巴尖上，便是将军山的位置。将军山坐落于平潭岛南陲，三面环海一面靠山，地扼平潭南大门，海拔 104 米，虽不算太高，但这里视野开阔，山势崔嵬，万石森罗，自古为军事要塞。

当时为什么选择将军山作为三军作战演习的地点呢？除了上面说到的地势上的优势和军事要塞外，再则此地距离台湾新竹仅 68 海里，是平潭岛距台湾新竹最近的地方。另据考察将军山西北边的坛南湾两个突出的澳类似于台湾的基隆港，而作战演习的登陆滩澳正是坛南湾。

二

初秋的一个午后，阳光灿烂，秋风劲吹，我再次来到将军山，饱览美妙的海天石景，重温三军演习的炮声硝烟。上次光临将军山是在两个月前的夏天，带暑假中的孩子来，孩子玩得很开心，这里对军事枪械有着天然兴趣的小孩子是一种吸引，当然对我们大人来说，也是值得重游的地方。

汽车离将军山还有一段距离，没想到耸立于山顶的纪念碑如一顶细细长长的暗红色小"皇冠"，唐突而夺目地"闯"入我的视野中，给了我醒目的一个形象，一直到我来到山脚，它都执着地陪伴我的视线。我想，这是将军山对我以及每一位到此的游客的第一声热情的招呼吧。

进入景区，爬过一段不长的缓坡，便到纪念碑脚下了。仰头望去，刚才远望的那顶细细长长的暗红色小"皇冠"，变得具体而高大起来，硕大的建筑体独立山顶，显得气势恢宏。三军联合作战演习纪念碑其实是一座塔碑，由象征着陆、海、空三军的三把长戟合围而成，三戟如三把利剑刺向青天。塔碑三面六体，外有三面碑面，内有登塔之梯，可把游人送入塔碑顶端。碑面暗红底色，金色大字，一面为中央军委副主席张万年题词："统一祖国振兴中华"，一面为："三军联合作战演习纪念碑"。

塔碑在设计上是有讲究的。碑高31.8米，这是纪念演习日1996年3月18日。塔碑共九层，129个台阶，平潭地方建筑风格是喜奇不喜偶，故建九层；来此观摩作战演习的将军有128位，要把它变成奇数，就成了129，多出来的一位怎么解释呢？此山原名老虎山，老虎为百兽之王，故而把它也列入众多将军之中，同时也喻指三军作战演习是猛虎出山，威震四方，还据说当时来的128位将军家有50多位是属虎的呢。

登临塔顶，倚窗东望，台湾海峡尽在眼前，大海苍茫如雾，波涛如雪，水天一色，蔚为壮观，将无尽的天风海涛吐纳胸中，心境和视野在这一刻变得博大和宽阔起来，或许这便是大海对人无限的吸引力吧。转身向西北方向俯瞰下去，美丽的坛南湾静静地"湾"在那里，碧绿的海水追逐金黄细软的沙滩，像孩子一样顽皮。这里是当年陆、海、空三军抢滩登陆的地点，演习的主要内容有：快速装载航渡、两栖装甲集群抢滩登岛、空机降部队垂直登陆、多层次火力突击、多路强攻突破、立体穿插分割、纵深越点攻击。南坛湾对面的那个小岛名姜山岛，是一座无人岛，当时以姜山岛为目标，演习火炮攻击，姜山岛被削掉了三分之一。眼前的姜山岛如飘浮在大海上的一片树叶，美丽安宁，它也是那次重大演习的见证者和亲历者之一哦。

塔碑的基座底下，有一间放映厅，放映当年三军联合作战演习的录像，昔日壮阔无比的演习场景再一次在我眼前展现。

当时演习的场地有两个：一个是渡海登陆演习海域，一个是岛上山地进攻作战演习地域。

渡海登岛演习海域风雨交加，浪高涌大。由导弹驱逐舰、护卫舰、扫雷舰、猎潜艇、登陆舰艇和民用船组成的登陆编队，在空军、陆军航空兵和海军舰炮、导弹强大火力的支援下，一次又一次地粉碎了"敌军"的拦阻行动。空中硝烟弥漫，海上水柱冲天。扫雷艇、猎潜艇一马当先，破除水迹滩头障碍；水陆两栖坦克成群跃出登陆舰，多梯队编排冲上滩头；由步兵装甲兵、炮兵、防空兵等组成的登陆艇波和搭乘便民船的民兵、预备役部队编队，连续冲击；海军陆战队乘坐气垫船和冲锋舟，像一支支利箭射向登陆点；神通的空降兵和陆军特种兵，在"敌军"纵深阵地伞降、机降着陆，实现了指战员多点登陆、立体突破、分割围歼、夺占和连接登陆场的战役意图。

岛上山地进攻作战演习地域山峦起伏，完成登陆的我部队在空军、陆军航空兵和地面炮兵火力掩护下，采取并肩突击、两翼夹击、乘隙空插和越点攻击等机动灵活的战术手段，集中兵力火力向"敌"纵深发展创造了条件。担负主攻任务的部队前身是参加过南昌起义的部队，功勋卓著，威名远扬。在各军兵种以空中打击、火力拦阻、电子干扰、障碍迟滞、兵力抗击等多种手段联合抗"敌"反击的同时，由直升机、坦克、炮兵和步兵组成的我合成突击群，以风卷残云之势围歼了纵深核心阵地之"敌"……

放映厅的灯光亮起，炮声沉寂，硝烟散尽，外面是一个和平美妙的世界。

三

将军山不仅拥有军事文化的记忆，它还拥有海蚀地貌所形成的冠绝天下的滨海石景。

山野海岸、大如穹屋小如拳头的花岗岩石，历经天风海涛天长地久地劲吹、冲刷，雕琢出巧夺天工的各种造型来。海蚀崖、海蚀洞、海蚀穴、海蚀平台、海蚀阶地等星罗棋布，形态各异。有人说这里的石头名不虚传，个个有模样，个个有风骚；有人说这里的海魅力十足，四季堆雪，海天蔚蓝；我要说这里的海不会枯石不会烂，海石拥抱，等待千年之吻。这里代表性的景点有一线天、花岗岩洞、一片瓦等。

从将军山上下来，一条蜿蜒的小径把我引入巨石阵中，有时穿行于幽暗的石洞中，有时手脚并用爬越裸露的怪岩，高高低低，明明暗暗，走不多久背心沁出汗水来。这里的石洞迂回曲折，宽窄高低，全靠石头随兴而摆尽兴而设，既是巧合又是必然，彼此环环相扣，大洞套小洞。有的石块遮天蔽日，坚如磐石，风击浪搏而千年不落；有的双石对顶，蔚然耸立，看得人惊心动魄，担心它们彼此顶累了会不会分开？有的地方仅容一人侧身而过，有的地方可容数十人大摆"龙门阵"。人在洞中，清凉干爽，有海风吹过，有涛声传来，期待着快些见到大海。穿行于岩洞中，也算是别有风味。

最奇特的感受，要数穿越"一线天"了。两块几层楼高的巨石"挤"到一起，仅留半米宽的缝隙，是老天爷一刀劈下来而力道不够，忘了把它们分开多一些吗？如果你是一个两百斤的胖子，你必须小心你的肚子会卡在中间。我穿越过永安桃源洞的"一线天"，也穿越过武夷山的"一线天"，它们与这里的"一线天"一样，天空被岩壁"挤"成一条细线，让人感觉到世界的深邃，而这里的"一线天"又是独一无二的，它除了能看到线一样的明亮天空外，在它的崖隙口还能看到波涛汹涌的大海，而此刻线性的大海如烟如雾般缥缈，但它依然是博大的，从狭窄处观宽广的大海，是不是有一番言语难以表达的感受呢？我想，能看到大海的"一线天"或许只在平潭的将军山才有吧。

一路与石同行，而灰色石上那些猩红的摩崖石刻，总是在不经意间出现，给人印象深刻。"金戈铁马""江山永固""山川异域，风月同天""天风海涛"等石刻，无论从内容还是字体上来说，都是气势博大、刚健有力的，它们呼应了将军山的英雄气概。

离将军山不远的青观顶，还有一处为平潭旧时十景之一的"一片瓦"，错过倒是可惜。移步而下，在一处错落的山石处，可见一石横卧，长和宽均有十米左右，厚约五米，酷似片瓦盖在屋顶，其实片瓦之下是大石室，内如大厅，可容数十人。石室四周怪岩环抱。后边的洞门通向山巅，攀岩览胜，别有景致：有个石窟，积水清冽，终年不涸，称为"仙井"。石室右侧，有一巨石斜立山上，叫作"悬空石"，险而有趣。从这里远眺海中，有一块礁石，形似老人，称为"老人礁"。在"一片瓦"北面约百米地方，临海山上，有一块巨石，上面有个天然的大脚印，五趾可辨，深约寸许，自成一景，称为"片瓦仙踪"。可谓时时有景，处处有色。

三军演习的战火远去了，将军山的滨海石景魅力依旧。将军山风景保护区将以部队军事演习遗址为基础，逐步打造以"海滨石景，军事野营"为内容的国家级风景名胜区和爱国主义教育基地，成为军事野营、夏令营和主题郊游的好去处。

探"侠"尤溪

如果我是一名导演，我要拍一部原始森林夺宝的奇幻大片的话，我会把拍摄地选在尤溪"天下侠谷"；如果我是一名开明的父亲，我要把那温室里的"娇花朵"变成有侠气的汉子的话，我会把他丢到尤溪"天下侠谷"来；如果人生某个阶段我的生活受挫，或情感受挫，或事业受挫，我要把这"倒霉鬼"日子抛到九霄云外的话，我会偷偷躲到尤溪"天下侠谷"来；如果……

是不是没有见过世面？为什么这么多如果？为什么总是尤溪"天下侠谷"？

此言错矣。正是因为见过世面——喝过许多地的酒，见过许多地的云，走过许多地的山山水水——所以才会总是尤溪"天下侠谷"。原因有三：这里有神秘的、少有人踏足的原始森林和惊险的大峡谷；这里是有号称世界首家"侠"文化山水体验景区，可以感受侠客江湖的正义豪迈；这里是大自然赐予现代人的一处适合度假休闲、安神养身的山水桃源，离开尘世，又离尘世不太远。

我在这里向您意犹未尽地"推销"尤溪"天下侠谷"，还有一个更富吸引力的理由：这里是三明乃至福建境内目前最新发现、最新开发的规模最大的自然峡谷景观。可以这么说，您到过许多地方，听说过许多地方，但您或许没到过、甚至听都没听说过福建有这么一处"天下侠谷"，即使是尤溪本地人，到过的恐也不多。有人说，所谓旅游，就是从自己呆腻的地方去看别人待腻了的地方，但尤溪"天下侠谷"是一块"处女地",说呆腻还远远做不到,一切都是新鲜的,新鲜到连一个可以打听情形的人都没有。

当然,说藏之大自然"深闺"亿万年之久的尤溪"天下侠谷"的"新"——新的发现,新的开发——多少有些让人感到难堪和不好意思。有时发现意味着侵入,开发意味着破坏,但我们人类有太多好奇心,对自然美景和山水奇境的探寻总是欲罢不能、兴味盎然,殊不知,我们人类脚步的每一寸进发,对大自然都构成一种"侵扰",我们所谓的"新"与那些森林、峡谷的古老比起来,多少有些尴尬和不协调。不过,走进它们,并尽可能地呵护它们,是人类走进自然的基本态度和谨慎选择。或许为了避免尽可能地少"伤害"大自然赐予人类的森林、峡谷,"天下侠谷"景区的开发很"吝啬",做到了尽量少人工修筑,尽量与自然融为一体。

"天下侠谷"景区位于福建省尤溪县汤川乡胡厝村,距福州约78公里,距福银高速公路金沙、洋中互通口28公里,省道横五线绕门而过。这里属于福建第二大山脉戴云山脉以北的延伸带,是以花岗岩地质遗迹为主体的峡谷地貌。从卫星地图上搜索它,随着视域不断放大,莽莽群山之中深藏的这处美妙的森林峡谷便会变得可观可感起来,青翠无尽,起伏似浪。你会感慨,这确是上苍所赐,值得用心感受且珍惜。峡谷长约5公里,庞大的山体群彼此相依,这是远久的地壳运动的结局,经亿万年的风剥雨蚀,洪流冲刷,形成纵横交错,层叠有序的垅脊与沟槽,成为当地最美峡谷。

汤川乡胡厝村位于海拔840米的山上,我们的汽车随盘山公路九曲十八弯后,到达美丽平静的汤川小镇。乡里的卢副乡长陪我们去"天下侠谷",因为景区还没正式开放,没有"地盘上的人"指引我们是进不去的——我有幸成为先期走进"天下侠谷"的游客之一。从乡里到景区不远,二十来分钟路程,车窗外,民居静立,田垄阡陌,鸡犬相闻。

下车而行,至一个山口,一棵千年古树倒塌下来,古树粗壮,四五人才合抱得过来,倒塌的古树横亘在两块巨石之间,形成一道门,缠缚于树身的胳膊粗的古藤垂吊下来。这道门就是景区的门了,如果不仔细辨认，我还真以为是一棵古树呢？原来是用水泥浇制的，足以乱真。进山的栈桥和扶手均仿制古木和藤条，颜色和形制与自然交融一体，鲜见现代人工痕迹，让人感觉舒服。栈桥往山里延伸，满眼绿色，深吸深呼，富含负氧离子的清新空气、草木的味道、水汽的湿润一块儿沁入心脾。

尽管陪同我们的卢副乡长一再向我们"吹嘘"侠谷之奇美，但我所见山林之景致，与平常山林之景致，似乎没什么两样啊，就在我心嘀咕"不过如此"时，拐过一个山角，一个深若一两百米的大峡谷突然在我眼前冒出来，给了我的视觉一个"下马威"。往上看，巨大花岗岩垒叠而上，表面被风雨侵蚀成黑红锈色，岩缝隙间间或长着一些粗细不等的藤树，甚是壮观；往下看，深涧之下，怪石嶙峋，水声潺潺，有恐高的人必会捂着胸口怕看。

此刻我才发现，我们所站立的栈道是从山腰伸展出来的，如果从对面看，我们都"挂"在山腰上。为什么会从平常景致突然"坠入"让人"惊叹"的景致呢？原来我们是从八百余米的山顶进山的，引人进山的栈道呈下坡状，看似平坦，但是当栈道转过弯儿，就进入几百米落差的峡谷了，人一下子就被"挂"在峡谷边上，俯仰之际，峡谷的奇险尽在眼中，能不惊叹吗？

栈道继续绕峡谷下行，经过一段"之"字状的阶梯之后，栈道跨越峡谷，直接将我们"引渡"到对面的峡壁之上。站在悬空于两段峡壁之间栈道上，人宛如站在电线上的燕子，小而轻盈，抬头是相对而出的山岩，壁立千仞，俯首之下，纵深百米，水雾蒸腾，溪水汇集成见不了底的深潭。此刻，如果我有一副自翼伞，跃身而出，就能完成一次完美的峡谷飞翔的梦想。栈道贴着岩壁，继续在峡谷之间穿行，将峡谷与峡谷链接起来，有的峡谷亲如兄弟，彼此相拥，距离只有几米；有的相距甚远，对望如深情的情侣，而栈道就是他们伸出的手，在空中相牵。

当我们驻足回望，来时的栈道尽收眼底，才发现那嵌在岩壁上的栈道是多么的奇险。如果没有这道缠绕峡谷间的栈道，我们将丧失许多独特的感受，这里的峡谷之美多亏了这道设计构思独到的栈道。一旁的卢副乡长说，当时没有栈道，她们从山脚逆溪谷而上，攀越山石，发现这处奇美的峡谷。我游历过多处峡谷，大多如卢副乡长所说的，沿着山脚，顺着山溪而行，峡谷在可望而不可即的地方展示它的雄壮，而这里的"天下侠谷"，因那道富有想象力的栈道，让我们穿越在空中的峡谷间，体验了独特的峡谷之美。

这里的峡谷之美，美在风情万种，美在内秀大方，它集神奇、雄险、古幽于一身，让人流连、赞叹。神奇者，造型各异，神秘奇怪，如天神巧手而为，在似与非似之间，任想象力驰骋；雄险者，深涧绝壁，雄奇险峻，哪怕一只飞鸟也难以立足，人何以"挂"在崖身而泰然处之？只因有"天道"而助也；古幽者，古朴幽寂，幽深旷远的宁静峡谷，融合着天地洪荒般的自然音响，让人沉静、遐思，这里的一林一木，一山一石，如藏之深山的修行者，气韵沉郁……

当栈道慢慢降落，接近一片稍显开阔、平坦的峡谷之底时，"天下侠谷"富有魅力的第二章节便拉幕上演：世界首家侠文化实景山水体验区在您面前徐徐展开。

一路走来，你会发现，原始的森林秘境、幽深漫长的古老峡谷、水雾氤氲的高山湖泊，这些元素均不着痕迹地汇聚于"天下侠谷"之中，而这些，很容易让人联想到古老的冷兵器时代的江湖、绿林和游侠。既然来了，那就卸下面具，放下身段，来完成一次穿越，回到那个绿林好汉的江湖时代，做一个豪气冲天、自由自在的游侠吧。

侠是什么？侠是担当，侠是道义，侠是正气，侠是忠勇，侠是刀光剑影，侠是拯世济难，侠是打破束缚，侠是逍遥自在，往小里说侠是古道热肠，往大里说侠是为国为民，侠是一种行为，侠更是一种精神……每个人心中都有一个"侠"，每个人心中都做着一个飘荡江湖的"侠客梦"。看看我们所谓的现代生活，谁没有一些压抑，谁没有一些约束，谁没有一些不满，谁没有一些面具，要释放这一切，那就让心中的江湖"侠客梦"来一个"梦想成真"。而"天下侠谷"就是为你圆梦的所在。

天下侠谷，没错儿，是"侠谷"，而非"峡谷"。当初为这处景区命名就是借助了"侠"与"峡"的谐音，既说明这是一处美的峡谷，又强调突出"侠"文化的主题。这一创意无疑值得赞赏，不仅一下子将自己与其他峡谷景区区别开来，而且对游客有了一种独特的吸引力。为此，开发方在"侠"上做足了文章，为了让我们从不同方位走进正义忠勇的豪侠世界，景区设计了四大板块："江湖印象度假村""绿林仙境游览区""网游实景体验区"和"天下侠谷大联欢夜游区"。

在峡谷底部有一块平坦的地方，修筑有一个圆形的舞台，舞台背后有一个波光粼粼的高山湖泊，湖泊背靠一面阔大壮观的岩壁，观众席呈扇形阶梯依山而建，坐在这里，舞台、湖面、岩壁尽收眼底，这里就是"江湖印象度假村"以高山湖泊为中心打造的"江湖"。用水秀实景表演、夜游篝火等方式营造出仗剑天涯、笑傲江湖、尽显英雄本色的意境，让游客进入一个似梦似真的江湖世界。

离开"江湖世界"，重新回到沿山栈道上来，此刻的栈道带着你往一个山头上去，山头上筑有木屋、酒肆，一如电视剧《水浒传》中的样子。森林越来越茂密，气氛也越来越幽深紧张，这时候你得小心了，原始秘林中随时都会冒出几个绿林好汉，把你一下子劫入林中，洗劫你身上的钞票、手机、相机等一切值得洗劫的东西。如果你也是一条汉子，与他们配合默契，你也会成为他们中的一员，成为一名几百年以前、传说中的绿林好汉，过上啸聚山林、劫富济贫、大碗喝酒、大口吃肉的快意人生。这里是"绿林仙境游览区"，它是一个时光机器，带你穿越到过去，暂时忘了现在。

在我们快要结束我们的游览时，峡谷间飘起了小雨，至于与现代高科技相连接的"网游实景体验区"——在一款游戏中植入"天下侠谷"景区实景，让游客体验游侠惊险刺激的高空打斗，分享书剑飘零、仗剑天涯的侠骨柔情；领略中国首个互动瀑布老鹰岩瀑布排山倒海、飞流直下的游侠风采，从中演绎一曲自我版的游侠传奇——以及"天下侠谷大联欢夜游区"正在开发设计中，我们便无缘体验了，那就期待下一次重返给人印象深刻的尤溪"天下侠谷"了。

冰与火的缠绕

哈代与《德伯家的苔丝》

哈代 51 岁的时候，完成了他的小说巅峰之作《德伯家的苔丝》。该书 1891 年秋在伦敦出版，距今已 118 年。118 年，很多东西早已灰飞烟灭，读者老了一茬儿又一茬儿，而文字在人们的目光中历久弥新，一本书的生命远远超过一个人的寿命，哈代和他的苔丝便永远"活"了下来。这是经典的力量。

现在来说《德伯家的苔丝》是巅峰之作、经典之作，已然常识，没人质疑，没人反对，这是小说与时间较量的结果，时间是经典的评委是经典的试金石。一百多年了，一直有人忍不住被它吸引，被它感动，获得心得，这是一部书了不得的成就。而在 118 年以前，哈代将油墨还没完全干的《德伯家的苔丝》分章交由杂志连载时，事情远没这么简单，来自编辑的责难和部分读者的反对让这部"初试啼声"的小说开始了它毁誉参半的最初旅程。

先说编辑的责难。从 1889 年开始，哈代把《德伯家的苔丝》的一部分先后投给两家杂志社，但均以其中有不雅之处被退回。于是哈代把所谓不雅之处删去，把原稿部分改写，投寄给《图画周刊》——伦敦一种有插图的周刊，创始于 1869 年——才被接受，于 1891 年 7 月开始在该周刊上连载，同年 12 月载完。

从原稿中删去的"不雅之处"有两处，一处是第十一章苔丝被亚雷·德伯强奸那一段；还有一处是第十四章苔丝半夜给私生的婴儿行洗礼的部分。用我们今天的"见识"来看这两处"不雅之处"，我们会说，与我们当今作家对相同内容的描述相比，真是小巫见大巫，我们当今作家对强奸的暴露性描述和对一个婴儿死去的残酷性描述，要比哈代"不雅"十倍到一百倍。与我们当今作家对暴露和残酷所持津津乐道的态度不同的是，应该说哈代先生处理这两处还是很节制和力求唯美的，他写苔丝被强奸最直接的一段也不过如此："他（亚雷·德伯）跪了下去，把腰弯得更低，她（苔丝）喘的气暖烘烘地触到他脸上，他的脸也一会儿就触到她脸上了。她正睡得很沉，眼毛上的眼泪还没全干。"含蓄而细腻，在我看来，这简直是对"苔丝受污"一次"圣洁"的描述，恰恰相反，这段描述就是当年编辑先生们在"审判"《德伯家的苔丝》时认为出格的地方，也是他们拒绝《德伯家的苔丝》在杂志上露面的堂而皇之的理由。

《德伯家的苔丝》绝大部分在《图画周刊》发表时，哈代根据编辑意见，还把原稿有些部分进行了改动，比如第二十三章里，苔丝和三个挤奶女工结伴去教堂做礼拜，可是夏天漫涨的河水淹没了她们必走的一段路，克莱先生刚好经过此地——或许是有意制造的"巧合"吧——于是提出把她们一个一个抱过这一段泥塘，当四个姑娘听到这种提议时，"四个人的脸一齐红起来，仿佛只有一颗心在四个人的身子里跳似的"，在表面上扭扭捏捏、半推半就而内心激动的期待之中，四个姑娘被克莱先生一个一个抱过了泥塘。在这里，哈代用细腻敏感的笔触对这一部分做了精彩万分的渲染，写得让人心旌摇荡，他极有耐心地一个一个描述了克莱先生抱每个人过泥塘的细节和感受，每一次身体的接触和每一次微小的喘息他都写的像战争场景一样扣人心弦。哈代觉得自己必须这样做，因为热恋中的人的敏感神经比任何一只优秀的警犬都突出，苔丝与克莱的炽烈爱情必须在一次身体的接触中，来个实质地向前推进，所以，哈代设计克莱与四个姑娘的偶遇并抱她们过泥塘的情节，是这宗恋爱事件的必由之路，其中的细致描述不可回避，也不可避实就虚。哈代这样做了。于细微处发现真谛，这是一个大师的选择，也是一个大师成为大师的与众不同。

但遗憾的是，这一不应回避也无法回避的"抱"在《图画周刊》发表时改成了克莱用手推车把四个挤奶女工推过泥塘。这一足以令人发笑的改动，不仅削弱了小说的感染力，而且让一个伟大作家的心血付诸东流。看来，在维多利亚王朝的英国，男女"授受不亲"的道德观念如此盛行，并不逊色于我们中国的封建王朝。

不过，在1891年秋全书首次正式出版时，哈代按原稿，将《德伯家的苔丝》分期发表时的删改部分全部恢复原样，完整印行，分订三册。所以哈代在《原书第一版弁言》中特意提到了他的感谢，他说，"这些刊物的编辑和主办人让我现在能按照两年以前的原稿那样，把这部小说的躯干和肢体联到一起，全部印行，因此我对他们表示感谢。"我没有看到《德伯家的苔丝》那个蹩脚的删改版本，但我能理解一个作家不得已在删改自己"孩子"时的心情。虽然在现今的时代，出版行业的"不雅之处"已经由当年的"受污""残酷"场面变成了政治上的敏感和禁区，但这些所谓的"不雅之处"在时间的洗刷中不堪一击，会过时，会变得可笑，而它对一部名著伤害可以说微不足道。

再说读者的反对。前面提到的"不雅之处"，应该是编辑打着读者的旗号向哈代提出的，因为编辑是"读者这位上帝"喜好的揣摩者和执行者，编辑会充分利用这个权利的。事实上也是如此，当这本书出版并翻译成多种文字在各国出版后，读者对它的反对和攻击之声便不绝入耳。概括起来大致有三种声音：一种是对小说价值观有悖伦理道德的驳论。哈代为小说加上了一个副题"纯洁的女人",这一提法引起了教堂讲坛的抗议和批评家的谴责。他们认为一个小说家面对神圣的世界,竟然以失身女人作为小说的主角,而且竟公然断言她是一个"纯洁的女人",这是大逆不道、有违文明礼法的。基督教认为,"在洁净的人,凡物都洁净,在污秽不幸的人,什么都不洁净"。你哈代认为一个失身的苔丝是一个洁净的人,那么你和你的小说的价值观便有大的问题,而且小说到最后以血案结局,没有写出"唯一能证明这个人灵魂得救"的可能。

另一种声音是无法忍受"一篇体面的小说"写了暴力、粗鄙的内容。比如苔丝受污、半夜给婴儿洗礼以及苔丝在公寓杀死了亚雷·德伯,血湿了天花板等内容,是那些高雅的绅士、小姐们所无法容忍的。还一种是"大腕"的批评家,哈代称他们是"公然自命为文坛的拳师""老找机会扼杀那一星半点尝试性的成就","总是故意曲解明显的意思,并且假借运用伟大历史方法的名义而攻击私人"。

对此三种声音,哈代在1892年7月的再版前言中一条一条作了针锋相对的反驳。三年后,当《德伯家的苔丝》再版时,哈代在前言中说了这样一段让人浮想联翩的话,他说,"从这部书初版的时候起,到现在为止,时间虽然很短,而先前惹我发表那篇东西的批评者,却有些位,已经'沉入寂静'了;这仿佛提醒我们,他们说了些什么,我们说了些什么,全都丝毫无关紧要。"这段话不得不让我们想到我们当下的文学及其文学批评,历史的一幕竟如此相似。我们文坛的那些"拳师",无论是出于私己的利益还是眼光的局限,他们抓住一些出色小说细微的不妥之处,大势攻击小说的整体成就和有价值的突破,在短时期内,他们的声音高亢而振振有词,仿佛占据了上风,其实过不了多久,他们的看法和声音便如哈代所说"沉入寂静"了,而那些出色的而创新的小说却一版再版,一直热闹下去。如纳博科夫所说,"主义过时了,主义者们去世了,艺术却永远存留。"

不论编辑的责难还是部分读者的反对，总有一批忠实的读者跟随哈代的脚步一路走来，随着时间的推移，跟随队伍越来越庞大，他们醉心地阅读《德伯家的苔丝》，或许是沉入太深，他们甚至对哈代提出苛刻的恳求，要他给小说安排大团圆的结局。不过，更多的读者读懂了哈代也读懂了苔丝，他们能体味哈代在苔丝身上写下的善良、同情和忠诚，这些正是任何一个时代的人们所珍视的品质，而这部质朴无比的小说提供了这些，甚至更多连作者都没有想到的东西，只要你不断地去翻阅这部伟大的小说。

所以，比哈代年轻42岁的英国著名小说家伍尔夫，在哈代去世不久写下了《论托马斯·哈代的小说》一文，伍尔夫的评论一向刻薄尖锐，对很多著名作家给予了犀利而准确的批评，但是她为哈代折服，真诚且毫不吝啬地将溢美之词献给了她的前辈，"如果我们打算把哈代置身于他的同辈伙伴之中，我们应该称他为英国小说家中最伟大的悲剧作家。"她以为，除了哈代之外，"没有任何其他作家的至高无上的地位能被人们所普遍接受，似乎没有谁如此自然地适合于人们顶礼膜拜"，"当他活着的时候，无论如何总算还有一位小说家可以使小说艺术似乎称得上是一桩光荣的事业"。

这是至高的评价，哈代受之无愧。无疑，人们出于对哈代的热爱，甚至将他提到了与莎士比亚比肩的地位，这样做，似乎也不太过分，因为在对英国并不很熟悉的人眼里，英国除了等于莎士比亚之外，还等于哈代。

说到哈代，我会想到另一个人——哈代的崇拜者，哈代诗的翻译者——风流多情、诗名远播的我国著名诗人徐志摩，他在1926年7月的一个下午到哈代府上谒见了哈代，据说，他是唯一一位见到了哈代本人的中国作家。正因为这一"据说"，给了我们想象空间，似乎一个中国诗人的手与哈代的手握在一起，让我们觉得我们离心中的偶像更亲近了些，他们关于中国话题的谈论，尽管有些局促和浅表，但至少让我们感觉《德伯家的苔丝》的作者对我们——一个遥远的国度——也是略知一二的。这里头有一种虚荣的满足感，这是吃了个好鸡蛋便想知道下蛋母鸡的心理表现，也是英雄崇拜的心理表现。徐志摩说，"我不讳我的'英雄崇拜'。山，我们爱踹高的；人，我们为什么不愿意接近大的？"见到心中的英雄，我们会和徐志摩一样，"在美的神奇的启示中全身的震荡"。

徐志摩去见哈代的时候，哈代已经很老了，他住在自己设计建造的住宅马克斯门，马克斯门位于多切斯特东南一英里（约1.6公里）处的艾灵顿大道。这是一座维多尼亚风格的红砖建筑，左边是一片茂密的森林，右边是一个绿草如茵的花园，带有哈代小说的田园风味。《德伯家的苔丝》在这里完成。女仆告诉徐志摩，哈代先生是永远不见客的。徐志摩深谙其道，递上哈代朋友狄更生的引见信。朋友的信起了作用，如果没有这封信，徐志摩肯定吃闭门羹。哈代答应见见这位中国小伙。接下来，徐志摩用他富有激情的诗人笔调向我们描述了这位不同寻常的老头。

"这时候他斜着坐，一只手搁在台上头微微低着，眼往下看，头顶全秃了，两边脑角上还各有一鬃也不全花的头发；他的脸盘粗看像是一个尖角往下的等边形三角，两颧像是特别宽，从宽浓的眉尖直扫下来束住在一个短促的下巴尖；他的眼不大，但是深邃的，往下看的时候多，不易看出颜色与表情。最特别的，最'哈代的'，是他那口连着两旁松松往下坠的夹腮皮。如他的眉眼只是忧郁的深沉，他的表情分明是厌倦与消极。不，他的脸是怪，我从不曾见过这样耐人寻味的脸。他那上半部，秃的宽广的前额，着发的头角，你看了觉得好玩，正如一个孩子的头，使你感觉一种天真的趣味，但愈往下愈不好看，愈使你觉着难受，他那皱纹龟驳的脸皮正使你想起一块苍老的岩石，雷电的猛烈，风霜的侵陵，雨雷的剥蚀，苔藓的沾染，虫鸟的斑斓，什么时间与空间的变幻都在这上面遗留着痕迹！"

我从网上看过老年哈代的照片，与徐志摩的描述不差二字，只是徐志摩发明的"最'哈代的'"的说法多少有些让人不知所云。不过，徐志摩还是让我们目睹了一个谦逊、正直、简朴的哈代。哈代拒绝了徐志摩拍照的请求，还说也不给他的签名，他俯身到花园了摘了一红一白两朵花，说给徐志摩当纪念。他们的见面只有短短一个小时。"吝刻的老头，茶也不请客人喝一杯！"只有这一点，让徐志摩不爽，不过这是调皮的话，随后他说，"但谁还不满足，得到了这样难得的机会？"

机会的确难得！哈代在徐志摩见他的第二年——即1928年去世了，88岁，中国的米寿。不过，与世界上很多短寿的天才小说家相比，哈代已经活成"精"了。

苔丝：冰与火的缠绕

我用最简短的语言复述一下这个故事。《德伯家的苔丝》主要写了三个人，一个女人，两个男人——一个女人苔丝·德北：美丽善良、勤劳坚强；一个男人亚雷·德伯：纨绔子弟、游手好闲；另一个男人安玑·克莱：勤奋好学、有追求。苔丝家境贫苦，到冒牌的本家亚雷家谋得一个养鸡的活干，在一次赶集回程途中，被蓄谋已久的亚雷强暴。苔丝受污回到父母家中，她不愿嫁给她不爱的亚雷，生下的婴孩不久死去。在家潜修静养了两三年的苔丝，第二次离家，她去了离祖宗故土很近的一家牛奶厂做挤奶工。在奶厂苔丝遇到了克莱，克莱出生牧师家庭，在奶厂学习生产与管理，准备将来开办农场，两人两情相悦，坠入爱河。他们结婚了，新婚之夜苔丝和盘托出了被强暴的经历，克莱无法接受，分室而卧一晚后，克莱丢下苔丝去了非洲。苔丝痛苦万分，但她并不绝望，她用爱和思念，一面赎自己的罪，一面等自己的丈夫。漫长的日子后，苔丝家再次陷入绝境，落脚的房子都没有了，"魔鬼"亚雷再次现身，他帮助苔丝家，纠缠苔丝，苔丝再次与亚雷生活到一起，生活富足但不快乐。克莱从非洲回来了，人生的历练让他明白了他依然深爱着苔丝，他要找回苔丝。苔丝要做出选择了，在与亚雷的争吵中，她杀死了亚雷。苔丝在受到法律制裁之前回到了克莱的怀抱。最终，苔丝被执行死刑，克莱牵上了苔丝妹妹的手。

我以为，对一部历经百年、在世界各国出版的经典小说进行故事情节的复述，是一件愚蠢的事情。因为读过小说的人会认为多余，没读过小说的人认为乏味，让人左右为难。世界上的故事差不多都被讲完了，一部小说获得声誉、俘虏读者，靠的并不是故事情节——跌宕的也好荒诞的也好——而是故事情节背后的"秘密"，如人物的生活情怀、人物之间的微妙情感、似曾相识的生活感受、作者的人生态度、语言表达的张力等等，这些能让读者产生共鸣、得到提醒、获得心得的东西。应该说，以上复述的苔丝的故事——一个天使、一个魔鬼、一个英雄之间的瓜葛，已经有了足够吸引人眼球的元素，这也构成了一部出色小说的一个前提——一个抓人的故事，五百字的故事梗概让人对四十万字的小说产生无限的想象，那里有相当大的空间需要填补。哈代并不想在故事上做简单的加减乘除，他要做的是人物命运的精妙的微积分。实质上，哈代在这个故事框架下，用更加丰富的人生细节、有感情的自然风物和人物之间的爱恨情仇，搭建了一个多人物命运的崭新世界，而走进这个世界与苔丝她们拥抱，是我们每个读者要做的事情。

如果一部小说足够强大，即使它写的是百年前的故事，百年前的生活，百年前的人物，有一点可以肯定的是，它永远解决的是人现在的问题，或者将来的问题。一百多年前，《德伯家的苔丝》里边诸多的"不雅之处"，如女子身体贞洁、陌生男女身体接触、暴力场面渲染以及对苔丝是否纯洁女人的争论等等大问题，在今天的我们这里，已经不是什么问题了，或者说不是什么大问题了，很多人表示不会在意婚前性行为，贞洁观念正在淡化；男女身体接触变得很正常；暴力新闻每天都在发生、每天都在描述，文字之外还有无孔不入的视频，人们对暴力场面的描述有了免疫力，不再会大惊小怪；苔丝似的女人是否纯洁早已不会成为一个话题了。

那么，时至今日，我们手捧《德伯家的苔丝》，仍然被苔丝吸引被苔丝触动，那是为什么？吸引、触动我们的又是什么？苔丝面临的问题哪些是我们现在依然面临的问题？在我看来，至少有这样几个关键词或者说话题是我们无法绕开的。

选择。"苔丝·德北式"的选择。

小说最后，苔丝杀了亚雷，与克莱一起逃亡，度过了短暂的缠绵时光，在被抓走之前，她对克莱说，"这本是必有的事，""安玑，我总得算称心——不错，得算很称心！咱们这种幸福不会长久。这种幸福太过分了。我已经享够了；现在我不会亲眼看见你看不起我了！""我停当啦，走吧！"这是苔丝留在人间最后的话，话虽是对克莱说的，但是苔丝对自己行为的解释和一生的总结。"必有的事""很称心"——这件事（杀死亚雷重回克莱怀抱）是必然要发生的，是我的选择，我不后悔，我很满意。"这种幸福太过分了，我已经享够"——幸福对我的一生来说是如此短暂，如此奢侈，但我已经享受到了，在我爱的丈夫面前离开这个世界，我很满足。

这是苔丝的选择。苔丝一辈子生活在冰与火的纠缠之中，冰，是坚硬的，是物质的保障，但冰冷刺骨，冰是世俗的亚雷·德伯；火，是柔软的，是爱的激情舞蹈，但易引火烧身，火是理想化的安玑·克莱。苔丝忠诚自己的内心，选择了激情的火，放弃了舒适物质的冰，或许，这正是哈代认为苔丝是个"纯洁的女人"——"一个心地坦白的人对于女主角的品格所下的评判"——的理由，她的身体受了污，但她的心灵没有，白璧无瑕，她如飞蛾扑火般地选择自己的人生。这是一个悲剧人生，苔丝以杀死亚雷的方式与受污的身体和那段耻辱的经历告别，而重回克莱身边，苔丝是以放弃丰厚的物质生活和自己被处死为代价的。对苔丝来说，每一次所谓幸福——物质幸福和精神幸福——的获得都伴随着毁灭，所以苔丝的每一次选择都异常艰难，选择意味着取舍，在取和舍之间，无不矛盾重重，困难重重。

选择的艰难之一：家境贫苦需要物质帮助。尽管苔丝家祖上富贵风光，但到苔丝父辈这一代已经衰败无比了，苔丝父亲是乡下小贩，嗜酒，怠惰，母亲曾是挤奶工，虚荣，简单，家中一群小孩子，张着嘴要吃伸着手要穿，苔丝是长女，也不过十四五岁，稚嫩的肩膀上扛下了全家的担子，在父母眼中她是德北家全部的希望。正是因为贫穷，苔丝要去有钱的冒牌本家德伯家走亲戚，套本家的近乎，去谋得一份差事。苔丝父母倒是"醉翁之意不在酒"，他们并不是在乎这份差事，而是从德伯家公子那里得到暗示，想要苔丝嫁到德伯家去，那他们德北家也跟着荣华富贵了。苔丝到德伯家的差事是"伺候"一群鸡，期间，苔丝家里的确得到了来自德伯家的支助——获得了一匹干活的马和物质若干。苔丝并不喜欢德伯家公子亚雷，但垂涎苔丝已久的"色狼"亚雷强暴了她。都是穷惹的祸，是攀高枝惹的祸。苔丝家陷入第二次危机，是苔丝父亲去世之后，她们家连落脚的房子都没有了，此时苔丝又被新婚的丈夫克莱抛弃，亚雷又缠上来了，他给苔丝家安排了好的住处，安排了妹妹们的上学，苔丝在母亲无赖的目光中，和她并不爱的亚雷走到了一起。富有的亚雷给予了苔丝家生存的可能，当苔丝要选择放弃时，家中的大大小小，是没有一个赞同的，苔丝离开亚雷意味着全家的生活又将陷入无着的境地。

艰难之二：内心痛苦渴求宁静港湾。苔丝是痛苦的，失身的痛苦和失去丈夫的痛苦，痛苦的"平方"在折磨她，像往火上浇油，像往伤口上撒盐。虽然苔丝恶心亚雷，痛恨亚雷，亚雷毁掉了她的一辈子，但与克莱对她的抛弃与绝情相比，亚雷是实在的，而克莱是虚无的，苔丝不知道克莱哪一天回来？会不会回来？她对克莱的思念、等待到绝望经历了一段痛苦的煎熬过程，她等不来克莱的丁点儿讯息，她以为克莱永远地抛弃了她，苔丝累了，她的身体和心灵都需要停靠。而亚雷在这个合适的时间合适的地点出现了，亚雷不仅在物质上给予了她及她家人的安全感，而且在灵魂上希望得到苔丝的饶恕。苔丝开始接受现实，虽然她并没有在情感上接受亚雷，但她和亚雷一起过上了富足也平静的生活——她衣着光鲜，美丽依然，住在高档的公寓里，神态平静。所以，当从非洲回来的克莱突然出现在她面前时，苔丝惊慌失措，她不断重复简短的话语，"现在太晚了。""太晚啦，太晚啦！""可是我——我，太晚了。""他待我很好，并且我父亲死后，他待我母亲，待我家里的人都好。""他又把我弄回去了。"——说到这里，我不得不惊叹哈代的写作能力，他如此安排苔丝的话语和神态，是很适合人物的现状的，此刻的苔丝除了如此之外，似乎再找不到恰当的表现之处了——我们可以想象苔丝选择离开亚雷·德伯，需要多大的勇气和决心啊，一旦选择离开，所有的平静将再度打破，苔丝也一定会想，痛苦会再次纠缠到我吗？

无论多么艰难，苔丝选择了，放弃物质带来的平静生活，义无反顾地奔向激情的爱。

我们有必要把苔丝人生选择的难题拿到现在来，发一份调查问卷，如果你是苔丝，你会怎么选择呢？对这份问卷的答案，我们并不难想象，我们日常生活中时刻会面临苔丝似的选择，诸多的事实已经告诉我们，我们当今时代的女士小姐们，如果爱与物质不能同时兼得，她们大多会选择物质，就是说她们会选择与亚雷在一起，享受富足与稳定。她们并不愿重新接受克莱，我们时代女士们的价值观已经发生变化，她们认为与克莱的火一般的爱属于过去，人生经历一次足矣，她们不愿再次陷入思念的痛苦和被抛弃的恐惧中，而亚雷的物质和对"我"的好属于现在和将来。在物质之爱与精神之爱中，她们宁可压制精神之爱，也要享受物质之爱，所以在寻觅对象的条件中，女人对男人是否拥有"三子"——车子房子票子，比与男人间是否有"心跳的感觉"重要得多。这是当今女子与苔丝的不同，苔丝无法压制对克莱的爱，而选择逃避。

选择亚雷或选择克莱，都是一种选择，选择并没有对错，一个时代有一个时代的选择，但我仍然欣赏苔丝的选择，我认同哈代的看法，苔丝是个"纯洁的女人"，她选择了爱，同时也选择的毁灭，这是一种伟大精神的选择。

忠诚。"苔丝·德北式"的忠诚。

中国有句老话说，"身在曹营心在汉"。英国的苔丝是"身在亚雷心在克莱"。苔丝最终选择回到克莱的怀抱，是因为苔丝的忠诚，她忠诚于自己的内心，忠诚于爱。

小说从第三十八章开始，到第四十四章止，哈代用了全书将近五分之一的篇章，来写苔丝——一个痴心女子对有名无实的丈夫克莱的思念、期盼和等待。哈代的笔调是同情的，又是绝情的，他同情苔丝以泪洗面的等待，他绝情的是，让苔丝的等待陷入没有尽头的绝望中。苔丝不止一次地这样说，"我等你，等了又等，可是你老不回来！我写信叫你，你还是不回来。"我试图从小说中找出克莱在非洲停留的时间，这是苔丝等待的具体时间，但哈代并没有交代诸如其他小说常用的"几年以后""几年过去了"等词语，而且连隐藏的暗示都没有，所以我们无法知道时间有多长，哈代对这一时间长度的模糊处理，只能让我们同苔丝一样陷入没有尽头的等待之中。

苔丝在新婚之夜讲述了自己被强暴的事后，偏于幻想、爱得空灵的克莱无法接受，一瞬间"他脸上憔悴苍老了"。苔丝跪在克莱的脚旁乞求他的饶恕，克莱做不到，他说，"你从前是一个人，现在又是另一个人了。"两人都痛苦无比，苔丝痛的是即将失去真爱，克莱痛的是受到了欺骗。苔丝提出了离婚、提出了"你可以把我甩开"的请求，甚至准备用绳子结束自己的生命，但这些都因"有损你我的名誉"遭到了克莱的拒绝。新婚之夜,夫妻二人便分床而卧,三天后,克莱去了非洲。分手之前,克莱同意苔丝给他写信。最后,苔丝留下了一句话,她说,"因为我该受什么惩罚,只有你知道得最清楚。不过——不过——可别严厉到叫我受不了的程度!"苔丝一直希望得到克莱的宽恕。

受伤的苔丝,每次唯一的去处便是回到父母身边。一个寡居的女人要忠诚自己远方的丈夫,她要忍受寂寞,排遣思念,抵挡诱惑。苔丝用不停的劳作和给丈夫写信——她并不知道丈夫能否读到它们——的方式来度过漫长时日,她穿上大而旧的劳动服来掩盖自己的容颜,她一直戴着结婚戒指,证明那段婚姻的存在,但她戴的地方与众不同,不是戴在无名指上,她把它拴在一根带子上,戴在脖子上,别人看不见,而她又为自己的丈夫确实戴着,只有到了晚上,苔丝才把戒指从带子上解下来,整夜把它戴在手指头上,"仿佛这么一来,她就可以增强力量,使自己感到她就是那位善于闪躲的情人的真正的太太。"这真是一种让人感慨的别样的忠诚。

其实,苔丝的忠诚最难抵挡的是诱惑,来自仇人般的亚雷的诱惑。终究,苔丝为她的家人和她等待的绝望,再次牺牲了自己。不过,即使她同亚雷居住在一起,她也没有停止对克莱的思念,她在亚雷家的小灯下,给他写长长的热烈的信——这倒是一种滑稽的做法——她的信说,"……咱们两个结婚以后,我的宗教就是:在思想上和外貌上都忠心对你,因此就是有人冷不防对我说句奉承话,我都觉得对不起你……""……因为你不在这儿,所以我觉得,阳光之下,没有一样值得看的东西。地里的白嘴鸭和椋鸟,我现在不喜欢看了,因为我想起那个跟我一同看它们的你,我怎么能不难过呢?我不论在天上,不论在地上,也不论在地下,都不想别的,只想你,只想跟你见面。我自己最亲爱的!你来吧!快来吧!快来把我从威胁我的大难里救出来吧!你这心都碎了而仍旧至死不渝的苔丝。"这无疑是世间最忠诚最美妙的情书。正因为苔丝炽烈的永不熄灭的爱,所以当克莱突然出现在她面前时，她即使要杀掉亚雷，也要和克莱在一起。苔丝为她的忠诚付出了生命的代价，不过在最后，克莱也醒悟了，我们听到了他最像个男人的一句话，"我永远也不能把你撂下了！不论你做了什么，也不论你没做什么，反正我都要老用我的全力来保护你！最亲爱的爱人！"

忠诚是一种坚持，是一种抵抗，也是一种强大的爱，所以任何时代，忠诚都成为一种优秀的品质。很显然，当我们的时代对物质的享乐超出正常程度时，忠诚便成了一种稀有之物，背叛与反目时时发生，我们常常听说，某某与新欢勾结害丈夫性命为谋丈夫财产；某某夫妇分居两地为新爱反目等等，而那些像苔丝一样忠诚的故事，我们只能在大书特书的新闻报道中看到了，因为忠诚成为一个新闻话题，是忠诚的悲哀。所以在这个时代，我们更加想念苔丝——一个用生命书写"忠诚"二字的女人。

亚雷与克莱：两个摇摆的男人

说到男人，人们会想到阳刚、责任、坚强等词语来与之对应，这是"真男人"，还有一种"伪男人"或"假男人"，就是有某些女人软弱、寡断、啰唆等特性的男人。哈代很厉害，在苔丝身边写了另一种男人，就是界于"真男人"与"伪男人"之间的一种男人："钟摆男人"——这是我的称法。亚雷和克莱都属于"钟摆男人"，他们有"真男人"阳刚、负责任的一面，也有"伪男人"软弱、寡断的一面，他们在这两面之间摇摆，像钟摆一样，摆过去摆过来，摆过来摆过去。

或许有人会说了，男人不都是有两面性吗？还要你伟大的哈代来告诉我？不错，男人都有两面性，甚至多面性。不过，哈代写他们，并不是为了写出一种叫"钟摆男人"的新男人形象，哈代的目的，是为了写他们"摇摆"的本性,也就是写普遍人的"摇摆"的本性,让我们透过小说体味人性精妙的"微积分",即哈代并不是为了告诉我们有这种男人,而是为了告诉我们为什么会有这种男人,他们是如何在两面之间摇摆的。在小说世界里,哈代大权在握,他是控制钟摆器动力的那个人,最后他取出钟摆器的电池,钟摆停止下来——我们发现,亚雷依然是那个梦魇一样让苔丝走向悲剧的人,克莱也依然是那个宽恕了苔丝回归爱的人。

哈代的作为一个出色的小说家也在这里,他展示了人是如何"摇摆"这一过程的,展示是为了发现,发现只有小说才能发现的生活的秘密,具体到亚雷和克莱,就是"恶"的亚雷差点成了"好人",而"优秀"的克莱差点成了"罪人"。小说第六部分和第七部分,那些亚雷赎罪和克莱宽恕的深情的文字告诉我们,哈代在写两人的"摇摆"时,哈代自己都在摇摆了,我想如果哈代不控制自己的笔调,让亚雷得到真的拯救求得苔丝的谅解,让克莱永远不宽恕苔丝,那么小说的结尾将是一个光明的皆大欢喜的大团圆了,但最终哈代的笔不再"摇摆",哈代说我只在乎事实是怎样的,而不在乎像别人说的事实应该怎样,他尊重了苔丝的选择——亚雷和自己都将死,所以,苔丝和两个男人均成了彼此的悲剧。

我们回头来看他们的"摇摆"。克莱抛弃苔丝至少一年之后,苔丝走了十五英里(约23公里)的路去到爱姆寺牧师公馆,想去看看克莱的牧师父亲,或许可以问问克莱的情况。苔丝心情复杂,胆怯地拉响门铃,但没人应。苔丝去了村子附近的教堂,她在那里听到了一个四年没有听到的声音、一辈子也不想再听到的声音——亚雷的声音。

这多少让苔丝有些胆战心惊,她原本希望,她早年的生命和现在的生命,是可以分割开的,但眼前的情形并没有让她的希望成为事实,亚雷再次开始纠缠她了。

这时的亚雷，仿佛换了一个人似的，在苔丝眼里是这样："从前他那脸上的曲线，表现一团色欲之气，现在貌是神非，却表现一片虔诚之心了；从前他那嘴唇的姿态，表现巧言令色的神气，现在这种姿态，却显出恳求劝导的神情了。"亚雷自己呢？旧情人见面了，那个厚颜无耻、花言巧语的亚雷不见了，在苔丝面前，"他的嘴唇却只剩了挣扎颤抖的份儿了，一个字也说不出来了。他看见她以后，他的眼睛就四下乱瞧，不知往哪儿放才好，只是不敢往苔丝那儿瞧，却又忍不住，过几秒钟，就不顾死活地瞧她一眼。"亚雷变得紧张害臊了，这是一个人向善的表现，他为自己当年的行为至少表面上开始忏悔了，试想，如果亚雷还是以前那个吊儿郎当的亚雷，那这种神情便不会出现了，我们可以想象另一幅旧情人相遇的情景了。

亚雷的确是换了个人。他母亲死后，他成了讲道的人，他发下宏愿，"要尽我的责任，救世界上的人，免得他们将来受上帝的愤怒"，他甚至打算变卖所有产业后，上非洲去，尽自己全力，做传教的事业。而将亚雷劝导、指引到宗教路上来的正是克莱的父亲克莱牧师，亚雷当年侮辱过的那个人。

尽管如此，苔丝依然对亚雷没有好脸色，冷言讥讽，"我不信你会真变成好人。我不信你玩的这种宗教把戏。"亚雷并没有放弃，他除了安排苔丝一家的住房、弟妹上学等物质上的帮助以外，亚雷的宗教发挥了作用，他动之以情晓之以理，他先承认自己错了——"你很苦，比从前我认识你的时候还苦，让你受这样的苦，是不应该的。也许这种情况大半部是我给你闹出来的吧！"然后乞求苔丝给他一个机会——"你能不能给我一个唯一的机会，让我把从前对你做的坏事补救补救。"亚雷再退一步——"你如果不给我一个机会，至少给那些需要拯救的人一个机会，你先拯救了我，原谅了我，我好去拯救那些需要拯救的人啦。"

读到这里，我真的很感动，这些言语，让我完全相信了一个放荡不羁的花花公子真的是洗心革面重新做人了，再想到可怜的苔丝新婚三天就被丈夫抛弃的痛苦，这将心都掏空了的痛苦已经超过了被亚雷强暴的痛苦了，苔丝应该得到钟情于她的、在她身边的人的爱，尽管这个人是亚雷，但他已经是"新"的亚雷了。如果哈代还活着，还在使用手机，我会给他挂个电话，对他说，"哈代先生，我们中国有句话叫'狗改不了吃屎'，但是亚雷这只狗，不仅改了吃屎的习惯，而且他还变成了一只羊，吃进去的是草挤出来的是奶，他已经变成了一个比好人还好的好人了，他应该得到好报啊。"哈代可能会这样回答我，他说，"朋友，亚雷是否变成了好人，我不知道，我只知道，他们都是像钟摆一样摆来摆去的人。"

亚雷的最后撒手锏终于俘虏了苔丝，他总是对苔丝"攻心"——你的丈夫永远不会回来了，你会成为一个永远的弃妇，我会给予你需要的一切。苔丝接受了亚雷。

当一切似乎尘埃落定、亚雷成为真正的"好人"时，哈代让摇摆的钟摆摆向了另一边，亚雷不去讲道了，在讲道与一个美丽的女人之间，亚雷选择了后者，他四年前的影子又回来了，他将自己没心思走上救世道路的原因怪罪到了苔丝身上，他带着一种乏味无谓的鄙夷之意说，"你为什么又来诱惑我哪？我没看见你以前，我很有一番决心，不过你那两只眼睛和你那两片嘴唇儿——太厉害了。"这简直是无赖加流氓的"申辩"，亚雷的说法，是一个信徒重返下流的证据。

这就是"钟摆男人"的表演过程，他让我们读者跟着他在两极之间摆动，时而为他祝福，时而为他叹息，读者的情感如经历冰火两重天之后，收获了对人生的感悟，对生活的慨叹。

至于那位狠心的克莱先生，哈代只用了短短三十五页——要知道与砖头一样厚的全书相比，这三十五页薄得像一片瓦——就让克莱从非洲返回并宽恕了苔丝。仿佛为了迅速结束这桩漫长的悲剧故事，哈代已经没有耐心再细致入微地分析下去了,就让一切结束吧。这样匆忙地处理,我觉得让克莱的宽恕来得太容易,他内心的冲突与痛苦像烟一样迅速飘散了,有些不符合对爱和人生端于空灵幻想的克莱。不过,哈代依然让克莱的人生有了"摇摆",这也是丰富之一吧。

苔丝隐瞒身体受污犯下错,伤害了克莱,克莱接受不了现实,远走非洲,期望用时间和距离去抚平伤痛,这是事实的一面。而事实还有另一面,克莱新婚不久抛下贫苦无依的苔丝,让苔丝陷入自责与思念的双重痛苦之中,生活无着,居无定所,还得防范亚雷的骚扰,甚至一个改错的机会都不给妻子,作为一个男人,是说不过去的。

试想,如果哈代一直让克莱留在非洲,不返回苔丝身边,尽管苔丝有错,但克莱作为一个丈夫,一个男人,不顾妻子死活,永远抛弃她,就成为十足的承担不了责任的"伪丈夫""伪男人"了。哈代没有这样做,非洲的生活历练了克莱,克莱看到苔丝的信,他很快便宽恕了她,克莱去找苔丝要和她在一起的那一刻,那个"自顾自"的"伪男人"瞬间没影儿了,变成了"真男人"。

哈代总在人物行为的摇摆之间"捉弄"我们,呈现小说的魅力。不过,两个男人的结局,仿佛是《德伯家的苔丝》最合适的结局。

天下母亲以及刷标语的人

有句老话说,"无心插柳柳成荫"。小说家的写作有时也是如此。没花心思,偶然从脑子里蹦出来的几个次要人物,进入小说帮衬主人公,着墨不多,角色也不重,往往成为整部小说中写得最精彩、最具活力、最吸引眼球的人物。是不是因为小说家写得很放松、很自由,所以人物的"神"一下子就出来了?可能。有时候,次要人物的成功甚至会超过主要人物,喧宾夺主的意味很浓。这种情形,不知道是小说的成功,还是失败?也不知道是该为小说家献花,还是泼冷水?

《德伯家的苔丝》中,除了主要人物苔丝、亚雷和克莱外,让我无法忘记的还有两个小人物:一个是昭安·德北,即苔丝的母亲;另一个是一个提油漆桶刷标语的人。昭安·德北在小说中出现的次数多些,有六次,而刷标语的人,"出镜"仅两次,字数不足千,甚至连名字都没有,我只能称他"刷标语的人"。两人写得成功,前者是因为作为"母亲"典型而存在,且作为典型形象中个性突出;后者是因为作为个人而存在,且在个人中有某种普遍性。

很显然,这两人是哈代的神来之笔。

昭安·德北是一位既"可爱"而又"可恨"的母亲。说她可爱,是因为同天下所有母亲一样,德北太太爱孩子,疼孩子,是孩子最亲最信赖的人。有人说,母爱是天下最宽广最无私的爱,母亲的胸怀永远是儿女们身心停靠的港湾,这话不假,德北太太对女儿苔丝来说,也是如此,女儿如果在外受了委屈,回家第一个倾吐对象大多是母亲,母亲温和、包容,而且永远站在女儿这一边。

所以,当苔丝两次受到无情打击——一次是被亚雷强暴一次是被克莱抛弃——苔丝的人生几乎无法支撑下去的时候,苔丝两次回到家,每次见到的第一个人都是她的母亲德北太太。

我们来看小说的描述。第一次,苔丝受污后,身心疲惫地回到家,小说这样写道:

"一缕轻烟,从她父亲家的烟囱里忽地冒出,她见了心里难过起来。她进了家,看到屋子里面的光景,难过得更厉害。她母亲刚下楼,正弯着腰点剥了皮的橡树枝子,烫水壶,做早饭,见她来了,转身和她打招呼。孩子们还都没下楼,她父亲也没下楼。那天正是礼拜天,所以他觉得,多躺半点钟原属应该。

"'哎哟,俺的乖乖,敢情是你!你走到俺紧跟前儿,俺才看出来是你!你是来家预备结婚的吗?'她母亲出乎意料,看见她到跟前,一面嚷着,一面跳了起来,去吻那女孩子。

"'不是,妈,我不是为那个来家的。''那么你告了假了吗?''不错,告了假啦,告了长假啦,'苔丝说。'怎么,咱们那位本家不办那件大大的好事儿啦?''他不是咱们的本家,他也不想娶我。'她母亲把她仔细打量。'到底怎么啦?你的话还没说完哪,'她说。于是苔丝走上前,把脸扒在昭安的脖子上,告诉了她一切的情况。"

第二次,苔丝与克莱分手后,伤心无比,孤独地回到家,小说这样写:

"她看见了她父亲家里那个烟囱的时候,就心里想,那一个家,她怎么能进去呢?她的父母弟妹,都正在那所草房里,坦然平静地琢磨她现在怎样快活美满哪——琢磨她怎样正和一个比较有钱的丈夫,到远处去做蜜月旅行,她丈夫将来要跟她怎样过荣华兴盛的日子哪;谁想得到,她却在这儿,举目无亲,孑然一身,世界之大,再也没有其他较好的地方可以去得,只能仍旧蹭回到自己旧日的家呢!

"她走上园径,听见她母亲在后门那儿唱小曲儿,她走上前去一看,只见德北太太正在台阶儿上拧床单子。她并没看见苔丝,所以拧完了床单子,就进了屋子里面去了;她女儿跟在她后面。

"洗衣盆仍旧放在旧酒桶上那个老地方。她母亲把床单子放在一边儿,正要把胳膊再伸到盆子里。

"'哟——苔丝吗!——我的孩子——俺想你结了婚了吧!这回

可是千真万确地结了婚了吧——俺们把苹果酒——''不错,妈;是千真万确地。''千真万确地要结婚?''不是,我已经结过婚了。''结过婚啦!那么你丈夫哪?''哦,他走啦,暂时走啦。''走啦!那么你们是哪一天结的婚?是你告诉俺们那一天吗?''是,就是礼拜二那一天,妈。''今儿刚礼拜六,他就走啦?''不错,他走啦。''这是怎么回事啊?俺说,你怎么嫁了个这样该死的丈夫哪!'"

哈代将苔丝两次回家写得很有意思:两次都写到了家里的那个烟囱,写到了家里无任何改变的贫苦,这给苔丝的打击是雪上加霜,"穷人的孩子早当家",苔丝本来是想改变家里的景况出去的,现在却好,在外身心受了伤害,回家看到的又是如此情形,更加难过,觉得对不住父母。再者,两次都写了苔丝母亲吃惊的表情和语言,苔丝母亲跟女儿交谈的第一句话,总离不开女儿结婚的话题——"你是来家预备结婚的吗?""这回可是千真万确地结了婚了吧!"德北太太的"可爱"之处便显示出来了,一位农家妇女对女儿命运及家庭景况的改变全寄托在女儿是否嫁了一个有钱的丈夫上,这种问话,问一次便伤一次苔丝的心,也伤一次读者的心。所以说,哈代这样写德北太太是很有力量的,一个神态,一个问话,就把人物写活了。

母女对话之后,苔丝"把脸扒在昭安的脖子上",向母亲倾吐她的遭遇,苔丝悲伤至极,用眼泪清洗她内心堆积的郁闷,一个母亲再怎么势利,她的胸怀都是柔软和温暖的,总可以包容和化解女儿的不幸。很快,知道详情的德北太太,不再责怪自己女儿没有使劲儿抓住给她带来伤痛的男人,而是,将攻击的矛头掉转过来,对准那两个"该死"的男人,以此来安慰自己的女儿,德北太太说,"也罢,俺想咱们只有尽力往好里对付了。""得,得;已经做过的,不能变成并没做过的呀!"德北太太另一个"可爱"之处便在这里,在大是大非问题上,她不糊涂,她永远站在女儿的立场上。

同时,德北太太又是一位"可恨"的母亲。她图慕虚荣,好面子,将改善家境的赌注压在苔丝的婚姻上,某种程度上说,苔丝悲剧的发生,德北太太逃不脱干系,她起了推波助澜的作用,至少有关键的两件事说明这位母亲的"可恨"之处。一是小说最初,苔丝去德伯家打探后并不想去德伯家干活,因为她看不惯亚雷的"色"样,而苔丝母亲隐瞒了亚雷送来的求爱信,说成是通知她去上班的信,尽管德北太太预感不好,但是她的虚荣心战胜了对女儿未来的担心,还是敦促女儿去"出嫁"了。二是小说中间,苔丝就要嫁给克莱了,但是苔丝坐立不安,很苦恼,她不知道结婚前是否要将过去受污的事告诉克莱,苔丝写了封急迫的信征求母亲的意见。德北太太迅速亲笔回信,她以一个过来人丰富的人生经验告诉苔丝,她说,"……不过关于你那个问题,苔丝,我嘱咐你一句话:千万不要把你从前的苦恼,对他露出一丁点儿来……我为你的幸福打算,特为逼着你,要你答应我,不许你在言语里或举动上,露出你从前的苦恼来。"德北太太可谓用心良苦,交代了又交代,苔丝听从了母亲的话。可以说,正是德北太太这两次关键时刻的"隐瞒",悲剧便不可避免地发生了。尽管如此,不过,善良懂事的苔丝似乎并没有"恨"自己的母亲,对母亲来说,女儿也是宽宏大量的。

我们回过头来,看看那位、快要被人遗忘了的提着油漆痛到处刷标语的人。

苔丝受了亚雷的辱,返回家乡,在到家之前,她碰到了刷标语的人。刷标语的人"把篮子和铅铁罐儿放在地上,用画笔搅罐里的涂料,往作篱阶那三块木板中间那一块上,动手描画起方方正正的大字来。"

这是如此熟悉的一幕,或许,我们都有过刷标语的经历——只要你读过几天书,总有人会抓你的差儿,让你在红彤彤的纸上或者白花花的墙上,写上一些鼓舞人心或者警劝别人的话,比如在学校,"纪念五四运动,弘扬爱国主义""锻炼身体,保卫祖国""教育要面向世界、面向未来、面向现代化"等等，比如在山村的墙上，"谁烧山，谁坐牢""计划生育是我国的基本国策""知心知己，枝江大曲"等等。标语是一个时代的窗口，透过这个窗口可以窥视一个时代的特征，二十世纪三四十年代，我们全中国的墙上刷的是战争标语，那是一个战争年代；五六十年代，我们刷的是"毛主席语录"，那是一个火热的政治年代；九十年代，刷的是无孔不入的广告，那是一个商品经济的时代；进入二十一世纪，刷的是奥运宣传语，这是一个奥运时代……

那么，一百多年的英国，刷的是什么标语呢，那个刷标语的人告诉了我们，他们刷的是："你犯罪的惩罚正眼睁睁地瞅着你。""不要犯奸淫。"他们刷的是上帝的一些话儿，告诫人们要恪守道德，守身如玉。读到这里，哈代就会启发我的联想，想到我们的标语，我们的时代，这是那个个性十足的刷标语人带给我们阅读之外的收获。我甚至能回忆起我们当年刷标语的感受，感觉我们就是手握大权的将军，要将号令发号三军，让所有人都知道，我们很荣耀。而小说中那个刷标语的人，他说，"一个礼拜，我为人类争光，工作六天，到了礼拜天，我为上帝争光，工作一天。"他比我们厉害，我们是为人民工作，而他刷标语是为上帝工作，所以他感觉良好。当苔丝看到墙上这些标语时，做贼心虚地问他，声音都有些颤抖，苔丝问，"假使你犯的罪，不是出于自己的本心，那该怎么样哪？"这位刷标语的先生绕来绕去后说，"那让看摘句的人问自己的心好啦。"这完全是上帝的口吻，这话的确如苔丝说的"能把人吓死，能要了人的命"，因为人可以欺骗别人，除了上帝外唯一欺骗不了，就是自己，所以那位先生吓着了可怜的苔丝，他的气势——一个刷标语的人把自己当成了上帝的代言人。

那位刷标语的人在九十六页出现后，再次出现也就是最后一次出现，已经是在小说的第三百六十二页了，小说就快结束了。亚雷告诉苔丝，涂摘句的那个人，是自己和别的同道人雇的，专在这一带地方，涂写这些醒世经义。弄了半天，原来那个有上帝口气的刷标语的人是"流氓"亚雷雇佣的，真是滑天下之大稽。

任何时代都有自己的标语，标语成为一个时代的记忆，镌刻在时间的石碑上，供后人怀想。标语也成为一个时代的价值观之一，它简洁明了，充满力量，企图说服更多人，劝诫更多人。宋代王安石诗云，"千门万户曈曈日，总把新桃换旧符。"就是说每年家家户户，那些旧标语总被新标语覆盖，没有尽头。随着时间的变迁，提着红油漆桶走街串户刷标语的做法已经不见了，标语还在，只是换成了电脑制作的漂亮美观的彩色字。《德伯家的苔丝》里那个刷标语的人之所以给我们深刻印象，是因为他以鲜明且滑稽的个人形象勾起了我们对"刷标语"话题的如此深远的想象，这也是小说的魅力之一吧。

最后，我想提提这部书的翻译。我读的是人民文学出版社1984年7月北京第2版，由张谷若先生翻译，读来流畅，虽是翻译小说，但是中国作家的笔法，有一股如多年陈茶散发的古香，或许得益于张谷若先生的中国古典文学的功底，1903年出生的老先生，他们的国学功底应该是令人信服的，那是长在身体里的东西，不像我们，离真正的国学已经很遥远了。外国小说读出中国古味，也算奇迹之一吧。张谷若，1903年出生，1994年去世，山东烟台人，毕业于北京大学英文系，北京大学英语系教授，翻译哈代小说多部。不过，译文让我感觉怪怪的是，将"我""我们"翻成了"俺""俺们"，我不知道如果全篇用"我""我们"会感觉怎样，但是，谁叫张先生是山东人呢。

每个人都是一个时代

一、小说之外的故事

时光流逝，似乎所有的经典小说都在面临一个问题：能否继续吸引读者？能否继续带给读者阅读享受——快乐的抑或悲伤的？平静的抑或向上的？戏谑的抑或神圣的？时代在变，读者在变，没变的是印在纸上或显示在屏幕上的那些文字——那些已经被"大浪淘沙"成为经典的小说。

即使已经躺在经典的温床里，也依然有被"掀"下床的可能。经典，有三十年的经典，有五十年的经典，有八十年的经典，也有一百年的，有一千年的……

时间是残酷的，读者是挑剔的。一部小说，当年在出版和阅读上的风行、热议，或者争议、歪曲、禁行等等，这些"盛况"与"轶事"，潮水般退却之后，时间的沙滩上只留下几根羽毛几片贝壳。这些背景，当年无论声势如何浩大，反正今天的读者是不会太在意了，这些东西也不会再次成为阅读的催化剂了。当年的热闹冷却或淡忘之后，如今，偶然得到这部小说的人们，在意什么呢：能否吸引我？能否带给我享受？能否促使我去思考点什么？一部五十年百年前的小说还要继续接受读者的"在意"检验，并交出完美答卷，那它必须具备什么样的魔力啊？

这是一个无法回答的问题，它的答案在每一部已堪称经典的小说里边。每一部经典都有成为经典的理由。我以为，鲍·帕斯捷尔纳克的《日瓦戈医生》是交出了完美答卷的经典之一。

而它与其他经典小说不同的一点是，其他小说早已成为一个封闭的文本，小说之外的社会背景和作者故事在今天的读者看来已经是一张老旧发黄的黑白照片了，而鲍·帕斯捷尔纳克和他的《日瓦戈医生》之间的故事，则是一张彩色数码照片，总是被人"拷贝""翻新"，时时会有"清新"的风吹来。一直以来，人们总是兴致不减，将他作为反观现实的一面镜子来谈论，谈论"日瓦戈事件"与阅读《日瓦戈医生》融为一体，成为网络时代"浅阅读"的一道独特景观，而其中的"潜台词"昭然若揭：一个作家与政治、一个知识分子的命运与爱情，他们之间的关系、因果、结局，成为后人说不尽道不完的话题。这些话题不仅属于帕斯捷尔纳克一人，也不仅属于《日瓦戈医生》一部小说，它好像属于任何一个时代，属于很多人——作家与政治？命运与爱情？的确，看起来是很有吸引力、经久不衰的话题。

就像从印度移民英国、2001年诺贝尔文学奖获得者奈保尔评价他的老乡、著名作家拉什迪，说"拉什迪事件"是拉什迪作品最极端的文学批评形式。同样因政治而起，我们是否也可以说，"日瓦戈事件"是《日瓦戈医生》最幸运与最不幸遭遇的缘由。通俗点说，是政治——小说里边的政治和小说之外的政治——成就了小说《日瓦戈医生》的同时，也毁了《日瓦戈医生》的主人、小说家、诗人鲍·帕斯捷尔纳克。政治在文学的世界里，就是这样一柄双刃剑，一刃闪着锋利的寒光，一刃沾满良知的鲜血。

先说小说里边的政治。1948年动笔,八年后的1956年,《日瓦戈医生》诞生。小说从1903年写起,写到1943年结束,主要笔墨集中写第一次世界大战和俄国十月革命前后,日瓦戈医生的经历和遭遇。革命、战争和政治是一股摧枯拉朽、滚滚向前的浊流,而日瓦戈医生是被这股浊流裹挟着的一根稻草般的人物,他见识了革命、战争和政治,但他并不是时代的木偶,他总在不停反思,反思了革命的暴力之"痛"——"白军和红军互相比赛残忍,轮番地在暴虐程度上压过对手,仿佛把残忍翻了几番","人类文明的法则再已经不起作用,起作用的是兽性法则"。日瓦戈医生对苏联共产主义的拒绝——照意大利著名作家卡尔维诺的说法是——"视乎是朝着两个方向推进:反对内战释放出来的那种野蛮和残酷无情;反对那些使革命理想冻结的抽象理论和官僚空话。"

《日瓦戈医生》完成不久,手稿被寄往当时苏联作家协会主办的苏联影响力最大的文学杂志《新世界》,帕斯捷尔纳克希望小说在国内发表。但小说主人公日瓦戈对革命暴力之痛的反思,其实就是对俄国十月革命看法的不同声音,而苏联政府的合法性是建立在十月革命上的,对十月革命的不同声音,已经不是文学问题,而是政治问题了。所以不久,帕斯捷尔纳克收到《新世界》退还的手稿时,还收到了一封措辞严厉的谴责信。信中说,"您的小说精神是仇恨社会主义……小说中表明作者的一系列反动观点,即对我国的看法,首先是对十月革命之后头十年的看法,说明十月革命是个错误,支持十月革命的那部分知识分子参加革命是一场无可挽回的灾难,而以后所发生的一切都是罪恶。"而当1956年11月,《日瓦戈医生》"偷偷"在意大利出版,并神速般地于1958年10月在瑞典获得诺贝尔文学奖时,帕斯捷尔纳克和他的《日瓦戈医生》已经变成小说之外的政治了。

小说之外的政治,至少在三个方面凸显出来。

一是苏联国内文学权威谴责意大利出版商出版《日瓦戈医生》，而且通过官方渠道，让意共领导人和苏联驻意大利使馆向出版商施压，不要出版《日瓦戈医生》。二是美国中情局促成《日瓦戈医生》获诺贝尔文学奖。1950年代，美苏冷战，因《日瓦戈医生》的政治倾向，美国决定让苏联在全世界"出丑"，那就是促成一本"否定自己"的苏联小说获诺贝尔文学奖。诺贝尔文学奖的评奖条件之一是要求作品应当要有作家本民族语言的版本才能参评。《日瓦戈医生》并没有在本国出版过。莫斯科著名研究员伊凡·托尔斯泰在2007年出版的新书《被洗劫的小说》中透露了其中细节，这些细节是伊凡·托尔斯泰从一名前中情局特工的信件中找到的相关行动的描述。帕斯捷尔纳克曾经向在西方的朋友寄去数个《日瓦戈医生》的俄文版手稿附件。当时美国中情局在英国方面的协助下，从一架被迫降落在马耳他的飞机上盗取了一份《日瓦戈医生》的原稿。在乘客等待飞机重新起飞的两个小时里，中情局特工从一个手提箱里取走了手稿，拍摄之后又放了回去。不久，中情局就在欧洲和美国同时出版了俄文版的《日瓦戈医生》。伊凡·托尔斯泰说："他们避免使用那些可以一眼就看出是西方制造出的纸张。他们选用了在俄罗斯普遍使用的那种特别字形，并且在不同的地方印刷小说的各个章节，以防止它落入其他人的手里。"对于及时收到俄文版《日瓦戈医生》并将帕斯捷尔纳克纳入1958年诺贝尔文学奖的参评名单，瑞典文学院的成员都感到很意外。三是帕斯捷尔纳克获诺贝尔文学奖之后，被迫拒绝领奖。苏联政府表示，如果帕斯捷尔纳克到瑞典领奖后不再回国，苏联政府决不追究。这其实是一种对帕斯捷尔纳克驱逐出境的"极端措施"。帕斯捷尔纳克不得不拒绝领奖。一个作家因作品与政治掀起的一场没有硝烟的战争达到高潮。

帕斯捷尔纳克，1956年完成《日瓦戈医生》，小说同年在意大利首次出版，1958年获诺贝尔文学奖，1960年去世。

帕斯捷尔纳克去世30年后，他的儿子叶甫盖妮·帕斯捷尔纳克于1989年代父亲领取诺贝尔文学奖时说,"我的父亲没有参与出版小说俄文版的活动,他也不知道中情局对此感兴趣。我的父亲从未想到自己会获奖。令人感到伤感的是,它给他带来了许多痛苦和苦难。"

作者死了,政治远去了,《日瓦戈医生》在文学上活了下来。

我们是否可以说,政治原因让这部小说迅速"走红"全世界,并为它赢得了莫大的知名度,而让它持久受到关注、被不断阅读,则归功于小说在文学方面的魅力了。50年前,它在欧洲的首批读者中,有一位重量级的作家——卡尔维诺,他这样描述他阅读《日瓦戈医生》的感受,"在二十世纪的半途中,俄国十九世纪伟大小说又像哈姆雷特父亲的鬼魂一样回来打扰我们了。这就是鲍里斯·帕斯捷尔纳克的《日瓦戈医生》在我们也即他的首批欧洲读者中引起的感觉。也就是说是文学的反应,而不是政治的反应。""全书的意义不是在清楚讲出的理念的总和中求得,而是在其整体的形象和感觉中、在生命的况味中和沉默中求得。"这是一个同行对《日瓦戈医生》的赞誉。在欧洲出版30年后,也就是在苏联解禁它的1980年代,《日瓦戈医生》来到了中国,它一度受到文学青年的热捧。其中有一位日后成为中国著名作家的迟子建,在2001年重读一遍后写下了这样的话,"我喜欢拉拉和日瓦戈医生之间的那种爱情。那是一种受压抑的、高尚的、纯洁的爱情。他们之间那种内心热烈如火而外表却竭力克制的爱情令人同情和钦佩。其实真正的幸福总是和痛苦相依相伴,而倍受折磨的爱情就像含露的花一样惹人怜爱。"

无法把握的人物命运,弥足珍贵的爱情,以及悲壮苍凉的表达,这是《日瓦戈医生》表现出来的所有的文学,也是吸引一代代读者翻开这本书的唯一理由。如果我们今天还会说到其中的政治的话,那已经是"白头宫女在,闲坐说玄宗"了。

二、命运是什么

我不知道命运是什么。我知道很多人在谈论命运。从古至今。

《易·乾》说,"乾道变化,各正性命。"其注云:"命者,人所禀受,若贵贱夭寿之属是也。"大概意思是说命运不可抗拒,人只有敬畏它,禀受它。《诗·维天之命》云:"维天之命,于穆不已",注云:"言天道运转,无极止时也"。命运无穷,无论人有怎样的想法,命运自动运转,人是无助的渺小的。《康熙字典》对命运的解释是:命也,不可改;运也,可以转。意思是命是车,运是路,车随路转,起点是出生,终点是死亡。诗人食指写有《命运》一诗,其中有诗句,"我的一生是辗转飘零的枯叶,我的未来是抽不出锋芒的青稞;如果命运真是这样的话,我愿为野生的荆棘高歌。"有人说,命运,是时间的唯一性和不可逆转性。有人相信,命运是一个神,它在支配人类的命运。……

每个人谈论的命运都是命运的万分之一或十万分之一,但我发现每个人的谈论,都有穷尽"命运是什么"的野心和欲望,这一点让我感动。思考人生中一些虚无并没有答案的问题,是有意思的事儿,锻炼智慧跟锻炼身体一样,只要坚持下去,其乐无穷。

读完《日瓦戈医生》,我的视线从书本上离开后,我的脑海中出现的第一个问题就是这样一个虚无的问题:命运是什么?很显然,这是日瓦戈医生的故事在我身体里起的化学反应,一个虚构的人物的故事落幕了,一个虚无的人生问题却开演了,由虚构的故事上升到虚无的问题,这就是小说所谓的穿越吧。尽管人物故事直接导致了我们对人生理念的思考,但与小说中风生水起的故事不同的是,我们的思考是在沉默不语中悄悄进行的,小说最后一页,日瓦戈医生的故事结束了，而我们的沉默却没有最后一页，我们被日瓦戈纠缠，他的灵魂从冰天雪地的西伯利亚来到中国的东南方，让我回答：命运是什么？

命运是什么？命运就是自己的一生。每个人都是一个时代。那么，一个人在一个时代里的境遇便成为命运。是否有谁在主宰命运？是上苍也是人自身，是巧合也是注定，是抗争也是屈服，是希望也是绝望。命运依靠什么力量不断前行？或许唯一的解释是时间，是每刻都在消失又每刻都在诞生的时间，是苦中作乐也是乐中伴苦，是生命的生长也是生命的结束。命运是日瓦戈医生一生的境遇。所以，回到日瓦戈医生那里，我们才能知道命运是什么。

1903年，破产的西伯利亚富商之子尤拉在阴雨中踏上母亲的坟丘之后，富裕和温暖的童年生活烟消云散，尤拉成为一个孤儿，时年十岁。他跟随舅舅生活，舅舅是个渴求新观念、崇尚自由的人，带着他拜访作家、教授等人，但尤拉的世界里只有夸夸其谈的玄学家、不断死去的人，唯独没有愿与他玩的玩伴儿。

铁路罢工时期，舅舅把尤拉转到化学教授格罗梅科家，此后很长一段时间尤拉一直寄居在那里，大约有十多年。——这是小说的一个模糊地带，并没有交代教授家与尤拉家的关系，而教授为什么又愿意接收一个孤儿在家里生活十多年，小说也没有说明他们之间有如收养等方面的法律关系。尽管尤拉后来娶了教授的女儿冬妮娅，这是后来的事，并不能成为尤拉在那里度过漫长时日的理由。——在格罗梅科家，尤拉在和睦宽松的气氛中长大成人。1911年，尤拉、冬妮娅大学毕业，尤拉学的医学科，但他却热衷探讨伟大的艺术，他对艺术的看法总是一语中的，如"艺术总是被两种东西占据着：一方面坚持不懈地探索死亡，另一方面始终如一地以此创造生命。"等等。如果一切允许，他还会写诗写散文，记下他的感受，他对当一个作家的兴趣似乎超过了当一个医生的兴趣。尤拉是个头脑活跃、对世界有自己看法的人，这种人总是与平庸时代格格不入的，这一点正是尤拉日后命运不济的根源之一。这年11月,冬妮娅的母亲在离开世界之前,做主将冬妮娅许配给尤拉,"你们是天生的一对,结婚吧。"尤拉与冬妮娅结为夫妻。

1914年德国入侵俄国。日瓦戈医生应征入伍,在师部医院当医生。战争开始后的第二个春天,人们已不叫他尤拉,而改称日瓦戈医生了。这一改称意味着尤拉虽有些波澜但终归风平浪静的青年时代已经结束。在前线,日瓦戈医生见到了沙皇,因为对政客的"游戏本质"的认识使他在平静地面对中有些冷漠。卢兹克战役中,德军突破俄军的抵抗,师部医院开始撤离,日瓦戈医生被一颗花弹的气浪掀倒在地受伤。一天,起义者革命的消息传来,日瓦戈医生离开部队医院坐火车向莫斯科驶去。在师部医院期间,他碰到了在医院做护士的拉拉,他们并没有交往,只是在离开的前夜向拉拉告别。

日瓦戈医生回到莫斯科,见到妻子冬妮娅,"两个人像发疯似的一下子扑到一起",最新鲜的事是第一次见到儿子萨申卡,因萨申卡刚落地,日瓦戈就被征入伍了。除与家人团聚解相思之苦外,莫斯科并不是天堂——沉寂、消沉、饥饿,"每个人似乎都失去了自己的天地、见解"。日瓦戈医生内心矛盾重重,"他十分清楚,在未来这个怪异的庞然大物面前,自己是个侏儒,心怀恐惧,然而又喜爱这个未来,暗暗地为它自豪"。

内战爆发了。"日瓦戈一家困窘达到顶点,缺吃少穿,身体也快垮了。"意识形态风声鹤唳,也怕转入政治漩涡,这年四月,日瓦戈全家出发去遥远的西伯利亚,到尤里亚金市附近原先父亲的领地瓦雷金诺去。嘈杂混乱的车站,扑哧扑哧冒着蒸汽的火车,茫茫的雪原,逃乱的人群,日瓦戈医生难抑忧伤,"让我们裹足不前的就因为一切还是未知数。我们是眯着眼睛向下滑,不知道往哪去,对那个地方毫无所知。"偌大的俄国竟无法找到一个安身立命之所。抵达瓦雷金诺,医生似乎很满意这个革命之外的世外桃源。他记笔记,上市图书馆。在图书馆,他再一次遇到了拉拉,他们相爱了,日瓦戈医生生命中少有的亮色出现了。某一天他快马加鞭去市里见拉拉时,在一个岔路口被带武器的三个骑马人截住了,他们是游击队,征用日瓦戈做医务工作。日瓦戈从家人和拉拉眼中失踪了。厌恶和逃避战争的日瓦戈天天盼望战争早早结束。在游击队做了十八个月的俘虏后,一个雪夜他逃离游击队营地。小说这样描写此刻的日瓦戈医生,"一个瘦弱不堪、久未洗脸因而显得脸色乌黑的流浪汉模样的人,肩上挎着一个背包,手里握着一根木棍,走到看布告的人群跟前。"

日瓦戈逃到尤里亚金,终于再一次见到拉拉。身心疲惫、病中的日瓦戈在这里得到拉拉的悉心呵护,而此时的日瓦戈收到了妻子冬妮娅充满泪水的来信:她们一家正被从莫斯科驱逐出境。困顿之中,拉拉也要离开了,因为她的丈夫被叛极刑,下一步遭殃的可能就是她,拉拉不得不跟她的仇人远走他国。日瓦戈黯然神伤地回到了贫穷的莫斯科,在莫斯科,妻子及其一家已被当局驱逐到法国,他没有一个可依可靠的亲人了。

1922 年春天,日瓦戈医生与裁缝马林娜产生了友谊,同居在一起有了两个女儿。妻离子散,心爱的人远走他乡,跟并不爱的人生活在一起,加上苏维埃政权对知识分子的歧视政策,日瓦戈医生郁郁寡欢,他很痛苦,"不自由的人总美化自己的奴役生活","为了尽快地彻底地改变自己的命运,他想单独待一段时间",他又一次失踪了,这一次是他自己让自己失踪的,他躲了起来。与 1903 年他成为孤儿的那天一样,日瓦戈再次成为一个人。1929 年 8 月末的一天,内心沉郁的日瓦戈医生孤独地死在了电车站。在日瓦戈的葬礼上,"来的人不多,但比预料的多得多,……曾在不同时期认识死者,又在不同时期同他失去联系或被他以往。"

孤儿——与冬妮娅结婚——做军医——回到莫斯科——内战——去瓦雷金诺——遇拉拉——游击队俘虏——逃回尤里亚金——别拉拉

——家人被驱逐——回到莫斯科——失踪——死去。在以上漫长的复述当中，我找出这几个关键词企图勾勒出日瓦戈医生的一生，每一个词语背后，都是日瓦戈命运的一次转折，在一次次的看似偶然实则必然的转折中，战争的、革命的、生活的巨大洪流一次次向医生袭来，日瓦戈只是洪流中被裹挟的一只小猫小狗样的动物，除了自身有限的抵抗之外，只有无能为力的顺势而下了。日瓦戈医生的命运是悲剧的、痛苦的、绝望的，也是揪人心魄的、发人深省的。如果我们在这些关键词前加上"如果不"的话，日瓦戈医生的故事似乎朝另外的道路上行驶了，我们是否能一厢情愿地想象那是一条阳光满地的人生道路呢？有可能。但那不是帕斯捷尔纳克笔下日瓦戈的命运了。命运没有"如果不"，没有假设，没有回头路，命运是"乾道变化，各正性命"，是"维天之命，于穆不已"，命运是时间的唯一性和不可逆转性。正因为此，命运充满了悲壮的美感。

无论怎样，我们乘坐日瓦戈医生的命运之船，在我们未曾有过的人生风浪中颠簸前行了一回，读别人的故事过自己的人生，日瓦戈医生的故事，如果说没让我们对"命运"一词有刻骨铭心的认识，那么它至少让我们在平静而庸常的生活中感受到了"命运"波涛的拍岸之声。这些遥远的声音，如果把它条分缕析的话，可能有这样几点：一是命运永远多舛。舛，是差错的意思，命运是由无数个差错构成的，差错来自哪里呢？来自障碍，自身的障碍和社会的障碍。人降临于世，便开始与障碍对垒，大如山的障碍跨过去了，却栽倒在小如石子的障碍上，硬如铁的障碍熬过去了，却跪倒在柔若柳条的障碍上，当然，人生最难跨越的仍是那些大如山、硬如铁的障碍了。日瓦戈医生从孤儿到孤家寡人的人生命运，其间包含了多少令人心酸的人生障碍。在那个"革命""战争""政治"的巨大障碍面前，日瓦戈作为普通人的平静生活被击打的四分五裂——他的身体无处搁置他的灵魂孤独无依，他知识分子"傲骨""清高"的本性不合时宜。一个弱小的生命根本无法跨越这些障碍，最终他在贫穷混乱的莫斯科轰然倒地，那是一个死去的生命与大地撞击的声音，这声音对他的亲人来说可以传的久远，但对革命政权或者说一个国家来说，这声音只不过是一个生命在大障碍面前，微不足道的颤音罢了。这是命运的叹息之声。我们之所以能与日瓦戈医生的命运产生共鸣，是因为我们每个人在不同的人生阶段，我们都能听到来自自己命运的叹息之声。

　　二是命运会为每次抗争埋单。命是车，运是路，车随路转。人从母体中一出来，就踏上时间的列车，便成无法更改的事实，这是命，我们唯一可更改的是列车行驶的路径，运在我们手中，所以对待命运的最好方法是，心怀希望不断抗争。在小说众多难忘的细节中，我们会想起，在日瓦戈就要与拉拉相会时，他被游击队劫持到军营里做了医生，这又一次命中注定的劫难，厌恶"打来打去"的日瓦戈医生并没有坐以待毙，他要离开。他三次试图从游击队里逃走，但三次都被抓回来。在一次同白军的战斗中，他甚至想朝敌军跑去，向他们投降获得解脱，这显然是个危险的想法，随后他操起别人的枪打死了一个敌人，他期盼着内战将结束，自由回到来。最终，在一个雪夜，医生逃走成功。在诸多宿命般的人生转折中，这一次是日瓦戈自己做出的选择，由于他的抗争，命运的拐角出现了，他和拉拉走到一起，但他付出的代价是他的妻儿被驱逐出境。前面提到的诗人食指说，"如果命运真是这样的话，我愿为野生的荆棘高歌。哪怕荆棘刺破我的心，火一样的血浆火一样地燃烧着，挣扎着爬进喧闹的江河，人死了，精神永不沉默！"

　　在多舛而不断抗争的命运中，我们无法判断日瓦戈医生想要的究竟是什么？要温馨的家庭，但他无法保护她们；要心爱的人儿，但他并不阻止拉拉的离去；要一个知识分子的自由，但他有时也随波逐流；要做一个本分的医生，但他时常谈论伟大的艺术。其实，我们不光无法知道日瓦戈医生要什么，我们有时也无法知道我们自己要什么。或许正如米兰·昆德拉所说，"我们永远无法得知想要的究竟是什么，因为，只在尘世上走一遭，我们既不能和前世相比，也无法对来世加以完善。"作为读者的我们，唯一比日瓦戈医生幸运的是，我们读到了他的故事，或许我们会从他的命运中，悟到我们想要的是什么。

这就是命运吧。

三、爱是一声压抑太久的叹息

如果我们将阅读聚光灯打到拉拉身上，让日瓦戈隐到阴影里去，并跳过诸如游击队生活等枝蔓故事，那么这部以政治闻名的小说摇身一变就成一部彻头彻尾的爱情小说了，如果我们胆子再大些，将《日瓦戈医生》的书名改为《一个女人和三个男人》——这样的事早已司空见惯了，假如帕斯捷尔纳克将书稿交给现在的出版商，我敢肯定此事会发生——说不定这部小说就会像斯蒂芬·金的小说一样常驻"美国畅销书排行榜"榜首了。

事实上，与日瓦戈医生的故事相比，更能打动我的是发生在拉拉身上的故事了。虽然拉拉的故事没有日瓦戈的丰富、包罗万象，但正因其简洁质朴的叙述而生动起来，当然拉拉与日瓦戈、安季波夫和科马罗夫斯基三个男人之间的情感纠葛也是让拉拉的故事如此夺人耳目的原因（爱情故事总是如此吸引人）。当然真正征服我们的，是发生在社会动荡和政治高压下，拉拉与日瓦戈医生那压抑而坚强、内里炽烈而外表冷静的爱情。

可以说，帕斯捷尔纳克成功地塑造了拉拉这一人物形象，这部小说中，她的成功并不逊色于日瓦戈，这可能是帕斯捷尔纳克没有料到的结果。从写作角度来说，这样的结果并不难理解。法国一个叫弗·莫里亚克的小说家就有类似感受，他说，"在写作过程中，我多次发现，对某个主要主人公，进行了长期的酝酿，连对他的一切细节都考虑成熟，从而他就顺从地进入我的计划，但他却是死的，顺从得像一具尸体。而相反，某个我并没有着意刻画的人物却自己挤到了前列。"拉拉就是那个"自己挤到了前列"的人，因为帕斯捷尔纳克在日瓦戈身上寄予了"厚望"：他要成为某种社会哲学和人生诗学的代言人，他要成为作家"评述我们的时代"和"赞颂俄国美好和敏感的一面"的主人公，他要在经历变革的痛苦中保持精神的权威……如此大的"厚望"导致了日瓦戈有些不胜负荷，叙述上也因帕斯捷尔纳克"着意"构思设计，日瓦戈形象也显出生硬、疲惫的神态来。拉拉就不同了，帕斯捷尔纳克赋予她的人生故事相对简单，某种程度上她是为日瓦戈医生而出现的，四两拨千斤，正是她时有时无不经意的出现，她模糊而真切的形象才一步一步深入到读者心目中去了。拉拉是谁？在我的印象中，帕斯捷尔纳克并没有告诉我们她是高是矮，是胖是瘦，五官如何？帕斯捷尔纳克只说了一句，"她出落得非常标致"——这无疑是个聪明的做法，在人的一生中没有什么不在变化，别说外貌，况且这对读者并不重要——重要的是，作家告诉我们了：她是个女人，身子单薄，肩膀柔弱，与天下女人一样平常，她历经凶狠的政治漩涡，走过动荡的生存境遇，她依然保持个性，低头做事。她低调地去爱，更多的是用爱去支撑另一个生命走过"冬天"。这个可怕的世界终将她磨炼成一个内心刚毅、敢爱敢恨、充满乐观的女人。这是个伟大的女人，她成为俄罗斯的象征。

三个男人围绕拉拉展开。

第一个是科马罗夫斯基。他是夺走拉拉贞操的人。他是个卑鄙无耻的小人。他以律师的精明和政客的无耻混迹于那个动荡的时代，如鱼得水，律师身份给他带来财富，政客身份给他带来地位，他是那个时代少有的"既得利益者"。他代表了自我感觉良好的中产阶级，认为一切为我所用，同时成为中产阶级一切卑鄙事物的化身。诗人北岛说"卑鄙是卑鄙者的通行证"。科马罗夫斯基利用这张卑鄙通行证在他的人生之路上畅通无阻，苏维埃政权建立后，他也没有得到"清洗"，去往远东国任司法部长。正是他，让拉拉的一生充满悲剧。这个已经开始秃顶的男人被年轻的拉拉"俘虏",他霸占了还是学生娃的拉拉。拉拉痛苦,"他是她所诅咒的人,她恨他。每天她想的都是这些。"不久后,拉拉逃离科马罗夫斯基。多年之后,让拉拉更痛苦的是,科马罗夫斯基造谣说拉拉丈夫已被打死,因受丈夫牵连拉拉有面临当局"清洗"的危险,拉拉轻信了科马罗夫斯基,不得不跟随他远走他国。与一个有过耻辱记忆的人重新走到一起,我们无法体验拉拉内心的感受。拉拉迈上了无路可走中的唯一绝径。

第二个是安季波夫。他是拉拉的丈夫,曾经热情的青年、冷漠的丈夫、红军的高级指挥官,但因被诬告,坚定的革命者最终沦为新政权的牺牲品。在拉拉结束了与科马罗夫斯基的耻辱关系后,安季波夫走进拉拉的生活,结为夫妻。拉拉是在乎安季波夫的,但新婚夜拉拉坦承自己的过去后,安季波夫像换了一个人似的。平淡的家庭生活并不是他所需要,无论拉拉怎么和他争吵,他仍然毅然决然、我行我素地离开了拉拉和孩子,入伍当兵。拉拉"像挨了打的人一样,她咬紧嘴唇,把一切都深藏在心中,一言不发,默默地咽下泪水,开始为丈夫准备上路的行装。"从此后,安季波夫的消息只会偶尔地出现在拉拉的生活里,他们的夫妻生活名存实亡。这对真正的夫妻之间,我们看不到彼此的思念和牵挂,他们之间的冷漠甚至超过了两个陌生人,革命和战争代替了儿女情长,拉拉和安季波夫的爱情婚姻成为人间情感被异化的"例证"之一,这是人世间悲哀的情感。拉拉是个聪明的女人,他懂得安季波夫,她说,"他们是燧石,而不是人。除了原则就是纪律。""妻子又管什么用?这是什么时代?世界无产阶级,改造宇宙,……可像妻子那样的两条腿动物算什么,呸,一只最蹩脚的跳蚤或虱子。"但在自杀前,安季波夫亲口对日瓦戈医生说,"现在只要能再见她们一面,我愿付出任何代价。"此刻我们才看到夫妻之间一丝温暖的情愫,不过一切都晚了,一个抛妻弃子的坚定的革命者最终被革命"革了命",也被爱宣判了"死刑"。

第三个是日瓦戈医生。他是诗人,是拉拉的情人。是帕斯捷尔纳克倾注了全部心血的人物。在拉拉黑暗的感情经历当中，与日瓦戈医生的这一段是唯一短暂的光亮部分。世间真挚且不计后果的爱，一般出自需求，彼此对真爱的需求，就像雨中的人需要一把伞，饥饿的人需要一口饭。科马罗夫斯基对拉拉的伤害，安季波夫对拉拉的冷漠，以及独自带着孩子在颠沛流离中的困顿生活，让拉拉的情感世界成为一片荒漠。日瓦戈医生优柔寡断、生性敏感，他渴望变革又反对暴力，他不愿也无能融入新政权，他也知道逃不过"清洗"，他内心是万分苦痛的，日瓦戈虽有一个安稳的家，与妻子相爱，但这些苦痛却无与谁说？当拉拉和日瓦戈两颗孤寂痛苦的心靠在一起时，那声压抑太久的叹息终于发了出来——

日瓦戈说，"主啊！这一切属于我！为什么赏赐我的这么多？你怎么会允许我接近你，怎么会允许我误入你的无比珍贵的土地，在你的星光照耀下，匍匐在这位轻率的、顺从的、薄命的和无比珍贵的女人脚下？"

拉拉说，"等我回来，哪儿也别去。……我留下一点吃的东西，主要是煮土豆。把熨斗或别的重东西压在锅盖上，像我那样，防备老鼠。我快活得不知如何是好。"

帕斯捷尔纳克先生也没忘表达他对二位的观点，他写道，"他们低声细语，即便是最空泛的，也像柏拉图的文艺对话一样，充满了意义。""把他们结合在一起的因素，是比心灵一致更为重要的把他们同外界隔开的深渊。""他们的爱情是伟大的。"

老实说，在追逐拉拉和日瓦戈的目光中，我时常被他们这种压抑的激情所感染，外面的世界热闹非凡，不属于他们，他们格格不入，压抑不已；只有关起门来的二人世界，才真正属于他们，这里可以尽情释放，可以享受激情过后的平静和满足，尽管只有片刻时光，但有过"烽火连三月，情爱抵万金"的生活一切便值得了。另外，他们对待爱情的风格迥异的方式让我印象深刻：拉拉含蓄，她的爱融注于对方的吃喝拉撒上，她甚至还会想到对方家庭上去，从物质到精神无不悉心照料，她的爱并不因于男女的私情上，她鼓励她的情人去适应社会，她说"上帝赋予你翅膀，好让你在云端翱翔"。对拉拉来说，爱是别人的身心。日瓦戈奔放，情感丰富，他会用大胆而甜蜜的话语来表达他的情爱，尽情享受他的情爱，有时他又是胆怯的、忧伤的，他无法承受拉拉的离去，他感到，"他必将失掉她，随之也就失掉生活的欲望，甚至生命"。对日瓦戈来说，爱是他的生命。二人的爱情风格真应了张爱玲说的那句广为流传的话，"征服一个男人通过他的胃，到女人心里的路通过阴道。"

在这个动荡而可怕的世界里，两人在一起，爱是一种温暖；两人分离，爱则是一种信念。对"时代的边缘人"拉拉和日瓦戈来说，爱是支撑活下去的全部力量。可是战争和革命总在不停地制造分离，每一次相逢，脆弱的生命都无法把握和预测下一秒钟的未来，似乎只有抱头痛哭，任泪水打湿对方衣襟。

无论怎样，到最后，拉拉和日瓦戈还是彼此失去了对方。拉拉和科马罗夫斯基乘上雪橇离去，日瓦戈站在窗前，望着黄昏雪地上渐渐变成一颗黑点的雪橇，他知道他永远地失去了拉拉，一个男人无法保护自己的女人，看雪橇消失，他的心在滴血啊。拉拉答应随科马罗夫斯基离开，是因为她心中还有一个信念：日瓦戈会追上她们的，日瓦戈会回到她身边的。谁都知道，这是一句善意的谎言。那声压抑太久的爱的叹息，终将被俄罗斯寒冷的风吹散，消失在天空中，连一点回音都听不见。

所有的伤感都留给了读者。

四、每个人都是一个时代

1999年12月,时任政府总理的普京在《千年之交的俄罗斯》一文中说,"苏维埃政权没有使国家繁荣,社会昌盛,人民自由。经济的意识形态化导致我国远远落后于发达国家。无论承认这一点有多么痛苦,但是我们将近70年都在走一条死胡同,偏离了人类的康庄大道。"

今天看来,普京的观点已成普遍认识,它得到更多俄罗斯人和非俄罗斯人的认同。而70年前的1929年,那是日瓦戈医生的时代——"苏联历史上最难以捉摸和虚假的时期之一",日瓦戈走在荒凉萧索但人群情绪饱满的街道上,他像一个异乡客一样,无法感受新政权的美好明天,也无法融入新政权的火热建设中。他仿佛这块土地上唯一的清醒者一样,知道没有未来,看不到希望,他邋遢、绝望、孤寂,在他眼中:苏维埃政权只是依靠不人道的暴力得来的另一副政治枷锁;苏维埃知识分子政治上的神秘主义只是在美化自己的奴役生活;到处盛行着说空话和大话的风气;禁止私人经营的新经济政策让城市陷入更大的物质匮乏。日瓦戈在他的文稿中写道,"门外和窗外不住声地骚动和喧嚣的城市是我们每个人走向生活的巨大无边的前奏。"我不知道日瓦戈说的"生活的巨大无边"是否包含了普京说的"人类的康庄大道"?但我相信一点——也是让我惊奇的一点——日瓦戈在"此山中"对"庐山真面目"的认识,与70年后普京在"此山外"对"庐山真面目"的认识如出一辙:苏维埃政权下,自由、昌盛、繁荣都不怎么谈得上,政治、经济意识形态化严重阻碍社会进步。一位小说中的人物,一位日后的总统,他们之间相隔70年,居然就这一"国家"问题"达成"一致的认识,让人惊奇。

令我着迷的美国小说家斯蒂芬·金说,"我不是我笔下的人物,我笔下的人物是我。"如果按照斯蒂芬·金的说法，帕斯捷尔纳克笔下的日瓦戈就是帕斯捷尔纳克，那么我们就不必惊奇了。虽然日瓦戈的"医生"身份与帕斯捷尔纳克的"作家"身份不同，但我相信，日瓦戈的脑子大部分是帕斯捷尔纳克的脑子，日瓦戈的看法大部分也成为帕斯捷尔纳克的看法了。

帕斯捷尔纳克谈到这部小说时，他说，"当我写作《日瓦戈医生》时，我感觉对我的同代人欠有一笔巨债。写这部小说正是为了还债。……我想将过去记录下来，通过《日瓦戈医生》这部小说，赞颂俄国美好和敏感的一面。那些岁月一去不返。我们的父辈和祖先也已长眠不醒。但在百花盛开的时候，我可以预见，他们的价值观念一定会复苏。""还债"，帕斯捷尔纳克还的是什么债呢？他还的是一个有良知有洞察力的作家对历史真相认识的债，他要记录下十月革命前后与日瓦戈类似的俄罗斯知识分子的价值观，也就是他说的俄国"敏感的一面"，他要告诉人们他的看法——"一切革命都历史地注定是非法的，十月革命也是这种非法的事件之一，它给俄罗斯带来灾难，使俄罗斯的正宗的知识分子遭到毁灭。"他的看法是不合时宜的，动摇了苏联制度的基础，当时的主流社会不原谅他，是一种本能选择，他们无法接受一个作家以"消极的"或者说"对立的"方式来谈论祖国。但帕斯捷尔纳克的可贵之处在于，他的小说坚持了这种"消极的"或"对立的"方式，以"恨"来表达"爱"，以苦口的药来医治俄罗斯的伤口。帕斯捷尔纳克爱他的俄罗斯，他不离开她，哪怕被逼写下违心的检讨，他也不离开。他让笔下心爱的人物日瓦戈医生也是充满人道主义地"赞颂俄国美好的一面"。所以我很赞成《日瓦戈医生》意大利文的出版商菲尔特里内利的观点，他认为这部小说是"话语真诚的人的心声"。

随着1988年《日瓦戈医生》获准在苏联出版，苏联人终于突破在历史事件中的意识形态和教条主义，接受了一个伟大的小说家用自己的视野自己的见解来评述自己时代的做法。这谈不上什么跨越，而是某种必然。

我们看到，不仅日瓦戈医生身上留下了一个时代的背影，帕斯捷尔纳克身上也留下了一个时代的背影，因为每个人都是一个时代。但是，一个作家与政治的关系、一部小说与政治的关系以及他们彼此之间的命运等问题远没有结束，传奇性的故事每天都在上演，这也是这个世界作家参与"战斗"的一种。

虽然帕斯捷尔纳克和《日瓦戈医生》的故事早已结束，但我们依然在阅读它，它似乎在告诉我们：忠实内心，用真诚去表达"爱"或者"恨"，管他政治还是非政治、自我还是他人。

两个男人的传奇

一

有位文学评论家说，全球轰动的电影都是好电影，但全球轰动的小说肯定不是好小说。

这种说法有些意思。我赞同前半句。后半句我不怎么赞成，也不怎么反对，因为这话儿有可能是别人故意这么说的，说不定连他自己都不信以为真呢，我们何必较真呢。理由是谁都能轻易得出结论：此说法不严谨，站不住脚。

我要说的是《肖申克的救赎》和《海上钢琴师》。这是两部轰动全球的电影，按评论家的说法，是好电影。我也觉得是好电影，而且是全世界最好的电影之一。记得当时看完这两部片子，我掩饰不住喜爱的激动，推荐给几个朋友，他们说，老兄啊！早放在电脑的收藏夹里，看了不下五遍了。看来我有些大惊小怪了。

有人说，吃蛋者不必知道下蛋的鸡，赏花者不必知道园丁，吃桃者不必知道果农。我觉得话不能这么说，吃水还不忘挖井人呢，古人还讲什么"慎终追远"呢。看了这两部好电影，我就想往它们的源头上找找，看改编成电影的两部小说怎么样。有这种心态的不止我一人，因为电影口碑好，书跟着电影一前一后"沾光似的"出来了，我在网上看到不少人在找这两部小说读。

大概是2005年9月和2006年8月——这个时间是中文译本出版的第一时间——我分别读到了意大利先锋小说家巴里科的《海上钢琴师》和美国"恐怖小说之王"斯蒂芬·金的《肖申克的救赎》。怎么说呢？文字的世界并不逊于声像的世界，相反，我觉得小说还更胜电影一筹。两部小说都是如此。正因为没有声像的直观、张扬、繁复等特点，所以，白纸上的黑色文字，以其简洁而内敛的方式表现出了复杂的穿透力和想象力，文字对细节的展示和对人物内心的深入描述，以及留给读者再次创造的想象空间都是电影所无法到达的。尽管看电影在前，但我读两部小说时，我脑海中并没有浮现电影里边的画面，文字描绘的世界征服了我，我沉浸其中：仿佛与丹尼一起在海上航行，我们贴着舷窗向外观望，大海一片苍茫，望不见的是一切结束的地方，世界的尽头……仿佛与安迪一起关在肖申克监狱，用小锤敲击坚硬的水泥墙，敲了二十七年，我们失去了很多，唯一没有失去希望，所谓的对自由生活的希望……

我以为，五十年之后，人们仍将记得这两部堪称经典的电影。当然，如果有人读过这两部同样堪称经典的小说的话，只要他还活着，我想他一样也忘不了。另外我发现，两部电影对原著的忠实度均达到了百分之九十以上，故事不用说了，人物对话、情节顺序也基本按小说来，导演对小说表现出了莫大的耐心和尊重。这与更多改编成电影的小说的命运不同，有些小说改编成电影后，看不到原小说了，原小说只剩一点皮毛或一点影子出现在电影里。虽说小说与电影不是一回事儿，各有各的套路，各有各的艺术，但追求的结果是一样的，都是打动读者征服观众，所以那些聪明的导演在一般的小说面前总是大刀阔斧，为我所用，而在优秀的小说面前只能俯首称臣了，因为他们清楚，自己的聪明在小说家的智慧之下，只有尊重那些优秀的小说了，与其画蛇添足地改编，不如忠实原著。在我印象中，只有伟大的马尔克斯在电影面前表现出了"趾高气扬"，好莱坞要将他的《霍乱时期的爱情》搬上荧幕，导演是曾执导过《哈利·波特与火焰杯》的英国著名导演迈克·内威尔，制片人磨了三年，马尔克斯终于点头，提出了两个条件，一个是电影版权不低于一百万美元，另一个是必须百分之百忠实原著。制片人无条件接受。真是牛的小说家，牛的小说。

所以，《肖申克的救赎》和《海上钢琴师》，电影是优秀的，小说也是优秀的。

我将两部小说放在一起谈论，原因有两个。

一个是次要原因，两部小说都是因电影而读到的。在这个阅读成为奢侈的时代，依靠传播广泛的电影勾起一点纯粹阅读的兴趣，也算一种独特体验，而事实是靠电影电视"催红"的小说比比皆是——小说与热门影视同步发行成为出版业新的营销模式，也成为阅读新景观——一边看连续剧，一边比对着读小说，二者同步进行所滋生的话题，诸如拍得好还是写得好、女一号的长相是不是作者笔下的主人公等等，已经成为人们打发时间的新的乐趣。

一个是主要原因，这两部小说写的都是男人的故事——两个男人的两部传奇。两部小说写得都很棒，翻开了便舍不得合上，且有一点让我吃惊：两部关于男人的小说里边，居然看不到一个女人。这样说好像有点夸张，虽然有一两个地方用一句话提到了女人，实际上女人在小说中已经没有实质性意义——比如参与故事和刻画人物——所有的故事都在男人中展开：一个是关押男囚犯的肖申克监狱，这里不需要也不可能有女人，当然挂在安迪床前的那副性感女郎的海报除外；一个是漂浮在海上的"弗吉尼亚人号"快轮，轮船上有女客人，但她们是被忽略的"群众演员"，是捧场的观众，故事的舞台上没有她们，丹尼与她们没有关系。一个是越狱的银行家，一个是永不上岸的钢琴天才，这两个人决绝世俗的人生传奇，根本不需要爱情——无论爱情是作为人生的点缀还是必需——不需要爱情，就不需要女人。没有女人在小说中出现便理所当然了。这两部小说的精彩和魅力，颠覆了我"男人的故事里不能没有女人"的观念，至于那些"小说要靠女人靠花边故事来吸引读者"的看法早已是无稽之谈了。

没有女人的男人故事，才称得上真正的男人故事。小说《肖申克的救赎》和《海上钢琴师》似乎想证明这一点。

《肖申克的救赎》的主角是安迪，还有一个同样重要的人物是"我"——雷德，故事的亲历者兼讲述者，我们读到的安迪的传奇，便是从他口中得知。雷德是个合格的讲述者，他的讲述条理清晰，娓娓道来，他对安迪说的每句话都记得如此准确，真让人吃惊。在讲述的过程中雷德总喜欢强调他讲述的权威性和真实性，而他是否添油加醋了，只有老天爷知道。尽管雷德讲的故事有点耸人听闻，但如果是我，我也愿意将这个故事讲给我的儿子和朋友听，这样讲下去，这个故事最终会变成什么样儿，不得而知，传奇就是这样诞生的，但我相信一点，每个讲述者都会像雷德一样，强调自己的权威性和真实性。

《海上钢琴师》的主角是丹尼，也还有一个同样重要的人物是"我"——图尼，小号手，讲述者。虽然丹尼的故事我们是从他口中知道的，但他和《肖申克的救赎》里的雷德不一样，他没有刻意去强调他的权威性和真实性，他没有像雷德参与了安迪的故事，他更像一个旁观者，只是见证了丹尼的故事，而且丹尼的有些事儿他还是从别人口中得知，所以图尼讲述的可靠性，变得更加不可捉摸起来，丹尼的故事也变得更加传奇起来。但是，作为读者或者听众的我，对丹尼的故事还是深信不疑，因为我相信，在这个星球上，一定有这样的人，尤其是这样的男人。

作者斯蒂芬·金和巴里科不约而同地选择了除主角之外的另一个重要人物"我"来讲述故事，是有其意味的。讲述者"我"的出现，标志着"故事"向"传奇"的迈进。所谓的传奇，顾名思义是流传下来的奇闻，传奇的流传依靠的是一代一代人的讲述，因此传奇有两个要件，一个是"奇"，一个是"讲"。所以只要是传奇，都有一个讲述者。正因为是讲述，奇闻没有不变形的，讲述者兴之所至，添油加醋、信口开河便不可少，这样一代一代讲下来，传奇的合理性和真实性就会遭到怀疑，所以讲述者为了"欲盖弥彰"，不得不像《肖申克的救赎》里的雷德强调自己讲述的权威性和真实性。另外在三个人称中，"我"是最具亲和力的和现场感的。所以斯蒂芬·金和巴里科让"我"来讲述安迪和丹尼的传奇，是合适的选择。

除讲述者之外，"故事"演变成"传奇"还得仰仗内容上的"奇"。如果《肖申克的救赎》里的安迪是靠武力暴动或里应外合等手段越狱，而不是靠一把普通小锤在狱警眼皮下敲敲打打二十七年而成功从肖申克逃出，这只能成为一个好看的"故事"而不能成为千古流传的"传奇"。同样，《海上钢琴师》里的丹尼，如果他带着拥有的钢琴天才回到岸上，回到世俗里，名利双收，丹尼也只能算得上另一个贝多芬。而这位钢琴天才一辈子都没有踏上岸半步，他流连于他的海上他的音乐，"弗吉尼亚人号"被爆破的那一天，他也拒绝上岸，与船一起消失。这就是传奇，而非故事。

在我们这个盛行复制和拷贝的时代，多的是事件，而少的是传奇，因为事件可以无限量的复制和拷贝，但传奇不能，重复了就不是传奇。传奇具有空前绝后的意味。传奇成为一种稀有之物的同时，传奇性也成为一种"时代品格"和"人生品格"，它代表着独一性和创造性；代表着拒绝平庸，与众不同，孤注一掷；代表着对自己选择的坚持，对认定事情的不放弃；代表着信念大于身体；代表着世间稀缺但永恒存在并值得用生命去换取的一种精神。

我们渴望传奇,所以我们喜爱《肖申克的救赎》里的安迪和《海上钢琴师》里的丹尼;我们欣赏传奇,这似乎是平凡的我们制造传奇的唯一方式。

二

什么是真男人?什么是纯爷们?什么是男子汉?

都是一个意思,男人要有什么品德才配得上"男人"二字。女人喜欢真男人,男人想做真男人。真男人是这个世界里"香饽饽",谁都想尝一口,因为真男人的内涵已经构成了我们价值观之一种,他代表着力量、向上、担当和勇气等品格,而这些品格在当今正日渐稀缺。

每个人的脑海中或许都有一个"真男人画廊",这些真男人,有的来自历史教科书,有的来自文学作品,无论真实的还是虚构的,总之是进入了我们视野并难以忘却的人物。我的"真男人画廊"里,刻着一些名字,名字上方挂着他们的照片,名字下方刻着他们入选"真男人画廊"的事迹以及理由。这个画廊是开放式的,目前他们是:

西西弗斯——他来自希腊神话。西西弗斯触犯了众神,诸神为了惩罚西西弗斯,便要求他把一块巨石推上山顶,由于那巨石太重,每每刚到山顶就又滚下山去。西西弗斯走下山,再次把巨石推上山顶。这样他不断重复、永无止境地将滚下山的巨石推上山顶。把一件看来枯燥的事情做得如此有激情,难得。真男人要有激情。

嵇康——竹林好汉。因受冤获死罪,临刑前,嵇康神定气静。他看了日影,离行刑尚有一段时间,便向兄长要来平时爱用的琴,在刑场上抚了一曲《广陵散》。曲毕，嵇康把琴放下，叹息道："昔袁孝尼尝从吾学《广陵散》，吾每靳固之，《广陵散》于今绝矣！"说完，从容上路，时年四十。嵇康不仅长相潇洒，而且心性潇洒。真男人要潇洒。

林觉民——民主革命者。"吾至爱汝，即此爱汝一念，使吾勇就死也。"这是他著名的《与妻书》里的话，他对他的妻子说，"我非常爱你，也就是爱你的这一意念，促使我勇敢地去死呀。"林觉民要为民主革命而死，对亲人的爱与为国捐躯的心融合在一起，有情有义。绝命书写下后的第三天，他知山有虎偏向虎山行，起义失败被俘殉国，时年24岁。真男人要有情义。

阿基米德——他来自古希腊。公元前212年，罗马人趁叙拉古城防务稍有松懈，大举进攻破城而入。此时，75岁的阿基米德正在潜心研究一道深奥的数学题，一个罗马士兵闯入，用脚践踏了他所画的图形，阿基米德喊道"不要踩坏了我的圆！"阿基米德愤怒地与之争论，残暴无知的士兵举刀一挥，科学巨星就此陨落。"给我一个支点，我就能撬起地球。"这句话现在仍然很流行，痴迷的阿基米德并没死。真男人要痴迷。

布鲁诺——来自16世纪的意大利。因为坚信日心说，教会要烧死布鲁诺。之前他拒绝了忏悔免刑的机会。在罗马鲜花广场的火堆上，他说了一句话，"火并不能征服我，未来的世纪会了解我并知道我的价值。"心有无限宇宙，区区一死又何足惧！真男人要无私无畏。

……

就此打住。这是一份可以一直开列下去的名单，如果我们愿意将真男人的内涵一直开掘下去的话。美国《妇女杂志》曾经对三十位好莱坞著名女演员以及两万名妇女进行过调查，其中二十九位女影星和绝大多数妇女喜欢的真男子是文雅阳光、体贴温存、正派有责任心、意志刚强却又头脑清晰的男人。她们认为，男人的魅力和气魄不仅反映在他们的身体上，更要在精神上。我以为，真男人的精神除了上面提到的几点外，还有两点不应被忽略：一是身处困境永怀希望；二是拒绝庸常，特立独行。这两点的最好例证是《肖申克的救赎》里的安迪和《海上钢琴师》里的丹尼。在以上这些历史的真实名单中，我的"真男人画廊"增添了两位来自虚构世界但他们真实存在于人们头脑里的真男人，他们丰富了我的"真男人画廊"，也丰富了我的人生。

安迪称得上是个有魅力的男人。他的魅力在于身处困境但永怀希望。希望是人克服恐惧的力量，而人面临的最大恐惧是放弃努力和死亡，所以希望能让人坚持下去和活下去。当然，一个人光有希望还不足以产生魅力，希望是一把火，它如何点亮或者说能否点亮美好生活这盏灯，还得靠智慧和汗水，希望才能变成现实，所以，智慧和汗水又构成真男人的"美"之一。

照讲述人雷德的说法，安迪长相一般，"五短身材，长得白白净净"，"戴一副金边眼镜，指甲永远剪得整整齐齐、干干净净"，是一个有些书生气质的银行管理者，聪明精干。在没进肖申克之前，也算年轻有为，生活优越。安迪被控谋杀妻子和她的情夫被判终身监禁，事实上这是一次误判。进入肖申克后，这个看上去柔弱的书生身上却表现出冷静、坚强、不屈服的男人品质，他抵抗、拒绝"姊妹"们的侵扰。在四面高墙和铁丝网的监狱，他做下了被传为千古美谈的两件事：一是让一群在屋顶铺沥青的囚犯喝了二十分钟的啤酒，"我们坐在那儿喝啤酒，感觉阳光暖烘烘地洒在肩膀上"，在这个没有自由的地方，安迪让那些囚犯像在自家屋顶上铺沥青、喝啤酒，"感觉自己像个人"；二是安迪坚持给州议会写信申请经费，他每周一封信，连续写了六年。然后他增加到每周两封。不管是出于不耐烦还是感动，议员终将钱拨给了安迪，安迪一手将肖申克的图书馆建成了新英格兰地区最好的监狱图书馆。图书馆是安置心灵的地方，犯人们的生活变得充实起来。

在监狱里，能得到一点自由和充实，是异想天开的事了，但安迪让他的狱友们得到了。

当然，另一件异想天开、被写入传奇的便是安迪用一把普通小锤凿挖二十七年成功越狱的事了。为安迪弄来小锤的雷德以为，"这种锤子不像逃亡工具，我猜如果想用这样一把锤子挖地道逃出去，大约要六百年。"我们和雷德的想法一样，但安迪与我们不一样，他觉得有什么不可能呢？用一把小锤去挖固若金汤的监狱——不管说能不能做到，能生出这种想法就已经惊世骇俗了。但安迪，传奇的安迪不仅想到而且做到了，他花了二十七年的时间，用一把小锤凿开了钢筋水泥的墙，凿开了一条通向自由的地道。

这无疑是一项蕴含伟大梦想和巨大汗水的"工程"，安迪成功了，他的成功必备这样几个条件：单独的牢房、漫长的时间、永不沉没的希望。安迪是智慧的，他靠银行专业知识钻法律漏洞为典狱长和狱警谋取最大利益，为他们洗黑钱、报花账和偷逃税，他得到的奖赏是，拥有一间单独居住的牢房，而争取独居一室的特殊待遇是整个"工程"的关键；安迪是付出汗水的，他必须等别人都睡了，每天半夜爬起来像水滴侵蚀岩石一样一点一滴去凿挖，而且他还要将敲下来的碎石片用裤脚和袖口一袋袋地运到操场上倒掉；安迪是坚持的，是希望之灯照亮着他的内心，让他得以坚持，不知道他是否想到过放弃，但他对自由的向往不曾停止过，安迪对雷德说，"他们说太平洋是没有记忆的，所以我要到那儿去度我的余生。雷德，在一个没有记忆、温暖的地方。"安迪想在太平洋边上的墨西哥小镇齐华坦尼荷开一家小旅馆，"我可以游游泳、晒晒太阳，睡在一间可以敞开窗子的房间……"这些美丽的描述，对一个在狱中的犯人来说，的确算得上痴人说梦，但这梦很美很酷，魔力超凡，它们是自由和希望的隐形外衣，让安迪心想事成。

安迪不愧为一个真男人，困境中永怀希望。"希望是件好东西，也许是世上最好的东西。好东西从来不会流逝。""不要忘了，这个世界穿透一切高墙的东西，它就在我们的内心深处，他们无法达到，也接触不到，那就是希望。"安迪这样说。

与安迪不同，丹尼的魅力在于拒绝庸常，特立独行。一九OO年，丹尼出生在穿梭于美洲欧洲之间的轮船上，他被父母遗弃在船上，成为孤儿。水手老丹尼最先发现他，收养了他，为他取名一九OO。丹尼八岁时，老丹尼在一次意外中死亡，丹尼第二次成为孤儿。大海成为他的家，他"没有祖国，没有故乡，也没有家庭"。但上帝让丹尼拥有演奏钢琴的天才，"一个一天钢琴都没摸过的人，一坐上去，就弹出优美、精灵般的曲子"。他在海上沉浸在自己的音乐里，没有踏上陆地半步，一辈子如此。丹尼有过犹豫，在朋友的劝说下他曾走到跳板的尽头，与岸只有一步之遥时他转身回到船上，此后对岸不再抱有幻想。战争中"弗吉尼亚人号"被征做流动医院变得千疮百孔，人们要爆破它了，丹尼也没有走下船，最终他和船变成一堆废墟，一起消失了。

丹尼的朋友、乐队小号手、传奇的讲述者图尼说，"我希望他有一天能下船去，为陆地上的人们演奏，和一个善良的女人结婚生子，拥有生活里的一切。"如果这样，丹尼将成为俗世间的一个成功者——是个成功者但不是一个传奇人物——但丹尼拒绝了，他拒绝了图尼的劝说，也拒绝了他可以拥有的岸上的一切，他有他的理由，他说，"大地，对我来说，那是一只太大的船。是一段太漫长的旅途。是一个太漂亮的女人。是一种太强烈的香味。这种音乐我不会弹。原谅我吧。我不会下船的。"丹尼的传奇性在于拒绝，拒绝陆地和陆地上的世俗。拒绝需要决断一切的勇气。丹尼做到了，我们没有做到。

丹尼生在船上，长在船上，死在船上，成为宽广无边的大海上一艘船的传奇。在很多人眼里，在海上航行是单调乏味的。大海无限，而船只空间有限，海上航行的人必须面对，无限苍茫中的渺小和有限空间中的逼仄，如果这一航期只是十天半月还能忍耐的，那么一年两年三十三年还能忍耐吗？丹尼可以忍耐吗？他有什么理由拒绝陆地以及陆地上的生活呢？

我想，如果丹尼有理由的话，他拒绝上岸的理由无外乎两个：对陆地的恐惧和对音乐的享受。丹尼从诞生的那刻起就没有踏上陆地半步，对陆地来说他是不存在的，当他决定上岸时，他恐惧了，因恐惧而退缩，他重又返回船上。他恐惧什么呢？恐惧城市——"在无尽的城市中，除了那些（望不见的），什么都有。"恐惧人群——"那是一艘太大的船。是一种太强烈的香味。"说到底，他恐惧的是一种俗世的生活，一种在他的朋友图尼看来美妙的生活。随着时间的流逝，三十年过去，当丹尼的恐惧消失时，他对陆地的生活变成了一种拒绝，拒绝庸常，特立独行，去选择一条自己的路，丹尼说，"都是路，千百万条，而尘世中的你们如何选择一条。可以看见所有的世界。"他找到了，那就是由八十八个键组成的看得见所有世界的路——天才的音乐之路。船在大海上流动，船头到船尾的有限空间，一架钢琴，琴键之上的无限的音乐，与舷窗外无限的大海融为一体，丹尼看见了望不见的地方，世界的尽头。

所以，丹尼选择船上的世界，一定谈不上什么忍耐，应该是享受，应该是幸福了。那位图尼先生，最终也悟到了丹尼的决定，他要在海上，在船上，"在那音乐中跳完他余生的舞蹈。他再也不会不幸福了。"

那艘他栖息了一生的船就要变成一堆废铁时，丹尼说，"我，无法走下那艘船，为了拯救自己，我要离开我的生命。"从此，尘世间，多了一位真男人——丹尼，拒绝庸常，特立独行的男人。

三

　　两部小说成功塑造了两个真男人形象，当我从他们的传奇中走出来，低头打量自己时，我发现我被吸引，被震慑，被感动的同时，我的内心也如传奇的讲述者雷德和图尼一样得到了某种程度地拯救，——安迪和丹尼，像两面光芒四射的镜子，照出了我的庸常、安于现状和死水一般的生活，尽管我没有在监狱里，但我的心是被囚禁的。我开始反思，我会在有去无回的生命中，制造一点闪烁的光亮吗？如果我是关在监狱里的安迪我是船上的丹尼，我会制造自己的传奇吗？

　　应该不会。如果在没有读到这两部小说之前，我或许会这样想。但如今我读到了这两部小说，认识了这两位征服了我内心的传奇人物，我的想法会有一些改变，我不可能成为第二个安迪也不可能成为第二个丹尼，但我会成为我自己的传奇。也许你会说人的观念这么容易改变、能有这么大的改变吗？只要你有某种相信，改变不会很难，问题的关键是，促使你观念改变的诱因是否深入了你的内心你的骨头并拯救了你，生离死别的大事件可以改变一个人，触及灵魂的小说也可以改变一个人。特别的时期特别的地点遇到特别的事件，一个人的生活态度和价值观念便改变了。

　　成为自己的传奇。是一种生活态度和人生价值。对我而言，是对庸常、安于现状、死水一般生活的一种拯救。这是《肖申克的救赎》和《海上钢琴师》对我的全部意义。我不是说我们每个人都要成为安迪成为丹尼，那是他人的传奇，但我们可以有自己的传奇，首先是有"成为自己传奇"的信念和方向，然后为自己的传奇去洒下汗水，无论为着爱、幸福还是希望，制造一点传奇，活成万绿丛中一点红，活得有那么一点与众不同，那么在我们生命行将消逝的那一刻，我们会在心里说，这辈子，不亏。这便是每个人自己的传奇。

那么，对你我、对大多数人、对读到过《肖申克的救赎》和《海上钢琴师》的所有人，安迪和丹尼的意义在哪里呢？应该说，在拯救。拯救是什么？拯救是扎向我们麻木肉体的刺，是淋向我们发热头脑的冰；也是黑暗中的一盏灯，寒风中的一间屋；它让我们恢复痛感和清醒的同时，给我们生活的方向和温暖。

《海上钢琴师》里的丹尼更多的是在拯救自己，《肖申克的救赎》里的安迪更多的是在拯救他人。丹尼一辈子都没有离开那艘船半步，船就要被炸成碎片，飞向天空，坠入大海，但丹尼无法走下那艘船，他说，"为了拯救我自己，我要离开我的生命。"他要同船一起飞向天空，坠入大海，消失在人间，如果他与他相守了一辈子的船分离，走下悬梯，走到城市当中，那么他在他的一生当中、在他的音乐中所追寻的永恒的无限，将被世俗的现实击得粉碎，他的生命和船一起消失，正是他对自己的拯救。他在船上和音乐里已经经历了他完整的一生，他的弹奏里有女人，有孩子，有陆地，有一切……就是没有欲望，他知道他一下船，欲望便会将她吞没，所以丹尼说，"我的人生被我从欲望中抽取了出来。"所以，他要拯救的是自己随时都会被欲望吞没的人生。

安迪对雷德的意义可谓非凡。雷德和安迪是狱中好友。在狱中，提"友谊"这个词会被那些凶神恶煞的狱警所耻笑，他们认为"友谊"属于自由人谈论的话题，这些生命都不属于自己的囚犯是没有资格谈论的。但是，雷德和安迪——一个肖申克监狱神通广大的狱老大，一个坚强智慧的"囚犯银行家"——两个囚犯，他们的友谊偏就诞生在高墙之内，像石头缝中探出脑袋的早春绿芽，有着韧性十足的生命力，压不住挡不了，春风拂过，他们的友谊之花便粲然绽放了。高墙之内，那些不管因何原因而接受惩罚的人总是弱势的，他们乏味的现在与暗淡的未来足以毁灭一个人,这是监狱对犯人最大的惩罚。当温暖的友谊之花在两人内心悄然绽放时,生存下去的力量和勇气便会光临两个弱势的个体了,是友谊给他们的支撑。为了感谢雷德帮安迪弄到磨石布,安迪磨出了两块对称精致、十分漂亮的石英送给雷德。接到礼物的那一刻,雷德为安迪的细心而感慨万千,在这美好东西极端缺乏的监狱里,他被这美打动,"实在是太美了。……看着它们,我内心升起一股暖意,这是任何人看到美丽东西之后都会涌现的感觉。"我相信这是友谊对美的拯救,安迪唤醒雷德对美得心动,也唤醒了雷德——一个判终身监禁的人对外面世界的某种想象,因为石英应该是在奔流的小溪中捡到的东西。雷德和安迪的这份弥足珍贵的友谊让我感动。

象征温暖和力量的友谊之花开放之后,更危险和更奢侈的话题登场了,那便是花朵之上那只飞来飞去的蝴蝶,那只蝴蝶的名字叫"自由"。在监狱里讨论自由,的确奢侈与危险,但安迪跟雷德不止一次地谈到了它。雷德多次给安迪弄到了不同时期流行的女明星海报——这些海报挂在安迪监舍的墙上用来遮盖安迪挖的地洞,这是海报的实际功能。一次雷德问安迪这些海报对他有什么意义时,安迪对雷德说到了自由,安迪说,"我想是代表自由吧。看着那些美丽的女人,你觉得好像可以……不是真的可以,但几乎可以……穿过海报,和她们在一起。一种自由的感觉。"但雷德从来没有这样想过,雷德20岁进到肖申克,他很有可能在这里度过一辈子,即使获得假释,也是头发胡子都白了的时候了,雷德已经被监狱制度规整到,几乎不会想到字典里还有"自由"这个词儿了。

在一个高爽明亮的秋日,运动场上的放风时刻,安迪和雷德靠在墙边又一次谈到了"自由"的话题。安迪问,"你想你出得去吗?"雷德答,"当然,到时我应该胡子已经花白,嘴里只剩三颗摇摇欲坠的牙齿了。"双方沉默之后,安迪说,"等我出去后,我一定要去一个一年到头都有阳光的地方。"安迪泰然自若的神情让雷德记忆深刻，更为重要的是安迪邀请了雷德，希望他出去后能成为他的帮手。雷德很感慨，他满怀深情地写道，"他走开了，仿佛刚才不过是个自由人在向另一个自由人提供工作机会，在那一刻，我也有种自由的感觉。"自由的感觉终于回到了"体制化症候群"的雷德身上——反过来看，传奇的安迪用一把锤子敲打二十六年，他行走在逃离的钢丝之上，他时时要用希望来克服监狱体制化症候群的光临，时时还要克服多年努力一切成空的内心的恐惧，无疑，安迪是个光亮的存在——因为有安迪的光照，雷德灰暗的内心也开始敞亮起来，雷德说，"安迪代表了在我内心深处、他们永远也封锁不住的那个部分。"最终，安迪成功从肖申克逃出去，成为安迪对雷德的最大拯救，58岁时，在肖申克待了38年的雷德跨出了这扇门，他感觉到了自由的空气，他对未来充满了希望。

对心灵的自由来说，监狱是关不住的，就像有些鸟儿是关不住的，它们的羽毛太漂亮、歌声太甜美。需要拯救的不仅仅是雷德，我们每一个人或许都需要拯救，虽然我们的身体比雷德自由，但我们的心灵未必是自由的，太多的条条框框已经长在了我们身体里，让我们每走一步都缩手缩脚，放不开来。而心灵的桎梏往往比身体的桎梏更可怕，身体被缚只会造成肌肉萎缩，而心灵被缚，生命则会变呆变傻，甚至死亡。拯救人类心灵的自由，成为《肖申克的救赎》和《海上钢琴师》最终的共同目的。不管这一拯救是否能完成，第一他们表达了良好的愿望；第二他们做出了一种传奇性的榜样。

五十八岁的雷德终于获准了假释，在这样一个已经没有了未来的年龄，雷德拖着一副被监狱体制训练到撒泡尿都要按时报告的身体，尽管他一时很难适应外面的世界，甚至重回监狱大家庭的想法都有，但他无法拒绝安迪对他的影响，他决定把握这得之不易的自由去找安迪，用自己的自由去迎接安迪的自由。一切都已安排好，雷德拿到了安迪给他的信，不过写信人已经不叫安迪而叫彼得，一个钱和自由一样多的人。在墨西哥小镇齐华坦尼荷，彼得经营着一家小旅馆，海滩上盖着六间小屋，他驾船带客人出海钓鱼，可以游泳，晒太阳，睡在一间窗子敞开的房间里……有一天，来了一个客人，这个客人名叫雷德。

这是小说最后为我们虚构的自由，事实上，这样的自由对我们来说仍然很遥远，有点乌托邦，我们不会有那么多钱，我们的身份没那么单一，我们生活在法规健全的城市里，我们为每一天奔波。如果对拥有父亲、丈夫、儿子、同事、下属等复杂身份的我们来说，要给自由下个定义，要为抵达自由提供一条路径，我只能简单说，自由就是开心，让心胸变得大度、开阔起来，自由就来了。

有时，我的脑海中会浮现安迪和丹尼的身影，我仿佛看到两位制造了传奇的人物在遥远的海边握手了，我以为他们会走向我，走向更多的人，但他们把背影留给了我们，然后消失在夕阳染红的海面上。

尽职的快乐、悲哀与灾难

一

关于德国人的笑话有很多，我摘录两条：

一条说，在德国一个官员在街上被一个人用柿子打了，于是他被抓了起来。按法律，用柿子打人，青柿子罚得重些，红柿子罚得轻些，因为红柿子比较软。但是调查发现，那个人不是用红柿子也不是用青柿子，而是用黄柿子打的，而德国法律没有一条法律规定用黄柿子打人是什么处罚，最后那个人只有被释放。

一条说，若是在大街上遗失一元钱，英国人决不惊慌，至多耸耸肩就很绅士地往前走去，好像什么也没发生一样；美国人则很可能换来警察，报案之后留下电话，然后嚼着口香糖扬长而去；日本人一定很痛恨自己的粗心大意，回到家中反复检讨，决不让自己遗失第二次。唯独德国人与众不同，会立即在遗失地点的一百平方米之内，画上坐标和方格，一格一格地用放大镜去寻找。

笑话当然是用来埋汰人的，漫画、夸张对象的同时，但也传神地揭示其本质，这两条笑话意在埋汰德国人尽责而迂腐、尽职而刻板的行事态度，也算一语中的。

德国在我眼中，就像中国在德国人眼中一样，是一个遥远得有些模糊的国度——两次世界大战的发起者、疯狂的纳粹、柏林墙、欧洲最富有的国家、宝马奔驰汽车以及爱因斯坦、马克思、海顿、歌德等一些响当当的名字，构成了这个国家的符号，也构成了我眼中的德国形象。至于它的骄傲和成就，很多文字追本溯源，认为是那个叫日耳曼的民族所具有的秩序、严谨、坚韧、忠诚、担当的优秀品质，让它从蛮荒中走来，在欧洲腹地安身立命，在几次废墟中站成巨人。几百年上千年下来，恪守规矩、担当责任成为他们民族的"精、气、神"，代代相传。我相信一个民族一个国家骨子里的"精、气、神"是促使它不断往前走的动力。

前驻德大使梅兆荣先生就曾说，德国民族文化和民族精神中，有三个地方让人印象深刻：一是讲理性，守纪律，办事严谨认真、一丝不苟。二是文化素质普遍较高，说话有修养，知识面广，不怕辩论。三是崇尚自强不息，精益求精，永不满足。既然众多知情人士都这么说，那所谓的"德国精神"可能真有那么回事儿了。

我在想，德国人会不会自己讲自己的这些笑话呢？不好妄下结论。我知道有一个叫赫尔佐克的德国人几年前出版过一本流行一时的书《希特勒万岁，死了》，这是本关于希特勒和纳粹时期的幽默笑话集，是德国人对希特勒的"发泄"和"报复"。其中最有名的一条是这样的：希特勒和司机开着车在农村跑，突然之间压上了一只鸡。于是希特勒对司机说："我去跟那个农民说，就这样算了。我是元首嘛，他会理解的。"两分钟后，希特勒捂着屁股回来了——那农民用棍子打了他一下。他们继续往前开，过了一会儿又撞死了一头猪。希特勒叫道："这次你跟农民说！"司机走了，过了半小时才回来，喝得醉醺醺的，手里还拿着一篮子香肠与礼物。希特勒非常吃惊，于是问道："你跟农民说了什么？"司机回答道："我说：'嗨希特勒，这头猪死了！'他们就给了我这么多的礼物！"

德国人把笑话当武器来使，讲起笑话来也如此深明大义、一本正经，所以说，如果要让向来一板一眼，缺少灵活性、幽默感的德国人用轻松的口气来讲埋汰自己的笑话，似乎很难。但是，德国人敢于承担责任，勇于反省的精神是令世人肃然起敬的。那么，他们拒绝笑话而选择某种悲剧方式来反省自己恪守的纪律和责任，是办得到的，比如我读到的这本像砖头一样厚的德国人写出的著名的小说——《德语课》。

与别人拿笑话来埋汰德国人的认真和规矩不同，《德语课》是德国人对自己恪尽职守、理性严谨的民族禀性的一次反思和拒绝："职责，依我看，不过是盲目的狂妄自大而已。""履行职责是一种什么样的病，为了对付这种病，他将尽力而为；那些牺牲者们——职责的牺牲者们——期待着这样做。"——这是小说中那位"职责的牺牲者"画家南森的话。

履行职责不是一种品质吗？怎么成了一种病，究竟是种什么病呢？这是小说的核，也是小说对读者的吸引。

二

在易水河一个小岛上的少年教养所里，一个名叫西吉的学员德语课上没有按时完成老师布置的作文《尽职的快乐》，受到惩罚，被关禁闭来完成作文《尽职的快乐》。履行职责的快乐，这个念头反复在头脑中打转的时候，少年西吉混乱如麻理不出个头绪来：他的父亲，一个小镇警察，着风雨衣在刮个不停的西风中躬身骑车有些吃力地行进在大坝高处，风雨无阻，去履行他的职责——监视一个画家禁止他作画。西吉不知道尽职的警察父亲是否有着快乐？他很矛盾。但是，在孤独的禁闭室里他不得不把沉睡中的往事唤醒，开始他的故事。

西吉十一岁的时候，那是一九四三年四月的一个星期五，西吉的父亲——纳粹统治时期的小镇警察耶普森接到命令：禁止表现主义画家南森绘画，"一旦发现南森有创作的念头就要加以制止，更不要说动手画画了；总之，警察局必须密切注视不再让住在布累肯瓦尔夫的这个人绘画。"尽管，警察与画家是同乡，两家交好，而且画家曾救过警察的命，但对警察来说，"责任就是责任"，一年四季不论什么天气都必须来检查禁令的执行情况。

姿态强硬、反感纳粹的画家南森并不屈服警察的职责，他说，"我就没有半途而废的打算。"警察体面无私，像对待陌生人一样执行他的禁令，警察还表示，对抗不会有什么好果子吃。事情就这么僵上了。在海滩边的"浅滩一瞥"酒家里，一堆人在一起喝酒，画家和警察见面了。警察发现画家手边一个夹子，问里边装着什么？画家打开，是一张白纸，画家说，我画的画，画的日落。旁边的人说白纸上没画什么东西啊，像白雪一样清白啊。画家说，上面画有看不见的图画。警察神经过敏地以为画家又搞出了什么花招，他没收了画家的那张白纸，说是要拿去检查检查。这是滑稽而令人感慨的一幕。

画家不能画画了，但他并没有停止，他躲到密室里偷偷画。这一秘密被少年西吉发现了。西吉有着出色的艺术敏感力，他是画家的朋友，是画家画画时唯一允许的在场者，画家甚至愿意同他讨论正在进行中的绘画，所以当警察父亲与画家的冲突不可避免时，少年西吉有一种"陌生的恐惧感"，一边是父亲，一边是朋友般的伯伯，心里天平失去了平衡。少年西吉终究站到了画家一边，他是一个纯洁的孩子，虽然他无法有一个孰是孰非的价值判断，但是他忠诚了自己的直觉，他要保护这些随时可能消失的画。

柏林方面的命令更加疯狂，警察耶普森要收走了画家近两年的全部作品。西吉偷偷把父亲撕碎的南森的画恢复成原状，藏在一个废旧的磨房的"密室"里。不久，警方借故抓走南森时，画家偷偷地把一幅画塞给了西吉。战争即将结束，警察在院子里烧毁各种文件材料，英军赶来，抓走了耶普森，西吉从火堆旁抢出一卷纸，就是父亲从南森那里没收的画稿。

战争结束了，"只有春天才给我们带来这样的日子：晴朗"。——西吉这样表达他的心情，但故事的发展却开始偏离正常轨道，走向荒诞。三个月后，警察回小镇任原职，时代早已不同，画家恢复了创作自由，但警察仍执行原来的命令，他跑到海边大坝上的小屋里烧掉画家剩余的画。西吉看到了，在那些画成为灰烬之前，西吉说，"我心中突然产生了一种仇恨，要我向他猛扑过去，用拳头狠揍他的大腿和腰部。"父子之间的冲突爆发了，西吉对警察说，禁止绘画的时期已经过去了，你什么也管不着了。警察说，你听到了不少事情，但有一条你没有听到，那就是一个人必须忠诚；必须履行自己的职责，即使情况起了变化。

由此看来，警察早先的合理尽职已经变成了现在的心理顽固。后来，西吉藏画的磨坊失火了，西吉眼睁睁看着画家的心血化为灰烬，他要冲进火海中，被画家制止了。西吉怀疑是父亲干的，他的内心也开始变得扭曲——以后只要看到画，西吉便觉得这些艺术品处于危险之中，需要他去救护，最后发展到病态的地步，以至于在南森的画展上"盗窃"艺术品。磨坊被焚毁后，西吉又在他家顶楼找到了一个新的隐蔽所，把偷来的画藏在那里，直到被他的警察父亲发现被送进少年教养所的那一天。不过现在，时间已经到了一九五四年的九月。西吉认为自己是在代替父亲接受惩罚，因为人们不想审判自己，就把孩子关到教养所里来。

西吉完成了他的作文《尽职的快乐》，他的作文不是几张纸，而是厚厚的几大本。教养所很满意，准备释放西吉。西吉要离开了，他有些留恋,但他也不知道留恋这里的什么;他有些迷茫,"生活在那边等着你",但是他不知道,"他们释放我以后,我应该做什么呢?到哪儿去为自己找一个藏身之所?"……

三

小说结束了。在西吉天真而痛楚的回忆里,我受到了震撼,心有戚戚然,为警察,为画家,也为在这一事件中从少年成长为青年的西吉,尤其是西吉,他在此中承受的"陌生的恐惧感"不是一个小孩子应该承受的生命之痛。西吉说,"回忆对我来说,是一种心灵上的痛苦。"不过,又值得欣慰的是,少年教养所中这次漫长的作文罚写,成就了一次心灵痛苦的解脱之旅、谅解他人的宽慰之旅、拯救自己的成长之旅,也让西吉真正体验到了"尽职的快乐"——履行职责完成德语课作文所带来的忘我的满足和快乐,以至于当这种尽职的满足和快乐随着几大本文稿的完成而结束时,西吉还感到了一丝空虚和茫然。

老子说,"正复为奇,善复为妖。"是说正常常会转化为奇异,善良常会转化为妖冶。或许我们可以这样理解,西吉在作文中对"尽职的快乐"的体验,实际是对警察父亲"病态地去履行自己那命中注定的职责"一次更深刻的理解和反省,因为"尽职的快乐"的反面正是"尽职的悲哀与灾难"。对警察来说,尽职带来的是悲哀;对画家来说,因他人的尽职而遭遇了一场灾难。

所以,尽职的悲哀和灾难无不痛彻人心。画画是一个画家的第二生命,禁止绘画意味着剥夺了画家的第二生命,尽管小说力图把画家塑造成对抗纳粹禁令的战斗者形象,但当面临警察尽职的枪口,画家也不得不放弃自己的第二生命,一次次接受画作被禁止、没收和焚烧的残酷现实,其愤怒和无奈令人扼腕,小说这样描述:"他的嘴唇嚅动着，他吞咽着唾液，牙齿咬得紧紧的。愤怒，当他轻轻摇着头时，脸上充满了愤怒，失望，不相信眼前的一切。""画家无可奈何地把两手一拍，把脑袋摇了几摇。灰色的眼睛变得更小更冷漠了。"画家被禁止用绘画表达一切观点的权力，是因为他的画"脱离人民，有害国家"，是"蛊惑幽灵和堕落艺术"。这与画家诺尔德被禁作画原因相同。

我们知道，小说取材来自德国历史真实事件——纳粹时期，德国著名表现主义画家埃米尔·诺尔德因被定义为"颓废艺术"，被当局禁止"专职或兼职从事任何艺术领域的工作。"埃米尔·诺尔德后来回忆道：当我接到禁令时，"画笔从我的手中滑落。艺术家的神经是敏感的，经不起打击的。我非常痛苦，因为我再也不能画画了。"我整天被警察监视着，连早已构思好的画都无法画出来。"一年又很快过去我一点都不知道怎么过的。我半梦半醒，变得非常内向。对陌生人很警惕，和邻居说几句话，而只字不提我的命运，也从不说我被监视得多惨。我可不想为此掉性命。"我被禁止购买绘画用具，但是，"有时我偷偷地在一间小小的半遮半掩的房间里工作。我不能完全放弃我只有抓住任何机会把一时的想法、构思偷偷地勾画在一张张小纸片上，只要我以后有机会，我就可以把这些'没有画在纸板上的画'放大成为真正的画。"战争结束后，诺尔德又开始画画了，他说，"真幸运，我又能画画了！"

小说忠实了这一事件，小说中那个叫南森的画家和现实中这个叫诺尔德的画家，他们所遭受的心灵灾难如出一辙，这不得不让我们警醒，每一个政权都会制定自己的文化艺术准则，一些"不合时宜"的艺术家总会被定义为异端，遭受压制和打击，而这个政权倒塌之后，这些被摧残受创伤的个人心灵，那谁会为他们抚平呢？

毫无疑问，我们会将谴责的唾液射向那位"尽职"的警察，他在纳粹时代结束之后仍一意孤行地执行本已失效的"禁令"——我们甚至可以理解在"禁令"没有失效之前那是一个小镇警察的不二选择——而此之后他还是如此顽固,如此盲目,如此冷酷无情,到这里,警察的"尽职"行为已经由一个公职行为变成了一个个人行为,个人的"尽职"只是为自己"服务",而非为某个政权服务,所以"尽职"便显得荒谬起来,就如小说中少年教养所的心理学家分析的那样,"在他身上,执行任务竟变成了一种偏执狂。"最后,"尽职"的偏执狂警察将他的"尽职"转向了自己的儿子身上,用警务方面的措施诸如跟踪、圈套、恐吓,来调查自己的儿子,了解到西吉"偷画"的犯罪行为后,警察将他送进少教所,选择隔离、惩戒的方式让西吉改悔。或许在画家身上制造了心灵灾难的警察在作为一个父亲的"职责"上,是可以称作尽职的。那么,是什么异化了一个警察,让他由"尽职"变成了一个"尽职狂"呢?是小说反复提到的"柏林方面",是禁令的发出地,即是那个罪恶而缺乏人性的纳粹政权。从某种程度上来说,"尽职"的耶普森警察也是一个受害者,他成为纳粹政权的牺牲品,他的一生将在悲哀中了结。

还有那个西吉,一个小孩子,我们故事的亲历者和讲述者,他"陌生的恐惧感"像无边的黑暗笼罩他涉世未深的灵魂和成长中的每一天,他说他带着羞耻在黑暗中度日如年。在没有禁令之前,警察父亲在西吉眼中是多么高大完美的形象,他代表着力量、权威和榜样;画家呢?是南森伯伯,是艺术气质和宽容的形象,西吉引之为骄傲。可是一夜之间,执行禁令与对抗禁令,让熟悉的父亲和伯伯瞬间变得陌生起来,亲情和友情在所谓的职责面前不堪一击,一切都变得不近人情起来,残酷和暴力起来。随着事件深入,年少的西吉也不可避免地卷入其中,他渴望在警察父亲与画家之间维持某种情感平衡,他一面替画家保护画,一面替父亲通风报信,可是父亲在禁令失效后仍偏执地"尽职"——烧毁没收的画作、焚毁藏画的磨坊——而刺痛了他的心,他精神紧张陷入紊乱的境地,恐惧感如毒品一样让西吉不可自拔,他只要一看到画,就以为这些画很危险,他就产生要将这些画转移到安全地带的冲动,画展上的"偷画"行为便成为必然。心理学家可以以旁观者的姿态理性地将西吉的成长故事看作精神病理学的又一例证的时候，我们仍无法为弱小的西吉所承受的心灵灾难而无动于衷，如作家余华所说，"在一个孩子天真的叙述里，我的阅读却在经历着惊心动魄。"

四

这部小说因一篇作文《尽职的快乐》而引发，它的主题是"尽职"，什么是职责？谁的职责？如何履行职责？这些问题都将成为这部小说主题的范畴和外延。

小说以"我"的视角讲述故事，"我"的眼睛宛如一台摄像机，"我"的耳朵宛如一架探听器，"我"的身体宛如一台感应器，"我"的大脑宛如计算机的CPU，这一视角让我们相信，"我"传递出的世界是真实而细腻的，他与我们读者没有距离，彼此亲近。警察和画家，是"我"的世界里的主角，他们的故事与"我"紧紧相连，是"我"见、闻、感、知里的全部。小说虽然围绕两人展开，但真正让两人"狭路相逢"的场面不是很多，只有那么三四次，每次相逢，都是警察与画家关于"尽职"话题的对抗式的辩论，他们之间的辩论也基本代表了我们对这一话题的见解和思考。

我们可以从两个阶段来谈论。第一个阶段是纳粹政权存在期间。对警察耶普森来说，尽职意味着忠诚、忘我，不择不扣、毫无条件地去履行职责。我们有句老话说，吃谁的饭做谁的事。耶普森是纳粹政权的下层警察，他执行纳粹命令，是可以理解的，他的尽职是他的公职，许多像耶普森一样忠于职守的人员构成一个政权的组织形式。但是，执行禁止画家绘画的禁令，则是对画家人权和人性的践踏，政权的拥有者可以为他的行为找到"理由"，但谁都知道这一理由是失去人道和公允的，所以说"尽职"在画家这里又变成某种非法了，所以我们又有个成语叫"助桀为虐",桀是夏末暴君,意思是帮助坏人做坏事,警察耶普森的行为当然是助桀为虐了,为道义所不容。我们可以看到,小说写到警察到画家家里传达禁令和执行禁令时,他们对于"尽职"的争辩就充满着火药味了。

警察去画家那里收走近两年的全部作品,警察与画家有这样的对话,警察说,"我无非是尽我的职责而已","你知道,马克斯,我的职责是什么。"画家说,"我知道,我要叫你明白,你们一谈什么职责就叫我恶心。你们一谈职责,别人就得做好精神准备来对付你们。"这里,警察表现出了自己的无奈,画家也某种程度上能理解——"你自己不霸道,但你为他们的霸道效劳。"有个好心的独臂邮递员奥柯婉转地替警察的行为担心,他说,"有几个人为你担心,因为他们认为,时代会变的。"警察的回答很平静,"尽自己职责的人,是不用担心的,即使时代起了变化也罢。"画家也曾耐心地期待说服警察,他说,"人们也得干点什么触犯职责的事","我理解,你不能采取中立的态度,我也不能中立。每一个人都有他自己的职责。但是,预见——我们总还能预见一件事情的结局吧。"画家的态度已经表达得很明确,纳粹终究有一天会结束它的职责的,但警察顽固的"尽职观"坚如堡垒,画家攻克不了,警察说,"在一个人尽自己的职责时……到处打听将来如何,有什么用呢?人不能凭自己的情绪去履行自己的职责,不能要求他总是小心翼翼。"看来,观念的迥异,谁说服谁都变得不可能。

第二个阶段是纳粹政权消失之后,警察的行为变得不可理喻起来,他执行禁令的职责并没有随政权消失而消失,皮之不存了而毛还存在,甚至一个场合警察还掏出手枪来威胁画家执行他的命令——而那只手枪警察只用过两次,警察认为事情都要有始有终,一个人必须忠诚,必须履行自己的职责,即使情况起了变化。对于有了尽职偏执狂的警察,画家开始放弃他的"对抗",画家表示,"一个只知道履行职责、对自己别无指望的人,会有多少可能的办法呢?""履行职责是一种什么样的病,为了这种病,他将尽力而为。"画家与警察基于"尽职"冲突所带来的恩怨终究不了了之,画家一如既往地像对待自己的孩子一样关爱那个在此事件中受伤的西吉,他安慰西吉,"事情总会有损失的,你得习惯这一点。也许这是一件好事,人们总不能停留在原来所拥有的一切东西上,而是必须不断地重新开始。只要我们这样做,我们就还能寄希望于我们自己。"

这是一句令人宽慰的话,它出自受害者画家南森之口,它标识着被纳粹践踏的灵魂的重新修复;往大的方面说,它代表一代人甚至一个民族理性而宽容地对待罪恶、对待伤害、对待历史所秉持的优秀品格。小说也在这满含希望的重新开始中,摆脱了病态"尽职"给小说带来的狭隘、压抑的氛围,从而走向深刻,走向宽广。

五

《德语课》封底的推荐语引《卫报》的评论说,"纳粹将一代人的心灵毁得支离破碎,伦茨和一批有良知的作家开始一点一点捡拾。"

我以为,伦茨作为一个作家的良知和对"一代人"心灵碎片的"捡拾",在《德语课》中得到了某种完成,一方面是寄希望于自己,重新开始,就像画家南森对西吉所说的那样,"事情总会有损失的,你得习惯这一点。也许这是一件好事,人们总不能停留在原来所拥有的一切东西上,而是必须不断地重新开始。"

另一方面——也是重要的方面——是对责任感的反思,对历史的反思。对于画家南森遭受的灾难以及警察耶普森尽职的悲哀,人们会将这一切的罪恶归咎于纳粹,人们会说一个小镇警察只是不能不尽自己的职责,但伦茨不这么认为,伦茨觉得真正的根源是德国人放弃了独立思考，对责任感盲目跟从的结果。

伦茨在画家南森身上寄托了他的反思，南森多次谈到"职责""责任"，认为职责"不过是盲目的狂妄自大"，"人们也得干点触犯职责的事"，"应该可以预计到未来的变化"。尽职和责任感是德国人的民族禀性，"是从母亲那里学来的"，但在纳粹时期，统治者利用、异化了德国人的尽职观和责任感，成为其恐怖的力量。刚开始纳粹分子并不多，被希特勒所谓的"德意志的民族责任"蛊惑，责任感让整个民族疯狂起来，不思考自己的行为，以职责为借口麻木地执行一切命令，最终，放弃了独立思考而盲从的尽职者，沦为罪恶的帮凶，直至沦为罪恶本身。当然，二战结束后，德国总理在波兰犹太人墓前那一跪，出于责任感的同时，也出于一个民族理性而真诚的反思。

"你自己不霸道，但是你为他们的霸道效劳。"——这也是一种霸道。每个霸道者都应该为自己的盲目尽职而忏悔。"某某，你为什么不忏悔？"这是我们时常听到的声音，在历史的风云飘散之后，我们总在为过去讨个说法，或许我们是在为今天或者明天留下警醒：每个霸道者的灵魂追诉期都没有尽头。虽然伦茨并没有在小说中让耶普森警察走进法庭接受审判，但也没有放弃让他走上灵魂的忏悔台，只不过，伦茨的手法没有别人的那般辛辣和"暴力"，伦茨是宽容的，是看到未来的，他让警察的儿子西吉在少教所的惩戒中为父亲"谢罪"，少教所所长陪心理学家来所里考察，有人问西吉你为什么会来到这个海岛？西吉回答，"因为谁也不敢让鲁格布尔警察哨长去反省，对他进行治疗；……而我到这儿来，就是因为他已经到了一定的年龄，而作为老家伙，是没有必要去改变自己的。是的，要是您问我，我就说，我是代替他到这儿来的。这也许能够成功，也许有一天，他能吸收我在这里获得的进步。这一切是可以希望的，也能够希望的。"我赞赏伦茨的态度，任何一次充满暴力的灵魂审判都将构成一次新的罪恶，宽容但不宽恕，看到未来但不拘泥过去。这或许是真正的所谓的良知吧。

伦茨今天还活在这个世上。他1926年3月17日出生于东普士马祖里地区的吕克。他曾加入希特勒的青年团，战争结束前夕被征入伍，在纳粹军队崩溃时逃往丹麦。战后在汉堡攻读英国文学、德国文学和哲学。1950年任《世界报》副刊编辑。1951年起成为职业作家。定居汉堡。除《德语课》以外，他还有《面包与运动》《灯塔船》等脍炙人口之作。

算起来，伦茨今年有八十四岁了，媒体上偶尔有他的消息，他满头银丝，很潇洒，很有风度，样子严谨得很德国。人们提到他就会提到这部著名的《德语课》，读者读到《德语课》，也自然会想到和我们一样还活着的伦茨，心想说不定哪天还能见到他呢——我们著名的莫言就说，"格拉斯和伦茨，他们对我的吸引力比德国这个国家对我的吸引力还要巨大，如果能见到他们，我想这会成为我的隆重的节日。"我想，一个伟大作家活着的意义，是他能见到他的读者，他的读者也能见到他，见到是一种交流，是另一种阅读。

伦茨与伯尔和格拉斯齐名，可以成为德国文坛的"三驾马车"，那两驾马车已经驶进了瑞典斯德哥尔摩的荣誉大厅，而伦茨这驾马车驶进了万千读者尤其是小读者的内心世界。我很喜欢他对自己故乡的一段介绍，他写道，"我的故乡可以说是在历史的背面，它没有产生过著名的物理学家，也没有产生旱冰运动冠军或者总统。相反，在那里能找到的是人类社会不显眼的金子：伐木工、农民、渔民、领实物津贴的工人、小手工业工人和扎扫帚的人。他们与世无争，不急不躁，相安无事地过他们的日子……"我想说的是，从您——伦茨先生开始，您的故乡已经产生了伟大的作家。

有人把伦茨誉为德意志民族的"心灵守护者"，那么，他的《德语课》便是守护者手中的教本了。只是这书中，压根儿就没有本文开头提到的那些轻佻的或者幽默的笑话,有的是如小说中西吉那小大人似的严肃:开始吧!就这样开始吧。那是在一九四三年四月的一个星期五……

一个秘密能守护多久？

一

就像还有更多好小说没有与我握手一样，与俄罗斯作家拉斯普京的经典小说《活下去，并且要记住》相遇之前，我并不知道世界上有一位叫拉斯普京的小说家以及他这部杰出的小说。2008 年的一天我去朋友赵月斌的博客，读到了他的文章《我们何以求生，何以爱》，文章谈到了《活下去，并且要记住》，认为这是一部"悲怆的""拷问民族灵魂、充满人道主义情怀的作品"。月斌左手小说右手评论弄得风声水响，他眼光独到不是我一个人的看法，我从网上买下这本书，一口气读完，于是在我的阅读书单中又多了一本让我深深震撼的小说。

交代这点题外话，一则说明我的阅读视野有限，孤陋寡闻；二则说明书海茫茫，信息爆炸，无法穷尽。我想说的是，一部小说被写出来，可能出于偶然也可能出于必然，但这部小说被一个人读到，更多则出于偶然，拉斯普京的《活下去，并且要记住》之于我便是如此。"朋友""博客""文章"是这一偶然事件之间的链条，断其一环，我都可能错过与这部杰作的握手。另外，这部写于 1974 年的遥远的俄罗斯的小说，跨越时空的山高水长，在它诞生34年之后的2008年来到我的案头，以另一种文字被我阅读，此时，小说的作者已经是个71岁的老人了，而他的读者正年轻，作者和他的小说与读者我之间被一种神秘的缘分笼罩。更为奇特的在于，拉斯普京用他朴素并富有同情的笔调让他的人物做出"死去还是活着"的选择时，我也站在了作者的一边，"无论生活多么沉重，都不要放弃生存的念头"，这种奇特的感受来自小说虚构的真实，它超越了国界，超越了语言，是它让拉斯普京和我在不同的时间不同的地点共同品尝了文学的美味。

　　读完《活下去，并且要记住》，我让它回到书架上，它和一排排书站在一起，像一个个小巨人，整齐，笔直，它们注视我也彼此注视。这些各种机缘巧合得来的书都曾陪我度过或冷或暖的日子，它们的作者来自不同国度，不同时代，绝大多数人不是风烛残年，就是早已离开人世。有时候望着两面书墙，如同望着一个个人，他们的形象他们的语调十分真切，真担心他们会从书页中跳出来，挤到我狭窄的书房里来次滑稽的聚会。当然是杞人忧天。但我有种感觉，这些人老了或死了，他们的身体会变成尘埃，但总有些东西会免于湮灭，他们的生命以另一种形式活在他们写的书中，当我们读到那些印在纸页上的文字时，他们的想法，他们的口吻，他们虚构的故事，会引起我们的兴趣，打动我们，有时候甚至会影响我们改变我们，这一切，尽管他们老了或死了，但他们借助他们的书都做到了。虽然有些书像它的作者一样，有些无趣，有些空洞，但我还是会珍视它们，因为其中总有一些东西哪怕只言片语也会触动我，我相信那些作者慎重地写下一本书，必定是有些他们认为重要的东西值得写下来的。英国作家赛特菲尔德说，"根据自然法则应该消逝的东西，由于纸上的墨水所创造的奇迹，都能像琥珀里的苍蝇、冻结在冰里的尸体一样，被保存下来。这是一种魔术。"与一本书相遇，与一本书交流，的确有种魔术般的奇妙感觉。至少，我读到拉斯普京的《活下去，并且要记住》是这样。

其实，1974年发表1977年为拉斯普京赢得苏联文学最高奖苏联国家奖的《活下去，并且要记住》，在1979年上海译文出版社便出版了中译本，当时作为内部读物——"内部读物"早已成为一个历史词汇了——出版，正因为其神秘的"内部性"，在那个精神消费相对匮乏的时代，它的传播范围才越发广泛、传播速度才越发迅速，与一批俄罗斯小说一样，《活下去，并且要记住》成为影响我国1950、1960年代两代人阅读记忆的书籍之一，而对1970年代后出生的我辈来说这本书是被遗漏的。当他们满脸幸福地谈到"伟大的19世纪以及伟大的四分之三的20世纪"（拉斯普京语）的俄罗斯文学时，在托尔斯泰、陀思妥耶夫斯基、肖洛霍夫、奥斯特洛夫斯基、高尔基等人之后会出现拉斯普京的名字。所以，2006年中国"俄罗斯年"期间，拉斯普京作为俄作家代表团成员访问我国时，一位比拉斯普京小十岁的"老粉丝"这样写道，"六十九岁的拉斯普京留着一撮胡子，看上去是一个倔老头儿的形象。我身边的一位中国作家悄悄说，他很像一个老渔夫。拉斯普京的小说有《活着，可要记住》《告别马焦拉》《最后期限》《给玛丽亚借钱》等，其中我最喜欢的是《给玛丽亚借钱》。小说中那纯朴的乡村农民如同我在农村的乡亲们。他们纯真的情感深深地打动了我。我甚至模仿这部小说也写了一部乡村题材的小说，当然，很不成功。这个俄罗斯作家协会组织的代表团共有十几个人，在整个会谈期间我的目光始终在拉斯普京身上。"

2003年，拉斯普京的小说《伊万的女儿，伊万的母亲》获得由人民文学出版社和中国外国文学学会主办的第三届21世纪年度最佳外国小说奖。拉斯普京很重视这个奖项，本欲亲临中国领奖，但因突然摔伤而未能成行。2005年，他在《伊万的女儿，伊万的母亲》中译本出版之际给中国读者写来一篇感言，他说，"如今我的新书被推荐给中国读者，我自然感到高兴。让我更加感到高兴的是，该译本乃是世界上唯一的译本；正如汇集了我近年来的短篇小说的那本书，除去几个俄罗斯版本外，只在中国得到出版。"他对日益肤浅化和欲望化的以西方为中心的世界文学和当代俄罗斯文学的现状表达了不满，

"他们的作品离开床上动作就不会写别的",但他仍然相信"恶是强大的,但爱和美更强大"。在我看来,他的相信,正是他一辈子文学写作的信仰,也是他小说自始至终的坚持,毫无疑问,我们即将谈到的这部杰出的《活下去,并且要记住》正是一朵开在"恶"之上的"爱和美"的花朵。

二

"活下去"是一个饱含力量的词汇,它的力量一是来自忍耐二是来自承受,对遭受侮辱的生活,选择"忍",对苦难降临的生活,选择"受";对被伤害的人生,选择"忍",对负重累累的人生,选择"受"。忍受意味着去煎熬,去生与死的边缘挣扎,但忍受并非放弃抗争,也并非拒绝保持对生活和人生的激情,相反,忍受是最大的抗争,是最大的激情。

就像著名的西西弗斯那样,千百次地走下山底,千百次将那块滚下的巨石推向山顶,我们可以看到他推石过程中痛苦而扭曲的脸,而巨石在山顶短暂停留后滚下山底的瞬间,我们又看到西西弗斯坚定的神态和掩饰不住的激情,他以沉重而均匀的脚步走向那无尽的苦难,忍受就是那"英雄的"西西弗斯对待巨石的态度。忍受又如一根韧性十足的橡皮筋,它最大限度地去捆扎现实给予我们的侮辱、苦难、伤害和负重,它总在包容,总在坚持,用自己的韧度延长生命的长度。忍受在这里又成为一种坚强的品质。如果忍受是一块岩石,那"活下去"则是从岩石缝中长出的一株小草,所以"活下去"最终成为一种态度,一种品质。

忍受是"活下去"最悲怆的手段,而对"活下去"的渴望,则是"活下去"最激动人心的手段。

所以,"活下去,并且要记住"作为这部书的标题,它也充满着悲怆的力量,不仅给人启迪,也让人鼓舞——冷也好热也好活着就好,当巨大灾难向我们袭来时,我们听到最多的是,"活下去!""活下去"并非对生活和生命的最低要求,而成为一种精神的象征。人生活在社会的丛林里,社会、别人或自己,任何一方都会让我们陷入进退两难甚至生不如死的境地,拉斯普京究竟要我们记住什么呢?记住要渴望活下去?记住要保守秘密?记住要忠诚?记住要宽容?……要得到这个问题的答案,而我们又必须回过头来追问,究竟是什么让主人公的"活下去"都成为一个问题的呢?

小说或许回答了这些个问题。

小说的故事在两个人之间展开。一个是逃兵安德烈,另一个是逃兵的妻子纳斯焦娜。苏联卫国战争最后一年——1945年初冬,因为厌倦了没完没了的战争,因为眷念妻子父母以及乡村自由宁静的生活,安德烈在伤愈重返前线途中,从医院逃回家乡,在离村子不远的荒山野岭躲躲藏藏,苟且度日。为了保证安德烈的安全,维持他的生存,妻子纳斯焦娜始终誓守秘密,一次次越过安加拉河,频频与他相会,给他送去食物、猎枪等生活必需品,同时送去的还有心灵的安慰与身体的慰藉。安德烈藏身的山野与妻子父母的村子被一条叫安加拉的河隔开。寒冷的西伯利亚的安加拉河,汩汩流淌,从小说的第一页流到最后一页,它是小说的一双眼睛,见证了主人公的全部命运;它是小说的一个容器,盛满了所有眼里流出的泪水,汇成悲痛的安加拉河;它又是一把刀子,将原本同一种人生一分为二,彼此对立,彼此煎熬。

小说话分三头,故事的叙述速度缓慢推进,作者如一个精细的工笔画师,花大量笔墨反复来描述既独立又彼此交织的三个"世界":一是安德烈的躲藏,一是纳斯焦娜的保密,一是两人的秘密幽会。

躲藏者的世界。安德烈必须躲藏，如果他想活在这个世界上的话，因为他是一个逃兵。在战争中一个士兵是无权支配自己的行动的，战争的规则是你可被敌人打死，但你不可自作主张用逃跑的方式来躲避敌人的子弹，如果这样的话，你将被同胞的子弹打死。每个士兵都会受到这样的"教育"，安德烈也不例外：1942春天他刚刚进侦察连时就目击了一次公开执行的枪决，全团在一片林中的旷地上站好了队，然后押出来两个人，一个是故意枪伤自己以逃避战斗的人，还一个完全是个毛孩子，想溜回家一趟，据说这孩子的村子离开驻地仅五十多俄里。在所有人眼里，逃兵该杀，逃兵是可耻的。这像一条普遍真理深入人心。如果你是一个逃兵，你想活命，你就得躲藏，让战争的法庭无法审判你。安德烈清楚这点，所以他与妻子纳斯焦娜第一次幽会时，说的第一句话并不是什么思念啊、想死我啊等柔情蜜意的话语，而是"别作声，你跟别人讲起过我在这儿吗？"两人的对话紧张而急促，当纳斯焦娜问他该怎样时，安德烈焦躁起来："我这就告诉你，纳斯焦娜，连一只狗都不应当知道我在这里。你要是说出去，我就打死你。打死你，我才不在乎哩……"这不是夫妻之间正常的对话，我们只能理解为这是一个逃兵下意识的内心恐惧——怕被外人发现，与亲人团聚是他当初从部队出逃的目的，而现在，亲人在眼前时，藏匿自己又成为他新的目标。

安德烈无退路可走，他现在只有一个办法活下去，就是躲藏起来，像空气一样在这个世上存在。他在人迹罕至的荒山老岭里东躲西藏，必须防范遇到除妻子之外的任何人。他一面与天寒地冻、缺衣少食、狼兽横行的恶劣环境抗争，一面要受到长夜的寂寞、内心的恐惧以及对妻子的期盼的煎熬。一只狼想侵犯安德烈，他与狼为伍，学狼嗥叫，学会了尖利、纯正的狼嗥，将狼吓走，"当他感到十分烦恼时，就打开屋门，朝着原始森林发出凄厉哀求似的狼嗥声"。无论多么艰难，时间总在流逝，纳斯焦娜再见到安德烈时，他已经变成了一个"野人"，发须长而脏乱，眼神迷茫，脾气如黑熊一样暴躁无比。对安德烈而言最大的困难不是生存的问题，而是要活下去，必须躲藏,而躲藏地"活下去"的意义又在哪里呢?别人看不到这个人,听不到他的声音,根本不知道有他这个人,可他这个人却是有的,他不是死人,就是幽灵,就是行尸走肉。真正折磨安德烈的是无边的恐惧与焦虑。

保密者的世界。保密者是痛苦的,因为保密者为了保守秘密必须去说谎,装作若无其事地去辩解,而且还要提防不经意间的"漏嘴"和"露馅",以及间谍一般地去摆脱别人的调查和跟踪。纳斯焦娜自从见到逃回来的丈夫后,她的人生境地可以用弘一法师最后遗墨的四个字概括:悲欣交集。这是内心复杂、世态炎凉、情感丰富的四个字。纳斯焦娜欣的是无数次对丈夫的想念终于变做了紧紧的拥抱,悲的是,她要忍受不见天日偷偷摸摸厮守的日子和为丈夫保守秘密所带来的内心焦虑和担惊受怕。她给丈夫送去弹药、面粉、灯油,要找理由搪塞公公婆婆,要掩人耳目,在夜深人静的冰天风雪里精疲力竭地走上一整晚;别人家的丈夫从前线凯旋了,一切欢天喜地,她要在别人家的幸福里流自己悲伤的眼泪;战争结束了,是死是活,总该有个定论了,她要一遍遍跟别人解释她没有半点丈夫的消息,还要生活在好事者的猜疑中……纳斯焦娜的好友纳季卡——丈夫在前线牺牲给她留下了三个嗷嗷待哺的孩子——说,"你不知道,我们心里的一切全都已经烧成了炭,再也不觉得痛,而烧焦的东西正在一点一点往下落……"纳斯焦娜最好的伙伴也不知道自己的秘密,但是纳季卡的言语她怎么会没有同感呢?小说写道,"纳斯焦娜心情沉重、不安,同时又空虚、落寂——就像一间给搬空了东西的房子,可以随便怎样处置它。"

作者拉斯普京在"躲藏者"和"保密者"两条分头前行的线索里,如一个制造悲情的魔术师,他的左口袋掏出的是安德烈的折磨,右口袋掏出的是纳斯焦娜的心碎,所以当我的目光跟随那些像被泪水打湿了的文字移动时,我的心情是无比压抑和无助的,两个孤独的人站到了众人的对立面,安德烈在广袤的荒山老岭一个人躲躲藏藏的画面与纳斯焦娜在众生喧哗中不能说话不能哭泣的沉默的画面,是如此相似,他们一同忍受着世间最深最远的孤独。让人敬佩的是,拉斯普京没有着意去"煽情",他忠实了他笔下人物的行动和言语,他有时站出来富有激情的议论分明也带着他同情的泪水,从这点上来说,拉斯普京称得上是个有良知的作家。

直到"躲藏者"与"保密者"频频相会的"世界"出现时,小说才摆脱了压抑、冰冷和无助的氛围,我们紧张的阅读才松下一口气来——纳斯焦娜终于找到一个又一个看起来无懈可击的理由摆脱一切羁绊与丈夫团聚了。一切朝着光亮和温暖的方向起程,尽管天空依然阴霾笼罩,但"活下去"的曙光开始照耀两个人的世界。当两人抛弃了整个世界和世界抛弃了他们时,两人的相互依存才显得如此重要。短暂的抱怨和争执之后,他们似乎接受了藏匿与保密的偷偷摸摸的生活,开始用对过去"美好"的回忆来温暖冰冷的现实。我只能给"美好"加上引号,因为与当下的处境相比,过去的任何平常日子都是美好,在巨大的内心压抑面前,回忆是一剂麻药,麻痹将要崩溃的生命,只得靠不断回忆去寻找一种幸福感,找来找去,眼下的处境与过去的生活相比,就像在做一场梦一样。可以说,安德烈和纳斯焦娜是靠这种虚妄的梦在支撑彼此活下去的。他们的幽会,除了靠做梦一样的回忆来过上有限的"美好"时光外,他们依然在探讨明天的路在哪里?纳斯焦娜有些天真地想说服安德烈去自首,结束这种东躲西藏让人煎熬的日子,哪怕是接受几辈子非人的惩罚,也要活在光天化日下。安德烈似乎有些动摇,尽管他知道人们能宽容他活下去的可能几乎微乎其微。

但是,一件意外事件的发生击碎了安德烈和纳斯焦娜最后的梦:纳斯焦娜怀孕了。为安德烈生下一男半女,曾经是纳斯焦娜的愿望,她与安德烈结婚几年肚子一点响动都没有,为此安德烈冷淡她,婆婆骂她是"一只不会下蛋的母鸡",纳斯焦娜也自责,用繁重的劳作来赎她对安德烈家的"罪过",尽管怀不上孩子问题究竟出在谁身上,这一点并不清楚，但纳斯焦娜仍然认为是自己的错。如今一个新生命孕育了，纳斯焦娜却高兴不起来，她可以为安德烈保守秘密，但一天天隆起来的肚子却不会，婆婆和村民会讥笑她的不忠，会指责他水性杨花，这些流言蜚语她都能忍受，她唯一不能忍受的是别人会因此找到藏匿的安德烈。纳斯焦娜慌了手脚，她找到安德烈，小说这样写道：

"安德烈，我不知道该怎么办，"她抱愧地补充说，指望他能开导她。"不知道该怎么办。我已经慌了手脚。"

"纳斯焦娜，命中注定的事，你再逃也逃不了，"他终于开口回答。"不管你怎么违背它，它还是我行我素，"他忧郁地、深信不疑地苦笑了一下。

安德烈也为这一消息欣喜，他要纳斯焦娜生下他们的孩子，当这一决定不假思索地做出时，另一个决定也有了：他不会去自首。他倒不是怕送掉自己的命，他怕连累他的妻子父母，担心人家会整她们，而且他担心孩子一出娘胎，就要背上黑锅，一辈子也洗刷不掉，一辈子也没好日子过。无论如何，在两个人就要崩溃的生命边缘，一个无辜的孩子拯救了他们，他们决心忍耐，接受命里注定的一切，他们要活下去，坚韧地活下去。可是夏天很快就要来临了，安加拉河两岸的一切就要醒来，安德烈也要往更远的地方迁移躲藏了，纳斯焦娜要给安德烈送些补给去，并告诉他，村民已看出了些许破绽，他必须马上撤离。就在纳斯焦娜划船去给安德烈报信的时候，有人告了密，民警跟踪来了，纳斯焦娜无法等到孩子降生，她要保护安德烈，她选择跳进了冰冷的安加拉河。安加拉河一阵激浪，很快"复又平静如初，那个地方连一丝痕迹都没有留下。"

安德烈奔向原始森林里去了，在某个洞穴里，任何一条狗都无法找到他。

三

对于所谓幸福的日子和不幸的日子，作者拉斯普京在小说里发出了这样的诘问：为什么不容许人们把某一时期的幸福储存起来，以备后来在另一时期用以减轻沉重的苦难？为什么两种生活之间总是隔着万丈深渊？正当你最需要翅膀的时候，你为什么毫不犹豫地就让人家把翅膀剪掉呢？

拉斯普京的诘问蕴含着良好愿望，愿苦难可以减轻，愿不幸与幸福随行。而事实上，当不幸降临的时候，幸福会跑得不见踪影，沉重的苦难无可减轻，飞翔的翅膀就会被剪掉，这就是深不可测的不幸。安德烈是不幸的，纳斯焦娜也是不幸的，他们被命运撺到一起，如被缚在一根绳索上的两只不幸的蚂蚱，无力且无助，无法按自己的意志生活，但在不幸的日子面前，他们依然作了最后的弹跳——忍受一切，活下去。当然，面临巨大的不幸和苦难，生存还是毁灭？这是不二选择，毁灭对自己是种解脱，对家人是种折磨，对社会是种放弃；生存对自己是种坚持，对家人是种责任，对社会是种面对，选择生存必须有忍受煎熬的勇气和力量，是比选择毁灭更加艰难的选择，在"生不如死"的现实中，生比死难，所以我欣赏安德烈和纳斯焦娜的选择，在漫长的"躲藏"和"保密"生活中他们忍受了身心的煎熬，辨明了活下去的方向。任何时代任何个人都可能遭遇不幸和苦难，对待不幸和苦难的态度和方式，依然是彰显我们人类卓然品质的证据之一，尽管他们的选择是个人选择，但我们看到的是人对"活着"的渴望以及"活下去"的信念和勇气。

我们可以看到，在安德烈和纳斯焦娜身上有一种不可否认的力量，那是对战争仇恨的力量和夫妻之间爱情及对生活热爱的力量，这种力量在男人身上导致他们去反抗生活的压力，在纳斯焦娜这样的女人身上它暗示着遭受苦难的无限可能性，正是这种力量主宰着人物，让我们发现了小说展示出来的生生不息的魅力——人并不是我们本身之外的某些势力所玩弄的对象，最终，我们的阅读旅程在压抑、紧张、伤感和悲痛的氛围里落实到"爱和美"的希望中，去回味那些意犹未尽的不可言状的东西。这或许就是悲剧的力量吧，它毁灭的是人生有价值的东西，同时展示的也是人生有价值的东西，凤凰涅槃了又重生了新的凤凰。

"生活不是衣服，无法十次八次地试穿"，既然那身不幸的"衣服"来到了，那就穿上它吧，安德烈和纳斯焦娜达成共识，就这样保守秘密地躲藏在一起，迎接小生命的到来。不管人家是否让他们活，首先他们自己要先活下去。可是不幸仍然在继续，后来，纳斯焦娜和她肚子里的小生命死了，安德烈还活着，他逃走了，打算继续活下去。小说在这里戛然而止，这是一个令人悲痛的结局，似乎也是故事人物走向的必然结局。

纳斯焦娜死了。但死并不是她想走的路，尽管死可以让她无休止地休息下去，忘掉一切，可是她的死并不是为了自己，她的死至少来自两方面，一是为了丈夫安德烈的"活"；二是被社会道德那块"纸枷锁"逼死。在纳斯焦娜眼里，丈夫就是丈夫，丈夫并不是逃兵，丈夫的"逃兵"身份只是让他们的生活变成了苦难，她用死来守护丈夫的秘密，并不是为了偏袒一个逃兵，而是一个妻子对丈夫应有的忠诚和心爱。纳斯焦娜去给丈夫报信的途中，身后总有个阴冷的声音传来，"她逃不出我们的手掌！"在一个庞大的社会机器的压逼下，她并没有屈从，而是选择了忠于自己的内心忠于心中甜蜜的生活。对纳斯焦娜而言，她为自己的死，既不感到羞愧也无所畏惧，因为活着是一个五味瓶，任何一只手指伸进去，就是一种味道：活着是甜蜜的——为爱人而活；活着是可怕的——为苦难而活；活着是可耻的——为暴露一个秘密而活。

我们不禁会问，为了守护一个秘密，我们能走多远？

俄罗斯妇女纳斯焦娜无疑是一个伟大的秘密守护者，我不知道她紧闭口齿的力量来自何处，但她恪守了一个秘密守护者的铁定原则，就是不要向除自己之外的第二个人透露秘密。她不仅为外人保守了这个秘密，而且对他们最亲近最可怜的老父亲也保守了这个秘密，哪怕是她的公公早已看出了端倪，纳斯焦娜依然守口如瓶。小说是这样写的，"'他在这儿，纳斯焦娜。你别否认，我知道的。你对谁也别说，就对我一个人说实话吧。说实话吧，纳斯焦娜，可怜可怜我。我到底是他的父亲啊。'纳斯焦娜被他哀求得有点犹豫了，但终于还是摇摇头，说：'你说什么呀，爹？我能告诉你什么呢？——没什么好说的。连个人影都没有，是你自己想出来的。没有。'"这是一种用打碎了牙往肚里吞的痛苦来回绝亲情的哀求而守护秘密的。我不知道我们能否做到？我们时常可以听到日常生活中甲对乙说，这个绝密的秘密我只对你一个人说了，你要发誓保守这个秘密，不要让第二个人知道啊。其实当甲扭头就走的没几天，天下的人都知道了这个秘密。

纳斯焦娜用自己的"死"守护了丈夫的秘密，这个秘密也会同纳斯焦娜一起永沉安加拉河底，不再被人所知。守护秘密最可靠的方式，就是秘密守护者的死亡，死亡可能是自己的选择，像纳斯焦娜；也可能来自他杀，像二十世纪二三十年代"白色恐怖"时期被抓的地下党不交代其他党员的秘密便会招来杀身之祸。这两种因守护秘密的死，都会成为英雄，前者会定义为个人英雄，后者会定义为集体英雄。这两种英雄都会从人们那里获得赞许和敬佩，无论你是为谁保守秘密——哪怕是敌人，保守秘密者在道德面前都有一个光辉的形象，因为它代表着忠诚、毅力、献身等品质，而告密，便不一样了，告密者永远是一个不光彩、委琐的形象，即使为某种正义而去告密，在人们那里都不会得到信任。纳斯焦娜越过船侧而投河的那一瞬间，她一定会像一颗投向人们大脑的核弹一样，震撼每一个人，并激发我们去思考那些与忠诚、勇气、价值等有关的形而上的大问题，一个人可以为一口气而活，一个人也可为一个秘密而死。这是一个忠诚度极低、个人主义盛行的时代，纳斯焦娜为丈夫的死，或许会让我们有些反思吧？

如果我们愿意，我们可以设想小说的另一种结局，就是纳斯焦娜没有投河自尽，她被民警抓住，并不堪忍受严刑拷打的折磨而屈招了丈夫的秘密，安德烈被抓，押上战争和道德的双重法庭，被判死刑，纳斯焦娜呢？她生下了她的孩子，与年迈的公公婆婆一起，依然活在这个世上。无疑，这是真实结局的一种，但它是平庸的，丧失了悲怆和毁灭的力量。我们依然尊重作者拉斯普京对故事结局的安排，只有这样的结局才是伟大的结局，它让我们心生哀怜，并扪心自问：为了守护一个秘密，我们会像纳斯焦娜用"死"去守护吗？我们会让这个秘密永远成为秘密吗？

四

小说《活下去，并且要记住》1974年先由《我们时代人》杂志连载，后出版单行本。据说，这个小说发表后曾在苏联文学界、评论界产生过极大反响，引起激烈争论，有一种观点认为：这部小说塑造了"一个消极的形象——逃兵形象"。

现在看来，这种观点未免有些简单，但在当时社会背景下自然有它成立的理由。也许我们现在不认同这种看法——因为所谓的"消极"已经变成了一个是事而非的词语——对安德烈的逃兵形象，在新的语境下我们或许又有了新的认识。事实上，常读常新，具有阐释的多种可能性，正是一部出色小说的品质所在，昆德拉说，"伟大的作品（而且正因其伟大）都有未完成的一面。"这也正是经典能穿越时空的有力武器。

安德烈是个逃兵。每个逃兵都有出逃的理由。在前线的三年里，安德烈被认为是最可靠的战友，参加过夜袭，抓过"舌头"，多次负伤，多次重返前线，称得上是个不错的士兵。人乃血肉之躯，有七情六欲，长时间陷入战斗旋涡的安德烈逐渐厌倦了战争，厌倦了寂寞，他思念妻子，思念父母，渴望平静。安德烈最后一次负伤后，在新西伯利亚的军医院里躺了近三个月。战争很快就要结束了，安德烈以为出院后会放他几天假回去看看。与亲人会面，已经成为他养好伤、活下来的精神支撑。但他的愿望落空了，出院的那一刻，他得到的是回部队的命令。残酷和冷漠的战争机器碾碎了他唯一的梦，他抱怨和愤恨，家就在附近，他要回家去，"自己去把被剥夺的权利夺回来"。但真正到了车站上，他犹豫了很久，每个士兵都知道逃兵的后果，但他已没有回头路了。最终，安德烈逃向原始森林里去了，虽然没有被抓住，没有被审判，但他的生活和内心已经得到了长久的应有的惩罚。

从某种意义上说，"逃兵"是个政治概念，它有着相对性，角度不一样，人们对待逃兵的观点不一样。逃兵是违法的，是有罪的，对一个国家、一个政治集团而言这是毫无疑问的，因为他们需要战争，需要永不开小差的军人；而对普通民众来说，逃兵是可理解的，是可得到道德赦免的，因为每个父母需要健康平安的儿子，妻子需要丈夫，孩子需要爸爸；对逃兵自己而言，从选择逃离战场的那一刻开始，逃跑就成为他们唯一的选择，尽管逃亡的生活暗无天日，苦头吃尽，但大多数逃兵仍不会后悔，甚至有人表示"今天如果发生类似的情况，我还会做出同样的决定"，因为他们认为那不是我应征入伍要干的事情。

在一个现代社会里，为国家而战、为正义而战，是一个军人崇高的使命和荣光，而一旦当战争的合法性和合理性招致怀疑，逃兵的人数势必增加，以美国为例，越战时期，美国逃至加拿大的逃兵就达九万余人；伊拉克战争爆发以来，美陆海空和陆战队的逃兵总人数高达九千人。尽管美国政府为了杀鸡给猴看，重启清理门户的内部追逃程序，将一批越战逃兵而今已是五六十的老人重新追捕，把他们投入监狱，来警告那些在伊拉克的现役军人，"如果他们当了逃兵，就是躲到坟墓里也要被抓回来"，但仍然无法阻止逃兵们的脚步，因为这些逃兵们自己会判断，他们的战争是否挂着"国家""正义"的旗子实质是为少数政客的利益来实施的非人道的、恐怖主义般的杀戮，他们将忠实于自己的良知和人性，不惜顶着"叛国"的指责，冒着被投入监狱的危险，逃离战场。事实上，他们的行为和遭遇已经得到家人和旁人的理解，比如21岁的伊凡·布罗贝克是海军陆战队第二团第二营士兵，在逃往加拿大之前给他母亲打电话，说他可能很长时间不能再见到她，她当时很难过。但他母亲说，"但这总比第二次到伊拉克好多了。"伊凡到加拿大后，最初并不如意，住在地下室里，房东同情他的遭遇没有收取租金。

许多逃兵的故事如此相似，《活下去，并且要记住》里的安德烈也是如此，哪怕许多年过去，那个国家依然在追捕他，他活在逃亡的生涯里，像那条安加拉河，悲的水流成了痛的河，生生不息，伤痛不止。

比羞耻可怕的是不知羞耻或知耻而耻

一、萨尔曼·拉什迪是谁？

在我的生活中，阅读——严格意义上说是文学阅读——成"瘾"后，我发现，阅读是一种有目的的功利行为——为打发时间而读，为获得咨询而读，为得到成功秘诀而读，为获得一点谈资而读，为写一篇书评而读，为工作编辑一本刊物而读，为认识世界深刻思想而读，哪怕仅为愉悦内心丰富人生等稍显高尚的目的而读，阅读无不打上了"功利"的烙印。

阅读并没有传说中的那么优雅高尚。阅读跟吃饭睡觉呼吸一样，是一种需求，吃饭睡觉呼吸是肉身存在的需求，阅读是精神存在的需求，有需求就有交换，用钱去购买一本本书，然后用脑子"吃掉"它们，之后变成精神"排泄物"，获得需求满足。以物质换精神，阅读便成为交换的功利行为。正因为阅读的功利特征，为了谋求功利最大化，阅读消费服务日渐周全，所以书籍的分类就越来越精细了，拿小说来说，就分为悬疑、惊悚、魔幻、武侠、军事、情感、社会、都市、乡土、职场、财经、官场、历史等类型。去网上或书店购小说，就像去菜市场买菜，一篮一篮，分门别类，购买很方便。

当然，无论功利不功利，生活不停息，阅读不会停止，只是不得把阅读抬到多雅致的位置，看作多奢侈的行为。

有一天我读到了一部叫《羞耻》的长篇小说，读完合上书本，思绪从小说里走出来，我却犯糊涂了，我"功利"地问自己：我究竟为了什么而读这样一本书？一时找不到答案。

为了消遣而读？谈不上，因为一本谈论"羞耻"的小说，它展示的是一个羞耻的世界：虚伪、撒谎、淫欲、嫉妒、虐待、欺诈、复仇、背叛、恶毒、封闭、糜乱、走私、憎恨、卑鄙、贪婪、兄弟反目、争色夺爱、争权夺利，等等，它的每一页都让你陷入一种看不到希望的黑暗之中，如临不安的深渊，即使作者在最后一页给了你光亮，但漫长的黑暗足以消磨你的耐性。一本让你快乐不起来轻松不起来的书，是没有消遣可言的。

为了写这样一篇小小的文章而读？似乎也不是，值得写写阅读感受、表达自己喜爱之情的好小说浩如烟海，犯不着在一部"黑暗"的小说里让自己几天的阅读生活蒙受"不白"之屈，事实上我在读它的过程中，我家人说，我有点魂不守舍，心不在焉。

那么，为了一个在世界范围内声名远播、制造传奇的作家——萨尔曼·拉什迪而读？为了一个信赖的朋友的一句话"这是部值得一读的小说"而读？这两个原因，看起来还是那么回事儿。但是，这两个原因只是我买下它，并翻开它的理由，而能吸引我从第一页翻到最后一页并沉浸其中的唯一理由，应该是来自《羞耻》自身的魅力——它是一个让你想入非非的关于羞耻与荣誉以及羞耻根源的巨大隐喻；它让你的感官陷入不堪的羞耻中一时难以适应，但它又能带你穿越羞耻场景进入干净的精神领域去思考我们的现实：羞耻会找到每一个人；它是一个拥有神秘气氛的文本，就像那云雾缭绕的绝望之岛，每位登岛之人都会陷入绝望的境地，但它又有魔力让你产生勇气去承担任何残酷；它的叙述和想象让小说像苍鹰在天空飞翔一样自由且充满力量，这一点当归功于大师级的萨尔曼·拉什迪，一个上苍派他到人间写小说的人。

这个萨尔曼·拉什迪是谁？他究竟做了什么？

萨尔曼·拉什迪1947年出生于印度孟买一个穆斯林家庭。他祖父是一位乌尔都语诗人，父亲是剑桥大学商学系毕业的商人，家境富裕，自由宽松。14岁时，拉什迪被送到英国求学。其间，他的父亲搬家到巴基斯坦的卡拉奇居住，那时正值印巴战争。拉什迪在剑桥大学获历史学硕士学位后回到巴基斯坦，但一个中西方毒害太深的"外人"，在这个穆斯林占大多数的国家无法立足，待了不到一年，拉什迪回到英国。与英国女子结婚并定居下来，靠写广告脚本为生，并没放弃小说创作。

东方血统，西式教育，脱离故土，拉什迪说，"我们脱离的岂止是土地，我们已飘离历史、飘离记忆、飘离时间。"文化、社会背景的"边缘、夹缝"地位，注定了拉什迪观察世界审视东方的独特视角，他"梦幻故事与现实故事"杂糅并进、大胆犀利的小说便粉墨登场。

1975年，28岁的拉什迪出版了他的第一部长篇小说《格林姆斯》，这部他以后鲜有提及的处女作打下了他以后小说的调子：基于印度文化的魔幻性和传奇性讲述人间百态和心灵冲突。1981年，拉什迪的第二部长篇小说《午夜的孩子》出版，获得成功。小说获得英国文学最高奖布克奖，以及英国艺术委员会文学奖和美国英语国家联合会文学奖。这部小说为他赢得广泛国际声誉，使他和加西亚·马尔克斯、米兰·昆德拉、君特·格拉斯等世界级文学大师并肩，成为国际知名的大作家。但因《午夜的孩子》触怒了印度前总理英迪拉

·甘地而被印度当局禁止在国内发行。1983年,小说《羞耻》出版,又因中伤巴基斯坦前总统齐亚·哈克以及著名的布托家族,而导致该书不仅在巴基斯坦遭禁,他本人也被指控犯有诽谤罪。

拉什迪收获文学声誉的同时,也收获着"麻烦"。与前两部小说遭禁的小小政治风波相比,1988年出版的《撒旦诗篇》则掀起了引起世界关注的政治风暴。小说通过一位电影演员亦真亦幻的经历,反讽了伊斯兰教的起源,穿插了对伊斯兰教和穆罕默德不敬的描述。1989年2月14日情人节那天,他在自家门口收到了一份意外的"礼物":伊朗当时的最高精神领袖霍梅尼判定他的小说《撒旦诗篇》亵渎了伊斯兰先知穆罕默德和《古兰经》,号召全世界穆斯林对他和他的出版商处以死刑,并一度将悬赏金额从200万美元提高到520万美元,并号召教徒对其采取暗杀行动。一时间拉什迪成为最值钱的作家,但是他的日常生活不得不转入地下,英国警方专门为他成立贴身保护小组,每年的保护费高达160万美元。他过着漫长的潜藏生活,成为一个生活在黑暗里的人。直到1998年,伊朗改革派政府哈塔米总统宣布,伊朗政府不会执行霍梅尼对拉什迪下发的死刑令,拉什迪9年的逃亡生涯终于结束,9年时间里,他更换了56个住处,平均2个月换一个住处。

因小说而起的政治风波,使拉什迪成为当代世界文学的传奇,他的每一次新书出版和女友更换都会被媒体津津乐道。拉什迪说,"我用了半辈子的时间趟政治的浑水,后果有目共睹,我真是受够了。"但是他对文学与政治的观点似乎并没有什么改变,记者问他怎么看待政治给你带来的麻烦?拉什迪回答说,"对作家而言时间往往很残酷,我们生活在一个不公正的时代。艺术创作首当其冲遭受一些压迫,我对此并不感到惊讶。"

今天的拉什迪已移居纽约,过上了正常人的生活,出入社交场合,聊天写作,与美女搭讪。他的名字不再直接等于"死刑判决书"，不过关于他小说的争议一直存在，有人喜欢他，认为他接过了伟大小说的接力棒，构筑了一个庞大、复杂、肉感、色彩鲜艳的小说世界；有人不喜欢他，认为他过分地歇斯底里，热衷展示人类的可憎与互憎的黑暗世界。无论怎样，拉什迪用它的小说已经证明了他是当今世界最著名的作家之一，这一点似乎没有争议。

拉什迪今年62岁，对一个作家而言，正是创作最为成熟的阶段，我们中国的记者问他，"你对未来的写作有怎样的构想？"他说，"我仍然喜欢写作，但我永远不知道接下来会发生什么。"

拉什迪的世界声誉，一半来自小说，一半来自因小说而起的传奇人生。人生再传奇，终将结束或被遗忘，而小说可能会比人生更长久，因为观点会过时，而事实则不会，人生的传奇性大多始于观点的冲突与冒犯，而小说用事实说话，会成为寓言，也会成为被不同时代的读者不断阅读的经典。经典，我相信，除《午夜的孩子》外，我们即将谈到的《羞耻》，也应该是。

二、这是一个羞耻的世界

小说是枚放大镜。

羞耻之事，时常发生在我们身边，也发生在我们身上，司空见惯，因为社会这片树林太大，什么鸟儿都有，羞耻的事情虽然也不会少，但被稀释了，我们不会觉得我们的世界是个羞耻的深渊。另外，羞耻之心，人皆有之，但在羞耻面前是否感到羞耻、是否不知羞耻、是否知耻而耻，则是每个人内心道德博弈的结果。有无羞耻感，事关羞耻之事的演化，其结果会大不相同。一般来说，如能感到羞耻，羞耻之事一定程度上会被遏制平息；如不知羞耻，羞耻之事则会放任蔓延；如知耻而耻，羞耻之事则会开出罪恶之花。

但是，当"羞耻"出现在拉什迪的笔下，变成一部小说时，小说这枚放大镜就显示它的威力了，它将羞耻放大，再放大，放大到遮住我们的眼睛，放大到膨胀、扭曲、变形的地步，放大到羞耻仿佛进入到了我们每一个人体内。就如同潘多拉的盒子在那一瞬间打开，羞耻之魔张牙舞爪，无限复制，很快，羞耻之魔便统治了我们的世界，拉什迪像一个清醒的斗士宣告：这是一个羞耻的世界。

拉什迪在小说的第69页说，"我们当中任何人的羞耻都会落到我们每个人身上，压弯我们的背。"在第103页说，"那个未被感受到的羞耻的世界就这样走进空气中。"在189页中说，"羞耻在夜晚的街上行走。"拉什迪还说，"羞耻会找到每一个人。"

在小说名声让位于肥皂电视剧的今天，如果小说还算得上一门严肃艺术的话，那么小说应该具有这样的力量：哪怕它冒犯了你，刺痛了你，让你难受，但你还是心悦诚服地接受它，并愿意与它携手，走到书的最后一页，体验最终的绝望或者希望。《羞耻》对我而言，有这样的力量。至少拉什迪说服我相信，有这样一个羞耻的世界存在，它可能存在于这个星球的某个角落，也可能存在于每个角落。当然，拉什迪的野心不止于他的宣告，他真正要说的是社会的羞耻以及无耻的根源来源于——非理性的宗教和政治暴力。小说的真相和结论似乎都有了，还是让我们走进拉什迪构筑的羞耻的世界吧。

拉什迪笔下羞耻的世界跟我们的世界一样，是由各种场所——居住、工作和消费等场所，以及穿梭其间的人组成，只不过"羞耻"成为他们无处不在的修辞定语。——也许你和我一样对不断出现的"羞耻"一词感到了厌烦，究竟什么是羞耻呢？拉什迪也无法穷尽它的内涵，正因为此，他想到了用隐喻的故事来解释它，将这一问题答案的皮球踢给每一位读者。我愿意借助我们的汉文化背景来定义"羞耻"，羞耻是一切不光彩不体面的心理和行为，它的所指我们在前面列举过。"羞耻"在拉什迪笔下至少包含两层意思，一是指羞耻的行为；一是指被羞耻的对象——《羞耻》的主要精力放在这样几个家族、家族城堡和这样几个人身上：

衰败的沙克尔家族和"像一个被社会遗弃者"只有依靠升降机与外界联系的深宅大院：沙克尔三姐妹、三姐妹的儿子奥马尔和巴巴尔。

拉扎·海德家族和大理石建造的将军官邸以及总统府宫殿：拉扎、拉扎的妻子前帝国总理的女儿毕奎斯、他们的两个女儿：弱智白痴的苏菲亚和风流十足的沙巴诺、有预见能力的警察队长塔瓦。

伊斯坎德·哈拉帕家族和一幢幢废弃的机场大楼组成的住宅：伊斯坎德、伊斯坎德的妻子拉妮、他们的有男人味儿的"铁裤处女"阿朱曼、伊斯坎德的弟弟小米尔、小米儿的儿子哈龙、伊斯坎德的情人前总参谋长遗孀平奇。

三个家族的关系像蜘蛛网一样，布满不仅仅是巴基斯坦这样一个信奉伊斯兰教和暴力统治的帝国：胖得不成人样的医生奥马尔娶了比他小31岁的拉扎的白痴女儿苏菲亚，但他却与妻妹沙巴诺偷腥；国家总理伊斯坎德的妻子拉妮与拉扎是表兄妹，即拉扎与伊斯坎德是表亲；伊斯坎德的侄子哈龙要娶拉扎的小女儿沙巴诺，而终身未嫁的阿朱曼喜欢堂兄哈龙；伊斯坎德与奥马尔年轻时是一起嫖妓、游荡的朋友，伊斯坎德40岁时，他放弃淫靡生活，组织"人民阵线"，成为"不完全的"平民总理，奥马尔则被他赶出门，像一条不受主人喜欢了的狗一样。在这个复杂的关系网中，权力和对权力的占有欲酝酿了没完没了的诅咒、暴力、杀戮和复仇：总理伊斯坎德提拔了表亲拉扎，拉扎成为军权在握的将军，而拉扎曾经因与他争夺情妇闹得要翻脸。几年之后，拉扎发起军事政变逮捕了提拔他的伊斯坎德，两年牢狱后，拉扎绞死了伊斯坎德，成为国家总统；拉扎政变之前，拉扎小女儿沙巴诺在订婚仪式上放了伊斯坎德最喜欢的侄子哈龙的"鸽子",跑去与有预见天赋的警察队长塔瓦私奔,哈龙也没有与喜欢他的堂妹"铁裤处女"阿朱曼结婚,两人均终身未娶嫁;拉扎还枪杀了奥马尔为反政府游击队员的弟弟巴巴尔;最终因家庭丑闻暴露,沦为逃亡总统的拉扎授意女婿奥马尔杀死他的女儿苏菲亚;伊斯坎德提拔的警察首脑最终成为押解他的人;等等。三个家族间因变态而不和的姻亲、因钩心斗角的利益冲突、因糜烂黑暗虚伪不安的家族气氛等原因而编织了一个羞耻的世界。

奥马尔是两个家族间穿针引线的人物,他和拉扎年纪差不多但他是拉扎的女婿,他和伊斯坎德是淫逸浪子曾经也是肝胆的朋友,他见证了伊斯坎德的倒台,亲历了拉扎家族的辉煌与败落,他的出生地沙克尔大宅成为拉扎家族逃亡的最后避难所,但是奥马尔在拉什迪笔下是"羞耻"的一个代名词,因为他出生成长的世界就是羞耻世界的一个缩影一个象征。

奥马尔成长的羞耻世界:羞耻之宅——一台现代怪物般的升降机与一幢老态龙钟的古宅站在一起,古宅与世隔绝,靠升降机运送货物与人。古宅里的沙克尔三姐妹在老沙克尔去世时大开宅门邀请外来殖民者通宵派对,此后大门关闭,不再开启,三姐妹也不再外出。其中有一个在那个狂野之夜怀孕了,生下了奥马尔。奥马尔不知道自己的父亲是谁,三姐妹也不知道,而三姐妹都说自己是奥马尔的母亲,三个妈妈哺育一个儿子长大,三个母亲没按伊斯兰教要求给奥尔马割包皮、告诉他真主的名字、剃头。奥马尔在幽深、腐败的古宅里度过童年。羞耻之镇——Q镇,全镇充溢着流言和报复,原住民地与殖民者聚集区,彼此敌对。现在,12岁的奥马尔要从升降机里出来走到镇上了,镇上的人们认为,"很久以前那场丑闻的血肉产物,很快就要出现在光天化日之下了",他们串起破皮鞋、破凉鞋和破拖鞋做成鞋项圈——最恶毒的侮辱,要戴到小男孩奥马尔的脖子上。最终鞋项圈意外地戴到了神学家的脖子上。羞耻之校——奥马尔进了镇上的学校,"不知羞耻,习惯孤独,他开始享受自己这种近于隐形的状态",但他有了他的初恋对象法拉,一个海关关员之女。让他想不到的是,法拉与校长——一个提鸟笼能言善辩的外乡人——发生了关系,怀孕后遭学校驱逐。奥马尔借酒浇愁,他的第一次情感在羞耻中结束。

肥硕、丑陋,成为"羞耻"代名词的奥马尔在羞耻的世界里长到了18岁,他的翅膀开始丰满起来,带着他天才的学习能力和医学院的奖学金,还有他学习到的古老的催眠术(当然他的催眠术手艺最终只是用在了声色犬马的泡妞上),他迫不及待要飞离这个羞耻的世界了,但是他不知道,等待他的是一个更加强大的羞耻的世界。

小说很有意思,拉什迪在表现两个家族的羞耻时,揭示和诅咒其羞耻的均来自两个家族的两个女人:拉妮和毕奎斯——伊斯坎德的妻子和拉扎的妻子,她们成为自家羞耻坟墓的掘墓人,是必然报应。而且,拉什迪分别用两个女人许多年来一直在编织的编织物"围巾"和"裹尸衣"来承载她们对家族羞耻的揭示和诅咒。这一让人印象深刻的嘲讽,是拉什迪的神来之笔,是小说独有的创造。

拉妮编织了十八条围巾,"这是羊毛做的墓志铭",拉妮把它锁在铁箱里,取名《不知羞耻的伟人伊斯坎德》,十八条围巾编织的是伊斯坎德家族的十八桩羞耻,分别是:赤条条的伟人与他的姨太太们的风流;掴人巴掌;踢人屁股;男人的撒谎;监狱酷刑;骂人咒语;外交阴谋;虚假选举;民主之死;遗忘;无尽的黑夜;情人自杀;恐怖地狱;堂兄弟互殴;横尸遍野;被打劫的尸体等。十八条围巾囊括了伊斯坎德家族从兴旺到消失的全部罪恶和羞耻。

另一个家族的"羞耻信物"是裹尸衣。拉扎·海德政变后当上了风光无限的总统,但他的妻子毕奎斯,这个没有为丈夫生育儿子而陷入羞耻的自责、被白痴女儿和风流女儿折磨得神经兮兮的女人并没有同丈夫一起风光无限,而是变得孤独异常,她长年累月把大幅大幅的黑布缝成一些难以破译的形状，这些东西就是令人寒战的裹尸衣。这堆裹尸衣不是为他人而织，而是为拉扎家族，毕奎斯看到了家族的种种羞耻，她预见性的工作将为这个家族的末世岁月作最后的羞耻打算。新闻禁令解除，报纸披露了一切：总统女儿苏菲亚是"无头谋杀案"的凶手、总统指使人教训自己不听话的女婿、生了27个孩子的女儿沙巴诺上吊自杀、与前总理争夺情妇等等，一个靠背叛上台的独裁者拉扎的系列羞耻大白于阳光之下，"人民像干柴"，拉扎的政权着火了。拉扎家族开始逃命，让他们逃出火坑的正是那些裹尸衣，"活人和死人都穿裹尸衣"，那个被遗忘的毕奎斯出人意料的坚定，乔装打扮，混在逃走的仆人中，得以逃出。虽暂时逃出了，但逃的如此令人羞耻。

这的确是一个羞耻的世界。拉什迪用它汪洋恣肆的叙述和奇幻疯狂的想象力，让我们感知了这样一个暗无天日的荒诞的无处不羞耻的世界，让人瞠目，让人恶心，让人无法平静。我相信这是一个虚构的世界，但它的真实感让人不寒而栗，我不得不捂住我的胸口自省，蛰伏在我身体里的羞耻之魔，如果它还在沉睡的话，但愿它永远沉睡下去，而我祈祷我内心的羞耻之心却要永远警醒。而我们身边的世界呢？羞耻仍然在街上行走——背叛、欺诈、暴力、淫乱、反目、漠然、偷盗……虽然我无法把拉什迪的羞耻世界与我们的世界画上等号，但我仍然可以看到那个恐怖的羞耻世界的痕迹。小说放大了我们的世界，而我们不应该忽视小说里边的世界。

拉什迪并不以故事的未知来吸引我们，小说中每个人的故事的结局都事先奉告，他极力做的是展示羞耻，复杂、鲜活、绚烂而罪恶地展示羞耻。当然，展示不是他的目的，他真正的目的是控诉、毁灭这个羞耻的世界。这是他接下来的工作。小说家的权力很大，他要毁灭他所建构的羞耻世界，他也不可莽撞行事，这样会让读者失望，他必须有说服力有想象力地去完成他的任务，于是他让一个女人登场了，这个女人一生下来就会"脸红"，她是能天生感到羞耻的人，这个人完成了拉什迪的愿望。

三、脸红的女人和施暴的怪兽

从羞耻之城走出来的羞耻之徒奥马尔，50 岁时娶了苏菲亚，苏菲亚——总统的女儿、比奥马尔小 31 岁、白痴、矮小。奥马尔娶苏菲亚的理由是什么？出于爱？攀高枝？似乎都有可能。奥马尔是一位医生，苏菲亚是他著名的病人，他治好了她的病，医生的职业兴奋变成了一桩爱情，脸红仿佛又回到了苏菲亚的身体里，奥马尔的眩晕症也不治而愈。"脸红"是苏菲亚的一个秘密，其中的病理因素也是医生的兴趣所在，奥马尔相信这是一种特殊能量的贮藏。

拉扎是期望毕奎斯为他生下一个儿子的，但女儿苏菲亚的诞生，让这个家族蒙上了羞耻的灰尘：拉扎颜面扫尽，毕奎斯被丈夫冷落。小小的苏菲亚又因脑炎变成白痴——也有说是母亲嫌她是女孩而不断猛击头部造成——他们把账都算到无辜的苏菲亚头上，称她为"羞耻"。这个又名羞耻的灾星，出生时就会脸红，"红得像汽油的火焰"，只要被别人注意，就会失控地脸红，人们相信，她是为自己的羞耻脸红，也是为这个羞耻的世界脸红。苏菲亚是羞耻与羞耻感融于一身的矛盾体。

所以，如果我们非要为奥马尔与苏菲亚的结合找一个理由的话，我认为是羞耻对羞耻的吸引。

拉什迪说，"白痴苏菲亚·齐诺比亚，她正在脸红。"她脸红是因她纯洁，"她的心智发育比她的身体缓慢"，"由于这种缓慢，她在这个肮脏的世界便多少保持干净"。在一个肮脏的世界，只有一个白痴女孩是干净的。拉什迪走进小说，交代了他心爱的人物苏菲亚来自现实中三个孩子：第一个是一个 16 岁的活泼女孩，他的巴基斯坦父亲因怀疑她与一个白人男孩发生性关系给他家丢了脸而杀死了她，她是父亲的独生女儿，而且父亲很爱她，但她的父亲认为只有她的血可以清洗这污点。那个女孩的鬼影纠缠着拉什迪，他不知道感到羞耻的应该是谁。第二个是也是一个女孩，在午夜的一列地下铁里被一群十多岁的男孩袭击，被殴打事后，女孩没报警，她不感到愤怒，而是感到羞耻，她希望此事不要传出去。拉什迪惊叹暴力制造的羞耻是如此之张扬，他想改变这一切，他想象着那个女孩具有超强的力量，用自己的暴力制止了羞耻，那些男孩遭到了来自女孩的打击。第三个是一个男孩，一个新闻剪报里的男孩，在一个停车场他被烧死，皮肤着火，浑身燃烧，他是自己着火的。拉什迪看到特殊能量在每个人身上的力量，他感慨，"我们是火，我们是光"，我们有能量改变这一切。

拉什迪被这三个孩子的魂魄撞击，当苏菲亚出现在《羞耻》中时，我们的确看到了现实中的"三只鬼"活在了苏菲亚体内：苏菲亚成为羞耻的祭祀物，她为她的下场感到羞耻，她会脸红，她要借助她体内超强的能量，燃烧自己，毁灭世界的羞耻。拉什迪说，"苏菲亚·齐诺比亚在现实中却是那种有异禀的人，属于那种毁灭和复仇的天使"。事实上，一切均是如此发生。

苏菲亚两次发病——第一次她患瘟疫，因她撕咬了很多搅得她母亲心神不宁的火鸡而感染，第二次精神紊乱，她在妹妹的婚礼上又差点咬断自己妹夫的脖子——之后，她的脸红消失了。作为医生的奥尔马就是苏菲亚发病时走进她的生活的，他治愈了她的病，她的脸红似乎又回来了，但那只是一时的假象，只是转移所有人的注意力罢了，为她体内潜藏的那只野兽提供生长的时间。苏菲亚虽与奥马尔是夫妻，但他们并没有住在一起行夫妻之事，她的母亲跟她说海洋和鱼，妻子是海洋，丈夫是鱼，鱼要游进海洋，苏菲亚说她讨厌鱼。当有一天她看到她妹妹溜进她丈夫的房间，加之长久以来家族羞耻在她体内漫长的堆积，最深的羞耻终于在那一刻爆发了，苏菲亚感受到海洋深处某个地方，一只巨兽在动——

"在海洋深处,那头野兽动起来。慢慢膨胀,以缺陷、罪孽、羞耻为食粮,朝着水面膨胀。这头野兽有一双灯塔一样的眼睛,它可逮住失眠症患者们,把他们变成梦游者。失眠变成梦游,女孩变成恶魔。"

羞耻的怪兽在夜晚的街上行走。红脸的女人变成了戴面纱的女人。贫民窟的4个青年成为她的猎物,她对羞耻作了最残忍的报复——她无法容忍在岳父屋顶下对妻子不忠,无法容忍太多的羞耻——她强暴了4个青年之后撕下了他们的脖子。

拉扎总统清楚,家中那只羞耻的怪兽会毁掉他所有的一切。作者拉什迪提到的伦敦东区那个杀死自己独身女儿的巴基斯坦父亲就出现了。拉扎为了保住自己,他要杀死自己的女儿,他不是自己动手,他唆使女儿的丈夫奥马尔去杀死她。但是这只怪兽已经变成了魔鬼,麻醉剂和毒药对付不了她,这个羞耻世界的灾难仍在不断上演,古老的吃人故事在人群中惊心动魄地流传:动物和男人被杀、村子遇袭、儿童死去、畜群被宰。奥马尔的麻醉剂和毒药并没有全计量使用,他把妻子藏在总统宫殿的阁楼里,他要救他的妻子。在魔鬼妻子身边的这段日子,他似乎更深层地理解了她——"他想象她的骄傲;骄傲于她的力量,骄傲于使她成为传奇的暴力",他甚至在她的野蛮中发现了她的高贵。奥马尔已经明白,他的白痴妻子、羞耻的报复者即将毁灭这羞耻和无耻的帝国,一切势不可挡。

拉扎总统任上的日子并不好过,建立在羞耻之上的独裁只会聚集越来越多的人的抗议,这足以让他焦头烂额了。但让他更加焦头烂额的,是内心的恐惧和不安。活人在纠缠他,死人也在纠缠他,他绞死了伊斯坎德,伊斯坎德的魂灵总游走在他身边,在每一个黑夜警告他,"别害怕,老兄,要摆脱我实在不容易。当我作了决定,我可以成为顽固的坏蛋。"总统拉扎几乎要崩溃,他时常喃喃自语,"羞耻会来找我！"那只羞耻的怪兽幻变一只白豹——黑头、无毛的灰白身体、难看的步伐，谋杀在继续蔓延，政府合理的解释失效，比谋杀更可怕的全民恐慌继续上升，最后，独裁者和他的羞耻政府垮台了。

那只复仇的羞耻之魔——苏菲亚·齐诺比亚，没有被逮住，没有被捕杀，也没有再那个地区出现，她撤退了，不知去了哪里，她去等待她的机会去了。而拉扎家族的其他人则没有苏菲亚幸运了，死亡是他们唯一的出路。拉扎、毕奎斯、奥马尔穿上"裹尸衣"扮成女人逃过追杀，来到了奥马尔出生的羞耻之宅，沙克尔三姐妹毒死了毕奎斯，杀死了拉扎，奄奄一息的奥马尔在羞耻之宅与他的白痴妻子有了最后的相会。最后，奥马尔、苏菲亚和羞耻的大宅一起爆裂了。巨大的爆炸升起一团蘑菇云，"悬挂在现场的虚无之上"，"那团寂静的云，状如一个灰白、无头的巨人，一个梦的形影，一个鬼魅，抬起一只手臂，做出告别的姿态。"

始于羞耻之宅，终于羞耻之宅的小说画上了一个句号。也许这是拉什迪一个良好愿望的达成，但羞耻永远不会终结。

会脸红、能量大的白痴苏菲亚·齐诺比亚，是拉什迪作为出色小说家的杰出创造，我以为这个人物艺术上的光芒盖过了其他人物，她成为小说最大的隐喻，也是暗无天日的小说中一个光亮的存在。尽管苏菲亚的怪兽魔力摧毁了这个羞耻的世界，但这依然是个苍凉悲哀的结局，我们在黑暗里看到了光，但这点光很微弱，我们担心她随时会被风吹灭。

在羞耻普遍存在的这个世界，我们如何最大限度减少羞耻、不再制造羞耻？拉什迪通过《羞耻》试图引起人们对这个问题的思考，并通过苏菲亚表达他的想法。毫无疑问，苏菲亚是拉什迪最心爱的人物，他在苏菲亚身上寄托了他的思考和观点。苏菲亚之所以能作为"毁灭和复仇的天使"，是因为她的体内活跃着这样几种元素：一是羞耻心或者说羞耻感（脸红）；二是暴力（怪兽）；三是冲动（燃爆自己）。这三种涵盖了道德、法律、潜意识等元素的力量，正是制止和毁灭羞耻的武器。拉什迪认为，宗教暴力和政治暴力是导致社会的羞耻及无耻的根源。也就说，羞耻之源来自暴力，那么以暴制暴则是毁灭羞耻的方式，但它是极端方式，小说正是以苏菲亚的这种方式解决问题的。或许我们每个人的体内都有一只"苏菲亚式的怪兽"，说不定也有爆发的一天，而真正制止暴力（无论宗教暴力还是政治暴力）最文明的方式仍是依靠道德和法律。

当然，这是一个没有答案的问题，它和更多的让人类陷入困境的问题一样，不可能有答案。小说并不是为了解决问题而存在，它的价值在于提出问题，用震撼情感的方式引起思考。所以当我读到可爱的苏菲亚见到世界的羞耻便会脸红时，我也开始脸红，我的脸红是因为苏菲亚的脸红而脸红，扪心自问，我一个七尺男儿的羞耻感弱过一个白痴的小女孩，苏菲亚唤起我的羞耻心，这是苏菲亚对我的意义，也是这部小说对我的意义。世界上，比羞耻可怕的是不知羞耻和知耻而耻，苏菲亚的脸红，多少让我看到了我们人类面对羞耻时，一抹自省克己的温暖的颜色掠过内心，或许这是人类对待羞耻以及羞耻世界的合适方式。

四、只有死人可以说出活人所想的

面对《羞耻》，有人说这是影射，影射了南亚次大陆的分裂和巴基斯坦动荡不安的近代史，书中人物影射了巴基斯坦两位主要政治人物：布托和齐亚·哈克。因被怀疑影射，导致该书在巴基斯坦遭禁，拉什迪本人也被指控犯有诽谤罪。

拉什迪并不认同这种说法，他在小说中就直接说明，"这部小说中的国家，并不是巴基斯坦，或者说不完全是。"他说他写的是像巴基斯坦这样的国家。

我不知道拉什迪为什么要作这样的辩解，这一"此地无银"的辩解并没有改变小说当时在巴基斯坦的命运。其实，写的是巴基斯坦如何？不是又如何？我觉得影射与否，并不重要——当然这一命题会牵动很多人的敏感神经——可以这么说，巴基斯坦与拉什迪有血肉联系，那是他永远摆脱不掉的现实，所以他写的就是巴基斯坦；拉什迪后来离开故土生活在伦敦，那是他的梦想也是他的困顿，所以他写的又不是巴基斯坦。我们知道，一部小说从一个小说家头脑里诞生，那是现实与想象相互携手所产生"化学反应"的结果，就如一男一女结婚所生孩子，孩子既不完全是父亲也不完全是母亲一样，那么拉什迪在《羞耻》中所写的国家便会出现两个，一个是真实的，一个是虚构的。拉什迪说这两个国家占据着同一空间，但它们各自代表的价值和意义可以商榷。

小说中，我们并不难看出哪些来自真实，哪些来自虚构，但很显然，我们对小说是否影射了巴基斯坦以及两个著名家族（其实历史教科书早已对这一切作了详尽描述）的兴趣，远远比不上我们对拉什迪虚构的奥马尔、苏菲亚等人物的兴趣，虚构部分才是小说真正的价值。所以我觉得，对于一个像拉什迪这么强大、生命与才华这么丰沛的人来说，写一部小说来影射和诽谤自己的故土，是低看了他，影射和诽谤是一种报复，报复是因为痛苦和害怕，巴基斯坦并没有给他带来无法承受的痛苦和害怕，正如一个作家说，"我们所身处的这个世界，不能让他痛苦与害怕，但是深深地伤害了他作为这个世界的一分子的自尊心"。不错，拉什迪受到了作为一个"人"的伤害，他想做的是普遍意义上的表达，而不是影射。倒是因影射而禁小说、指控作者诽谤的做法，除了不会损伤小说一厘一毫外，只会显示一个国家狭小的胸襟。

所以说影射与否并不重要，重要的是小说对读者的征服。拉什迪借巴基斯坦这个舞台演了自己的节目——对羞耻的探讨。他的目光聚集在"羞耻"上,他要探讨的是极致的羞耻会将一个国家带到哪里去?羞耻的根源来自哪里?他更像一个恶作剧的孩子,他让整个世界布满羞耻的烟尘,而只让一个白痴女孩拥有感觉羞耻、报复羞耻、毁灭羞耻的能力。我不知道拉什迪这一超现实的设置,是对我们身处世界的反讽?抗议?还是预言?

《羞耻》征服了我,拉什迪用他梦幻故事与现实故事彼此交融的叙述和凤凰涅槃式的人物征服了我。往往我们合上一部小说,有一两个闪光的意象挥之不去就算很了不起了,而拉什迪《羞耻》让人应接不暇的闪光意象贯穿整部小说,从三姐妹的羞耻大宅、怪模怪样的升降机、鞋项圈;到天生脸红的白痴、描绘羞耻的十八条围巾、裹尸布;到那只疯狂的怪兽、白豹以及最后那团如巨人告别姿态的寂静的云。说出世界的羞耻面目,是一个沉重的话题,它被肮脏、龌龊和糜乱包围,有时甚至挑战我们的阅读承受力,但最终作者用这些包含超拔想象力的闪光意象给小说插上了飞翔的翅膀,它穿越我们暗淡和沉重的生活,给我们带来光亮和轻盈。

沉重的轻盈,是《羞耻》给我的阅读感受。拉什迪在小说中引用了俄国作家尼古拉·埃德曼的剧作《自杀》中的一句,"只有死人可以说出活人所想的。"对伟大的作家如拉什迪等人来说,活人依然可以说出活人所想的,甚至可以说出后人所想的。或许,拉什迪和他的《羞耻》能做到。

一段行走于刀刃之上的婚姻旅程

一、危险之旅

理查德·耶茨跻身于二十世纪六七十年代的美国文坛,以一个真正作家常有的命运:孤寂、贫困、疾病和不倦的写作走完自己的一生。为他带来名声的处女作——长篇小说《革命之路》,有一个"很革命"的书名,但写的并不是我们想象中的政治革命社会革命之类,写的是住在郊外革命路上的革命山庄里的一对中年夫妇的婚姻故事,当然,如果我们认为这个故事里包含了"革婚姻之命"的象征意味,那也未尝不可。

行走于刀刃之上——读罢《革命之路》,这是最先蹦出我脑海的意象。我曾在福建闽西客家山中看过"上刀山"的民俗表演,锋利尖锐的柴刀插入一根大碗粗的木头两侧,形成一架刀梯,表演者脚踩、手攀刀梯往上爬,看得人手心冒汗,生怕他的脚和手划出血来。行走于刀刃之上,如履薄冰,对表演者来说危险重重,对观者来说心有余悸。

同理,小说《革命之路》中那对中产阶级夫妇,弗兰克和爱波,厌倦了日复一日琐碎庸常、无望空虚的生活以及不堪忍受年复一年做着"像狗似的工作",他们开始思索一个问题,我们到底真正想要什么？对婚姻生活来说这是一个可以致命的问题，这就是那架刀梯，当这个问题被不断追问时，弗兰克和爱波就已经踏上了这架刀梯，他们将自己的生活和婚姻置于刀刃之上的同时，将危险留给了自己，将恐惧留给了读者。

我们到底想要什么？——其实找到这个问题的答案并不难，难的是我们很难像弗兰克夫妇去追问这个问题。很简单，弗兰克和爱波他们想要的是去过自己的生活，"去找你自己"，"去看书，去学习，去散步，去思考"，现实一点的说法是抛弃这里的一切——革命山庄的房子以及房子里死气沉沉的生活和城里"狗似的工作"，迁往巴黎，去那个听起来和看起来都有激情和梦想的地方。

有一句话人人都会说，"婚姻是爱情的坟墓。"这坟墓里埋葬的恰恰就是激情和梦想，如今，弗兰克和爱波想将爱情的衣衫重新从坟墓里挖掘出来，穿在婚姻的身上，哪里知道那身华丽，不是已经不合身便是已经腐朽了。庸常和无望，激情和梦想，在婚姻生活这里是一对敌人，有势不两立水火难容之势，"恺撒的归恺撒，上帝的归上帝"，所以说当弗兰克和爱波想要去过自己想要的生活，想要去寻找激情和梦想时，这对敌人的战争便开始了，当事者的危险和读者的恐惧也便开始了。

弗兰克和爱波终究没逃出一个悲剧的命运：正当他们想明白自己想要的东西并朝着"激情和梦想"的计划奔跑时，爱波怀孕了，弗兰克拥有了远大前程的升职机会，由此，他们的计划搁浅，爱波想打掉孩子继续巴黎之行，而弗兰克想留下孩子并珍惜这次难得的升职机会暂时放弃巴黎之行。是该去过自己想要的"激情和梦想"的生活还是继续维持现状过"庸常和无望"的生活，已经无法达成一致了，弗兰克和爱波两颗心越走越远，最终爱波自己在家堕胎时大出血抢救无效死亡，承受打击的弗兰克成了"一个走着，说着，笑着，没有生命的男人"了。两个生命都没有了，该选择什么样的生活已经成了一个可笑的问题，不过这"笑"字前应加上一个"冷"字。

这段行走于刀刃之上的暗淡而令人唏嘘的婚姻旅程结束了。

有人看过这个小说改变的同名电影后，在网上这样留言："以后，我会不会也一样，变成一个如此让人不知所措的女人哦。我又将拥有一种怎样的生活，怎样的不会感到无望空虚的生活。我又将以怎样的方式去沟通，怎样去倾听，怎样去倾诉。我又将怎样面对那些不可避免的日复一日与琐碎。"还有人这样质问，"人活着究竟什么更重要一些？是稳定幸福的平淡生活？还是动荡激情的不断冒险？"所以，从小说回到现实，如果我们也成为行走于刀刃之上的弗兰克和爱波，那我们也一定不知如何去面对，我们将被恐惧包围，是《革命之路》将这个我们没有想起或者不愿想起的问题摆在了我们婚姻生活的桌面上，再次面对我们的另一半时，彼此的双手是会分开，还是会牵得更紧呢？

那个像刀刃一样锋利的问题——我们到底想要什么？——那个暗藏了对婚姻生活不满和质疑的问题，是如此危险和让人恐惧，我们是否还应该追问下去并去寻找最佳答案呢？

这个问题，耶茨和他的小说也无能为力，无法给出结论，像皮球一样，重又踢回给了读到这个小说的每一个人，当然，作者和小说如此有力地提出这个问题，就是一次成功了，不过这是一次让人脊背发冷、如鲠在喉的成功。

二、欧洲梦

暴风雨冲刷过后的革命山庄显得平静、干净，爱波死了，弗兰克和两个孩子搬去了城里，他们在革命路上那套白房子又有一对夫妇搬进来——是那个口是心非、不那么讨人喜爱的房产经纪人吉文斯太太为房子找来的新主人，她很满意新主人，认为布雷斯夫妇"跟我们是同类的人"，不像弗兰克夫妇"太难以捉摸了"。革命山庄的生活依然还在继续，如果，我是说如果，革命路上的新主人哪天也像弗兰克夫妇一样开始厌倦所谓无望空虚的生活，也像弗兰克夫妇一样开始追问"我们到底想要什么"，那么，谁说故事不会重新上演呢？

那我们就从小说第一页开始，去重温这个故事的轮回，探寻人物内心变化的轨迹——婚姻是如何走上一条不归路的？——这对我们将是另一种吸引，所有的婚姻故事，无论结局多么悲戚，它们都是从美好的那一刻开始的。

弗兰克和爱波也是如此。二十岁的弗兰克从欧洲战场归来，头顶"退伍老兵"的光环，身上散发放荡不羁的艺术气质，个性中透着玩世不恭的风趣，在女孩子中很有市场。一次派对上弗兰克认识了"秀发光亮，双腿修长"的爱波，爱波是艺校毕业生，对生活有自己的看法和浪漫设想。他们之间的交谈总让爱波笑个不停。一周后，在弗兰克与人合租的公寓里"她美妙的裸体躺在他身边"。爱波喃喃地对弗兰克说，"你是我见过的最有意思的人。"

这是两个年轻人共同生活的美好开始，但不是小说的开始，耶茨让小说开始，是从一次糟糕的社区话剧表演开始的，此时弗兰克和爱波早已告别了如胶似漆的二人世界，迈入中年行列，生活的景况跟多数人一样：因为所谓的家庭责任，男主人在城里有了一份收入可观但呆板的工作；有了一男一女两个孩子，家看上去更像个家；因为证明自己有能力改变一切，他们从城里的高档公寓搬到了郊区的别墅。弗兰克对这些变化有一个感慨，生活是由一连串的不想要做的事情组成的。尽管有这样的感慨，他依然遵循着生活对自己的改造，那个曾想入非非的年轻人已经变成生活中一颗老实的螺丝钉了。

为了抵抗平庸，排遣寂寞的郊区生活，革命山庄人成立剧社，排演严肃剧目，以这样"高雅"的方式让自己看上去与众不同。爱波艺校毕业，是戏的主角。漫长而用心地排练之后，正式演出时戏还是演砸了，砸的原因主要是因为业余，业余意味着演砸的机会太少。革命山庄的观众能理解和原谅他们，因为大家知道做这件事比做成这件事的意义大，可爱波却不这么看，这让她很不爽，仿佛这件事是赋予她生活有价值的方式，与那些进来"玩玩儿"的演员不一样，她很在乎。

就在当天晚上，戏落幕后，怀揣好心情来捧场的弗兰克与心情不那么好的爱波狠狠地吵了一架，吵架的"点火索"称得上鸡毛蒜皮：演出结束，弗兰克答应他们的好友坎贝尔夫妇一起出去喝一杯，但爱波心情不佳不出去，扫了弗兰克的面子，弗兰克也有些不爽，但还是忍了，他觉得妻子心情不好还是应安慰安慰，一会儿玩笑说戏不错，一会儿打趣说失败怪导演，弗兰克察言观色地滔滔不绝，以为这样可以开导妻子忘记晚上的不愉快，可是爱波似乎只想安静，并不领丈夫的情，就这样，在回革命山庄的车上，弗兰克的"火山"爆发了——"你怎么了！""你太可恨了！""你很病态。"……爱波的"火山"也爆发了——"你快把我逼疯了。""你很恶心。"……

相互指责羞辱，甚至挥舞起拳头来，然后是长长的冷战。平静之后，当夫妻双方坐下来都想不起架是因何而吵起来时，中年危机便来到了。这是婚姻法则之一。危机之后，摆在婚姻面前的有两条路可走，一条是架都懒得吵了，劳心累人，婚姻变成"行尸走肉"的幽灵，哪一天就分道扬镳了；还一条是交心谈心，回头是岸，寻找内心的契合点，让婚姻变成再生资源。弗兰克夫妇选择了后者。在选择后者之前，他们经历了着冷战——分居、互不讲话，虽只有几天，但"沉默像是已经延续了一年"，而且不想回家的弗兰克还和办公室里的莫莉偷欢了一把，不过一个离婚女子与一个陷入婚姻危机的有妇之夫的激情故事并没有演绎下去，只不过是彼此临时性的需要而已，一个怕麻烦的女人对性的需要，一个胆小的男人对温情的需要。

这天是弗兰克的生日，弗兰克更愿意从莫莉那里得到身体上的"祝福"，弗兰克从莫莉那里回到家，他的妻子爱波很体贴，说有重要的话对他说，这让弗兰克惊了一下，"今天我想了你一整天，我为发生的一切感到非常抱歉而且我很爱你。"进到家，孩子们围在一起，生日蛋糕上的蜡烛泛着黄光，齐声祝他生日快乐。这一瞬间一切坚硬对抗的都被情感融化了。夫妻之间，丈夫说对不起很容易，但效果不太好；妻子说对不起很难，但效果好，因前者说对不起的次数多于后者。这是婚姻法则之二。当晚，爱波向弗兰克宣布他们甜蜜的计划：今年秋天全家移居欧洲，在那边开始新生活。弗兰克问妻子，我可以在那边找个什么工作呢？爱波说，你可以在世界上任何一个地方找到工作，不过这一点不那么重要了。重要的是，你根本不需要找工作，因为我会去。这的确是一个甜蜜的计划，对这对夫妻——一个爱好文艺的女人一个年轻时想扒车周游各地的男人来说，是走出婚姻危机和找到生活价值的绝妙途径，接下来的一段时间弗兰克"充满了幸福的癫狂"，他沉迷于这一计划的美妙感觉中，仿佛忘记了现实。

理查德·耶茨为我们造了一个"欧洲梦"，这个"欧洲梦"有点类似我们的"桃花源"，一个想象中美好、自由的世界，它的功能主要有两个，一个是逃离现实，一个是寄托梦想。弗兰克和爱波的"欧洲梦"是他们认为能医治"中年危机症"和"价值空虚症"的药方，这一药方是否对症有效我们姑且不论，它治至少为我们那些三天一小吵五天一大吵的夫妻提供了一个思考的方向：我们为什么吵？分歧在哪里？我们想要什么样的生活？我们也像弗兰克夫妇那样去筑一个梦吧，说不定会有改观呢。

当然梦毕竟是梦，当弗兰克夫妇谨慎地把这一计划告诉他们周围不多的朋友时，他们的反应不约而同地相似，先是面部表情抽搐般的惊愕，再是带着苦笑地怀疑，最后是私底下的反对，"他们这种做法太荒谬了"，"爱波出去挣钱养家。这算什么事儿啊？"只有一个人是认同他们的计划的，这个人是房产经纪人吉文斯太太的儿子约翰，一个"疑似"精神病人，为了康复进展快他随父母去拜访生人——弗兰克夫妇，他的母亲吉文斯太太是个口是心非的人，表面夸张地欣赏弗兰克夫妇的想法，背后则认为"这事实在太奇怪了"。这一底牌还是精神病人约翰揭出来的，让吉文斯太太尴尬难堪，而约翰倒成了弗兰克夫妇的"知音"，他和弗兰克在花园里探讨"生活的无望的空虚"，他说，"而我想如果你真的看到了这种无望，那么你就再没有别的选择，只能尽快逃离，如果可以的话。"不知道耶茨让一个精神病人在这一复杂问题上的清醒，是有意设计还是事实本就如此，想来让人悲哀。

人到中年，它的故事已不同于年轻时的故事那般单纯、简单，沉渣泛起，尘埃落不定，责任也好，情感也好，欲望也好，都到了人生最艰难的时刻，孩子待长大，工作压力大，外边诱惑大，夫妻战争大，所有的问题都向自己逼迫过来索要答案，我以为同一屋檐下的两人的世界是世间最复杂最多变的世界，那么筑一个梦就可将逼仄而汹涌澎湃的中年危机之船引入到宽广平坦的大河之中吗？我很怀疑。我们筑一个梦，换一个地方，改变的只是空间，没有改变也无法改变的是空间下的人以及人的价值，中年危机面临的最大问题是人与人的危机。当然，筑一个梦，换一个地方，只是破解危机的一个开始，一个尝试。

三、找一个理由

欧洲在那里，巴黎在那里，但"欧洲梦"只是一个梦，梦想中的天堂之地也无法拯救那伤痕累累的婚姻和残酷带血的现实。理查德·耶茨很聪明，他洞悉这一切，所以他不会让这对夫妇踏上欧洲的土地，在巴黎的咖啡馆里流连，因为让他们去欧洲这个梦也会破，不去欧洲这个梦也会破，后者的破更直接，更能表达耶茨的想法，理查德·耶茨说，"20世纪50年代，人们对循规蹈矩有着普遍的渴望——一种盲目、不惜代价的对安全安慰的依恋——这不只是发生在郊区而已。然而，许多美国人对这一切感到不安，认为这是对美好和勇气的革命精神的毫无疑义的背叛。"

耶茨的想法很明确，他不喜欢人们循规蹈矩的安稳，他想唤醒那些在工业化进程当中迷失了自我被生存奴化了的自以为是的人们和家庭，但是，究竟是向空虚无望的现实妥协以求安全安稳，还是鼓起勇气去放弃现实去追逐有激情满足自我的不断冒险？理查德·耶茨让他的主人公弗兰克和爱波，在这个问题上艰难纠缠，每个人都想找一个理由说服对方，但两方都无功而返，耶茨虽然站在爱波一方，寄托他的想法，但结局是，耶茨的想法也落了空——他们没有去成欧洲，为此爱波丢了生命，弗兰克变得行尸走肉。

弗兰克本是一个有着艺术气质、重视自己精神建设的男人，他也厌倦了那无望的生活和"狗似的"工作，他也为欧洲计划激动不已，但是他又是现实的，物质的，人其实是永远在内心的诉求和物质的安稳间拉锯游走的，谁占了上风，谁就主宰人生的走向，显然在这场拉锯战中，物质的安稳成为弗兰克人生的主宰。所以当他得来一个升职的机会他便可以放弃"欧洲梦"，放弃内心的诉求。他企图说服爱波留下来，他必须有一个理由，他的理由是：留下来两三年，挣更多的钱，过上更舒适的日子，如果无法忍受郊区的生活，他们可以搬回城里去，住到高档的社区，"是轻快的、振奋人心的、充满活力的新纽约。一个要有足够的钱才能发现的美好纽约。"

在弗兰克心里，"一个要有足够的钱才能发现的美好纽约"已经代替了"自由自在的可以寻找到自己的欧洲"。但是在有主见的爱波那里，她一刻也不愿意等，她要脱身去接受一份自己的全职工作，由自己决定自己的生活，她的决定也异常坚决，"我们已经没有办法了"，"你以为你可以阻止我吗？"接下来，弗兰克还没放弃说服爱波，他使出了所谓的撒手锏，他想让爱波明白她的固执是因为心智上的问题，说她需要看心理医生。毫无疑问，这一说法彻底让爱波绝望，她面如枯槁，心如死灰。谁的心智有毛病？谁应该看心理医生？是非观点已经变得颠倒和模糊。故事到这里，同时也显示了作者理查德·耶茨的悲观，他的想法也不能改变什么。

留下来，还是离开？已经变成了一个需要做出抉择的非常具体的问题，解决它似乎早已无关生命生活质量之宏旨了，它变成了夫妻之间的某种博弈和交换，也变成了夫妻之间分道扬镳的直接理由，变成了故事以悲剧落幕的直接理由。我们不得不问，我们需要将这种问题置于放大镜下吗？爱波为此交出了生命，弗兰克为此交出了灵魂，而革命山庄又源源不断地搬进了新的住户，生活依然在继续。还是我们中国那句老话，聪明难，糊涂更难。

小说合上了，目光从书本上走出来，停在我们的另一半身上，如果他（她）有兴趣，不妨将这本小说推荐给对方，建议他（她）读读，这是一本夫妻双方可以共同阅读并可不时拿出来温习的小说，与其说阅读和温习的是小说，不如说是对婚姻生活的阅读和温习。婚姻是一桩需要经营的生意，除了付出爱和时间以外，还需要掌握技巧，总结规律，需要诚信为本，周到服务，这样收益的幸福指数就会高，店门才不会关闭，两人的婚姻生意才会红火。

回过头来为弗兰克和爱波的婚姻悲剧把把脉，叫小布的网友为他们指明了一条光明的路：一、别去巴黎，来中国待上一年，或者对自己狠一点，去阿富汗或者伊拉克，再回他们的大白房子；二、弗兰克换个工作，销售是一份多不靠谱的职业，压力大，安全感低，容易家庭崩溃。网友芹菜更多的像是对爱波说的，他指出：一、别拿梦想当逃避现实的幌子；二、不要期望别人的改变来改变自己；三、女人还是要获得经济独立；四、趁年轻尝试不同的生活方式吧，三十以后再想改变或许真的很难；五、不要对你的亲人或爱人说出绝情的话来，说出去的话，泼出去的水，伤害打在心上；七、寻求真实更多时候只会苍白无力……

这些无疑都是婚姻生活的金科玉律，那么，我们该是做爱波那样的去追问我们到底要什么、去过能找到自我的生活的人呢，还是做弗兰克那样把安慰完全物质放在首要位置的人呢？每一样似乎都很重要，都不可或缺，我们真的无法做出判断。

英国管家的"尊严"人生与"虚无"现实

管家,对我们大多数人来说,是个老旧得快生锈了的词汇,我们与它相见,大多在书本或者旧题材的电影电视里。高大宅院内,穿着长袍马褂的中老年者,样子和做派一丝不苟,一面俯首帖耳听候在老爷身旁,等待吩咐,一面管理这个宅院内的所有事务:财务收支,衣食住行,迎来送往。他们善于察言观色,透着精明和世俗。这是我们中国传统管家的形象。

在遥远的欧洲,百年庄园内,身穿黑礼服白衬衣,打着黑领结,戴着白手套,举止优雅的中年人穿梭于聚会中,体贴细心,为主人和主人的客人提供服务,一举一动显示出上流社会的礼仪风度。同时他管理着府邸内的家庭教师、厨师、保镖、花匠、裁缝等家庭生活的方方面面。这是老牌英国管家的形象。

无论什么时代什么地方,这一出现在显赫门庭之下的职业,因为它参与或见证了权贵和富有者们的私密生活以及门庭的盛衰兴亡,加上它不愁生计的高昂收入(据说如今英国管家年薪3万到10万英镑),所以它的神秘感和诱惑力可想而知。

1954年出生于日本长崎,六岁随家人移民英格兰,现居伦敦的日裔英国著名作家石黑一雄,1988年出版了长篇小说《长日留痕》,该小说次年获英语小说界最高奖"布克奖",并成为布克奖历史上最优秀的作品之一。

《长日留痕》写得就是一位英国管家的故事。据说,在英国两千多年的历史中,英国管家的历史就有七百多年。如此长的历史,管家这一职业的价值体系和规章细则足以完备和规整得堪比一个人头顶的发丝,丰富而细微。他"严谨、忠实、周到"的服务精神和形象,成为英国社会和文化特征的代名词之一,中国有功夫,美国有牛仔,西班牙有斗牛士,说到英国,人们自然会想到男管家。英国男管家古董而现代,他如一枚文化活化石,记载着一个个时代的信息,石黑一雄正是透过这枚活化石看到了社会一角和人物内心的景观,他开始讲述一个管家三十年之间的故事——管家与他自己、管家与他的主人、管家与一个女人——不动声色的故事下面暗流涌动,一个管家用一辈子去求证职业的尊严,以获得成就感,但他所得到的却是虚无和让人叹息的现实:他似乎什么都没得到,又似乎什么都得到了。

一、"独一无二的英国男管家"

这位管家叫史蒂文斯。1921年到1956年,在达林顿府,他为达林顿勋爵服务了三十五年。如今这座"古老又堂皇的"英国府邸卖给了一位美国商人——这是达林顿家族在拥有这座府邸两百年后首次易主。有着尽职好名声的管家史蒂文斯,被府邸的美国新主人留了下来,并获得了一次旅游的机会。

这是史蒂文斯在达林顿府三十五年的第一次出游,他选择的地点是英格兰西部乡村,当然除了西部乡村的宁静美妙之外,还有一个重要原因是,达林顿府原先的一位女管家居住在那里。女管家叫肯顿,曾经对史蒂文斯有情,后来嫁人离开了达林顿府,离开七年之后史蒂文斯收到了肯顿的唯一一封信,肯顿说她过得并不好。史蒂文斯决定借这次旅游之机去见见她,如果她愿意的话可以重新回到达林顿府来,新主人也需要她的工作。

史蒂文斯出发了,他驾驶着新主人的高级福特轿车——这是新主人的好意——出发了,故事便在优美的英格兰西部乡村景色和漫长而紧张的回忆中开始了。

这是一次孤独的旅行。史蒂文斯独自一人上路,他总在赶路,那辆福特轿车总是风尘仆仆,只是在晨昏之际停车住宿时,史蒂文斯才有兴趣出去走走看看,乡村景色对他吸引力不大,而前方,成为一种诱惑,肯顿小姐在前方等着他,他期待着与肯顿小姐见面。同时,行走于乡村中,他也显得心事重重,回忆,不断去回忆,回忆成为对三十五年管家经历和想法的整理,似乎他这次出行仅仅是为了对他管家生涯的判断和总结。

不过,事实也是如此,一个职业管家他当然在乎他的存在价值和他的职业影响力,史蒂文斯也是如此,他需要为自己找到存在的理由,尤其这部以他自己为叙述人而完成的小说,可以说这是一个管家的倾诉,一个管家的内心史。

所以小说作者石黑一雄让史蒂文斯的旅行成为一个幌子,而旅途中的回忆成为全部,因为石黑一雄并不想他的读者被英格兰乡村景色陶醉而忘乎所以,他真正的野心是想让读者从史蒂文斯身上找到一种"让生活变得有价值的普遍动力(石黑一雄语)",对史蒂文斯来说,这"普遍动力"便是在"管家"这一职业中努力去奋斗,献身于自己认可的事情,为自己获得至高的价值感和尊严感。

小说开篇不久,主人公兼叙述者史蒂文斯就说到,"常听人说,在英格兰才真正有男管家。而在其他国家,无论实际上使用什么样的称谓,也仅有男仆。"这句话并不夸张,这是英格兰几百年以来的管家传统所铸就的荣誉,这种观点已经得到公认,然而回到英格兰管家历史的长河中,谁是最杰出的男管家?一位最杰出的男管家具备什么素质?用理论和实践来回答这两个问题,是史蒂文斯终身在完成的事。

有人以为,最杰出的男管家必隶属于某一显赫之门第,而史蒂文斯认为,将普通管家和最杰出管家区别开来的要素是准确地把握"尊严"这两个字,即通过自己的工作实绩和工作精神让这一伺候人的职业获得别人认可和赞许、并富有存在价值的"尊严"。

那么，如何获得这种"尊严"？要获得这种"尊严"一个管家需有怎样的职业本色呢？史蒂文斯的故事提供了答案。

一是节制情感。

史蒂文斯的父亲老史蒂文斯也是一位管家，史蒂文斯一直记得父亲跟他讲的一个故事，说是一天下午，管家走进餐厅以确认晚餐的一切准备工作已经就绪，突然这位管家发现一头老虎趴在餐桌下。管家不动声色地退出了餐厅，小心地把门关上，然后镇定自若地向客厅走去。在那儿，他的主人正与几位客人品茶。他有礼貌地轻轻咳了一声以吸引主人的注意力，尔后在他主人的耳边悄声说道："老爷，对不起，在餐厅里好像有一头老虎。也许您会同意使用十二号口径的枪吧？"几分钟之后，那位主人和他的客人们听到了三声枪响。这之后不久，那位管家又出现在客厅里，他用茶壶重新沏了茶。

"不动声色""镇定自若"，这是管家的职业才华，它的"敌人"是遇事慌张、手忙脚乱。史蒂文斯在这样故事的熏陶下，成长为与故事中的管家毫不逊色的人，甚至更胜一筹，他有着一切都在掌握中的平静，尤其在涉及男女私情上，他依然能保持其职业本色的节制。对那位叫肯顿的女管家的热情和暗示，史蒂文斯用冷漠和一本正经去回复，他的心中始终都绷着这根弦——一个优秀管家是节制情感的，不能因为男女私情而放弃对"职业尊严"的坚守。

为了节制情感，防患于未然，史蒂文斯对职员中漂亮的姑娘都抱有一种奇怪的反感情绪，就像肯顿小姐取笑他说，"也许因为我们的史蒂文斯先生害怕受到诱惑？也可能是我们的史蒂文斯先生毕竟是血肉之躯，他并不能完全自持？"在达林顿府，佣人因私通而离开的事时有发生，后来肯顿小姐的离开也是因为情感有了归宿——这段感情的发生多少含有报复史蒂文斯的成分——，每当这种事情传到史蒂文斯耳朵，他总会感慨，这不是一个最优秀管家的选择。

二是忠于主人。

忠于就是顺从、投入，无条件地服务主人，以主人的生活为自己的生活，以主人的意志为自己的意志，忠于主人是眼里心里只有主人没有自己和他人的。

达林顿府召开着一次重要会议，会议期间史蒂文斯的父亲病重了，史蒂文斯忙于会议没时间和精力照看父亲。这天一位会议代表的脚疼痛起来，史蒂文斯必须为他的脚痛去服务，找干净的绷带，找医生，可就在这时，肯顿小姐带来了一个不幸的消息：史蒂文斯的父亲在四分钟前去世了。肯顿小姐问史蒂文斯要不要上去看看他父亲？史蒂文斯只有平静而简洁的几句话："我知道了。""我现在正忙得不可开交，肯顿小姐。也许待一会儿后吧。"史蒂文斯父亲的眼睛还没合上，肯顿小姐请求帮这个忙，史蒂文斯当然同意，但他对肯顿小姐解释了一句，"肯顿小姐，请你不要将我父亲就在此刻离开人世而我却没上楼去看他视为非常不近人情的行径。你应该清楚，我了解父亲肯定希望我能在此刻去继续履行职责。"

史蒂文斯做得的确"太出色"了！有点让人无话可说，自己的父亲死了，他不去为父亲合上双眼，却要为客人的脚去忙乎。

忠于主人还意味着忠于和捍卫主人的观点以及行为，为主人隐藏秘密，见得人和见不得人的都要隐藏，只要是主人的秘密。

达林顿勋爵利用其权势和影响召开家庭秘密会议，邀请英、法、美、德等国要员参加，希望达成认识和形成舆论力量，渴求愈合一战留下的创伤，改善同战败德国的关系，结果他的"亲纳粹观点"不自觉地成为帮助纳粹上台的工具，他也曾协助过德国战犯——希特勒的外交部部长里宾特洛甫，帮助过英国的法西斯分子。真相出来后，达林顿勋爵因此身败名裂，但为之服务的史蒂文斯管家依然为他辩解庇护，认为勋爵除了从事最崇高、最宏伟的事业之外不会做其他事情，"他尽其所能以确保和平将持续地遍及欧洲"，史蒂文斯还说，"我绝对相信勋爵准确无误的判断力。"

管家史蒂文斯的行为称得上至高至上的忠于。

三是展示其才智和造诣。

节制情感，保持从容、平静的处事风度，以及对主人忠诚，这是一个管家不难拥有的品质，而要做到史蒂文斯说的"展示其才智和造诣"，却是有难度的了。如果说想要成为最优秀管家那金字塔的塔尖的话，那么拥有这一品质无疑是攀上塔尖的必由之路。

"才智"好理解，就是用脑子去服务，不仅想到如何实现主人的想法，还能预估主人的期望，比如史蒂文斯能想法子将银餐具擦得银亮银亮，主人和贵客原本暗淡的心情因眼前银亮的餐具变得赏心悦目起来，史蒂文斯得到了达林顿勋爵的赞赏很有成就感。

　　"造诣"呢？似乎有点悬了。

　　史蒂文斯有个观点，就是"梯子"和"轮子"的观点。史蒂文斯认为，他父亲那个年代的男管家们倾向于把世界看作一架梯子——皇亲国戚、出身于历史最悠久家族的公爵和勋爵置于最上层，"新近的暴发户"次之，渐次下排，由财富的拥有量来定夺，胸怀大志的男管家会竭尽全力朝这架梯子往高处爬，爬得越高，该男管家的职业威望越高。

　　到了史蒂文斯这代管家，他认为他们不将世界视为一架梯子，而更多地将世界视为一个轮子。世界上许多重要事件的争论、决策，不是在公众场合做出的，而是在这个国家的豪宅内运作的，所以史蒂文斯就认为，整个世界就是以这些权贵们的豪宅为中心而旋转着的轮子，他们这些有抱负的男管家呢，每个人都尽其所能寻找途径接近这个中心，为那些"手中掌管着文明"的伟大绅士服务、效力，实际上他们是为着这个世界的轮子在工作。

　　史蒂文斯明确表示过，"除非我已尽我所能去照料勋爵顺利完成他赋予自己的那些伟大使命，我的职业才会功德圆满。"1923年那次日后震惊朝野的秘密会议在达林顿府召开时，作为一个男管家的史蒂文斯的"才智和造诣"，毫无疑问达到了他职业生涯的顶峰。他除了让每个来自不同国家的政府要员、议员享受到宾至如归的感觉之外，他重要的是，参与到这个世界轮子的运转之中，他为达林顿勋爵提供与会者的政见信息，并私下表达他的观点。

　　史蒂文斯为如此接近这世界大转轮之中心而骄傲。他很满足，但关于他服务的主人达林顿勋爵之观点和行为的是与非，直到小说的最后一页，史蒂文斯也没表明他的反思，他仍然相信他的主人，尽管达林顿勋爵早已因此事身败名裂，尽管达林顿府已经换了新主人。

　　我们只能说，史蒂文斯是真正的独一无二的英国男管家。

作者石黑一雄说,"史蒂文斯有一份很夸张的责任感。"尽管夸张,但石黑一雄还是欣赏的,"夸张的责任感"实际上是寻找存在价值和生活意义的普遍动力,如果史蒂文斯不把自己的工作责任界定为"世界上最杰出的管家"的话,那么他将失去方向感和存在感,也失去奋斗的动力,由"独一无二的老牌男管家"沦落为成千上万个男仆人男佣人中的一个,那么英国的管家文化也将失去它独特的魅力。也可以说,正是由于史蒂文斯那份"夸张的责任感",让普遍的事件中走出了典型性人物,才将史蒂文斯这一人物以及其背靠的管家文化推向了话题的风口浪尖上。

所以说,石黑一雄塑造的史蒂文斯这个人物是成功的,成功的标志一个是这个人物像一面镜子,不同的人可以从中看到不同的自己;二个是对这个人物的看法是褒贬分明的,即对这个人物是有争议的。

我一个做文化企业的朋友看了电影《长日留痕》后,在我的推荐下读了小说,他说《长日留痕》简直就是部企业员工培训教科书,他很喜欢史蒂文斯,他说史蒂文斯提出和实践的管家的三个职业品质——节制情感、忠于主人、展示其才智和造诣,其实可以上升到所有职业的三个品质,即规矩、忠诚和造诣,想想看,这三条是任何职业任何一个出色员工都应该具备的品质。在这位企业家朋友的眼中,史蒂文斯无疑成了现代职员的榜样,值得每一位想出息的现代职员学习、效仿。那位朋友甚至过激地说,一个老板遇到史蒂文斯这样的员工是他的幸运,要找就找史蒂文斯这样的员工。

同样,我们在追求自由、强调人的独立性的读者那里得到的是另外的看法:史蒂文斯就是一个不近人情的、盲从的服务机器。他们的理由是,你节制情感但也不能对一个向你倾情的姑娘压抑自己啊;你忠于主人但你也不能不去为死去的父亲合上双眼啊,你父亲都不忠于还能忠于主人吗;你展示其才智和造诣也不能以为自己真的靠近了这个世界轮子的中心啊,一个管家就只是一个管家,再者你也不能黑白是否不分啊。接下来,对史蒂文斯持否定态度的人们就会继续追问,值吗?这样一个无条件地去忠于一个人,服侍一个人,以他人的生活为自己的生活去活一辈子，值吗？

老实说，我也无法判断史蒂文斯的一生值不值。值不值，是一个价值判断，你认为它不值它就不值，你认为它值它就值，但史蒂文斯认为它值，他不仅认为它值，他还要把它做到极致，做管家就要做到"世界上最杰出的管家"。你说史蒂文斯一根筋也好，执迷不悟也好，但他对于他的选择他的奋斗，一刻也不曾后悔过，一刻也不曾放松过，他追溯他为达林顿勋爵服务三十五年，他说，"追溯我的职业生涯至此，我主要的满足是源于我在那些岁月里所取得的成功，而且我今天唯一感到骄傲和满足的是我曾经被赐予如此的殊荣。"话说回来，管家史蒂文斯的选择和执着，谁说不是可爱之处呢？谁说这不正是我们缺少的该拥有的"夸张的责任感"呢？所以石黑一雄说，"除非我们可以按某种标准告诉自己已经很好地完成任务了，没有虚度人生，已经不遗余力了，否则我们似乎是不会罢休的。因此，就我的理解而言，我想这就是人类有别于其他生物的特点之一。"

当然，石黑一雄似乎并不止于让他的读者来讨论史蒂文斯值不值的问题，如果我们换一个角度，将一个身份卑微的管家与那桩秘密会议的重大政治事件比对起来看，那我们将看到作者石黑一雄的写作野心。无论出于维护欧洲和平的努力，还是其他什么，达林顿勋爵的"亲纳粹，亲希特勒"的态度是昭然若揭的，那么他召开的那次豪宅秘密会议可以说是非人道和非正义的，管家史蒂文斯作为组织者和接待者他付出了劳作，虽然他也间接地斡旋其中，但一个管家是改变不了什么的，既改变不了会议非人道非正义的性质，也无法为会议推波助澜火上加薪，可事实是，他全身心地卷入到了这样一桩为世人所不齿的政治事件当中，承担不光彩的角色和罪名。

由此我们看到，在一些大事件中，那些地位卑微、不好不坏、平庸的人成为随波逐流的盲从者，正是因为他们的参与，一些事件才成为大的潮流，日后这些人将和主导者一起，成为一个有过失的人，甚至罪犯，承担起某个时期社会文明失误的罪责。史蒂文斯身上实际包含了平凡个体与大的罪恶事件之间的痛苦关系之一，最让我们无法判别的是，史蒂文斯卷入这场大的政治事件是主动还是被动？是有意识还是无意识？或许连史蒂文斯自己也说不清楚。这是人的复杂，是人与世界的复杂，也是石黑一雄小说的野心。

二、"我的心行将破碎"

这位节制情感、心中只有主人连自己都没有的男管家的故事里，有爱情吗？

我的回答是，有。不仅有，而且是世间诸多爱情的情形里，最内敛最有意味的一种：似是而非、若有若无，如那强风中的微雨，不知是雨还是雾？

史蒂文斯先生和肯顿小姐，他们有爱情，不过他们的爱情连花都没有开，更别提结果了，他们的爱情只是根茎相连的两片叶子而已，叶子与叶子靠在一起，风来了，点点头，或调皮打打架，一起绿过，便枯萎了，没有花的绚烂，没有果的芬芳。这是爱情一种，令人忧伤也令人怀想。

显而易见，我们要想在小说中读到炽烈如火、互诉衷肠、牵肠挂肚的爱情是不可能的了，而史蒂文斯和肯顿小姐的爱情成了小说的一条隐秘的线索，它成为叙述的动力推动小说往前行走。史蒂文斯和肯顿小姐共事的时光已经过去很久了，达林顿府也易主了，史蒂文斯把仅有的一次旅行行程定在了前往英国西部的小康普顿，因为肯顿小姐住在那里，因为他收到了肯顿小姐一封说她过得并不好的信，尽管此刻的肯顿小姐已经是贝恩夫人了，但是，史蒂文斯想要见见肯顿小姐的想法非常强烈，他必须到那里去。肯顿小姐的幸福如此牵动史蒂文斯的心，这是这位刻板节制的管家少有的几次情感外露的表现。旅途六天的故事——即史蒂文斯自驾期间所看到的和想到的故事，是以这次"暧昧的幽会"为起因和结局的。

"暧昧的幽会"，是史蒂文斯的新东家对史蒂文斯开的一个半真半假的玩笑。面对这一玩笑，史蒂文斯感到了不知从何辩驳的尴尬，因为在这位管家的词典里是没有"暧昧""幽会"这样的词语的。史蒂文斯为什么觉得必须到那里去呢？难道他期待一次重新开始吗？

或许在内心深处，他开始为自己曾经错失肯顿小姐的爱而自责和反省了。

史蒂文斯是个拘谨、古板、克己的人，他的全部人生理想是成就一个管家的"尊严"——成为史上最杰出的管家，他一板一眼，随时提醒自己节制情感，提到肯顿小姐，他总是谨慎措辞，只是强调他们是单纯的合作关系，顶多透露出一点职业上的欣赏而已。因为小说是以史蒂文斯的视角叙述的，每一句话均出自史蒂文斯之口，在这位拘谨刻板的正宗的男管家嘴里，除了领略他冗长而周到、委婉而正经的语调风格外，想要读到他对肯顿小姐的真情实感，是很困难的。虽然他回避自己的感受，但他依然讲述了发生在肯顿小姐身上的故事，这些故事与他有关。

肯顿小姐大大咧咧、情感外露而充沛，有着易于冲动的活力，她喜欢史蒂文斯，她是这场感情之战的进攻者，而史蒂文斯成为防守者和招架者，他们之间没有亲密举动，没有甜言蜜语，而维系他们感情的是肯顿小姐有些"恶作剧"的暗示以及史蒂文斯稍显狼狈的"装聋作哑"。

史蒂文斯总喜欢拿"职业问题"当挡箭牌，一来隐藏自己的情感，二来搪塞肯顿小姐。比如肯顿小姐高兴地送来插满鲜花的花瓶，为他的房间带来点生气，可史蒂文斯没好声气地说"这不是一间娱乐室，我很乐意将消遣保持到最低限度。"把肯顿小姐的好意呛了回去。肯顿小姐不想把自己和史蒂文斯的关系只限定在每天黄昏一起喝喝茶谈谈工作上，她期许有些小小的发展，至少能进到私密的话题上来。一天机会来了，肯顿小姐来到史蒂文斯的房间看到史蒂文斯在看一本爱情小说，从聊聊小说里的爱情，到聊聊彼此间的情感，肯顿小姐以为这应该是一次契机。她问他看什么书？他躲她，不想让她知道。他把书抱在怀里，她非常轻柔地拿出他怀中的书。这一刻他们的身体隔得那么近，他以几分不自然的方式将头扭向一旁。事后史蒂文斯回忆"这整个过程似乎花了极为漫长的时间"，事实上这一过程时间并不长，但是是他们身体的唯一一次温柔靠近。

很快，史蒂文斯将情感的脱缰之马拉回到现实，他对肯顿小姐的解释是，读这类小说是提高驾驭英语能力的有效方式。这是一个让肯顿小姐伤心、让旁人发笑的理由。这次之后，肯顿小姐对史蒂文斯的感情到了一个转折点，肯顿小姐像史蒂文斯一样，把他们的关系"冷漠"到一本正经的工作上来，但真正让肯顿小姐绝望的是，肯顿小姐告诉史蒂文斯她接受了朋友的求婚时，史蒂文斯表现得平静而冷淡。史蒂文斯后来回忆说，"在那扇门的后面，离我不过几码远的之处，肯顿小姐确实在哭泣。"肯顿小姐用她哭泣的眼泪洗涤了这段爱情的痕迹。

尽管史蒂文斯被他一生追求的"职业理想"蒙蔽了身心，让他变成一块情感的坚冰，但任何一个明眼人都能看出来这只是表象，其实史蒂文斯的心是渴望和肯顿小姐一起跳动的：他为了肯顿小姐会见别的男人而不满；他觉得与肯顿小姐的那次靠近是那么漫长；多年后他能为肯顿小姐的一封信立刻踏上旅程。这么看，肯顿小姐也是在他心中的。

我们不好说史蒂文斯如果接受了肯顿小姐，他们的爱情开了花结了果会怎样，对史蒂文斯来说，肯顿小姐和职业追求，只是一次人生选择，他选择了后者，他的悲哀不在于选择后者，而在于他为了后者而压抑前者，为自己的追求而羁绊自己的情感，对一个人来说并不是完整的。

旅程中的第四天晚上到来了。史蒂文斯见到了肯顿小姐，不，应该是见到了贝恩夫人。由开始的隔阂，到愉悦地回忆往事，再到感伤地谈到现在，他们在一个茶室里见面了两个小时。当他们敞开心扉谈到当年的感情时，他们的见面也接近尾声了。从他们的谈话中我们也真真切切看到了曾经发生在他们身上的似是而非、若有若无的爱情，虽然这段随着年月消逝的爱情已经不可重拾，但共同的记忆让人生和生活变得丰富起来。

史蒂文斯很关心她信里提到的她过得不幸福的事儿，她在信里说"展示在我面前的余生犹如一片虚无"，这究竟是怎么回事？肯顿小姐告诉他，这是过去的事了，她甚至否认自己说了类似的话，说如果有说，那是某段时间的心境，早已过去了。

肯顿小姐告诉史蒂文斯，她最初并不爱她的丈夫，她也没有想到会离开达林顿府，她当初嫁给她的丈夫并不开心，她时常会想到如果和史蒂文斯共同拥有那种生活将是怎样，但是一年一年地过去了，她习惯了她的丈夫，也渐渐爱上了他，达林顿府的那种幻觉生活也退出了她的生活。贝恩夫人说，"你不能永远总是对过去也许会发生的事耿耿于怀。"

这些话暗含的意思在史蒂文斯的胸中激起了一定程度的悲伤，他似乎在心中开始后悔了——我为何不应该承认呢？史蒂文斯说，"那一刻，我的心行将破碎。"

史蒂文斯送肯顿小姐上了公共汽车，他发现她的双眼充满了泪水，史蒂文斯能感觉到他们也许永远不再见面了。

史蒂文斯急切奔赴的地方，急切想要见到的人，都如愿了，也给了他全部的答案。

毫无疑问，肯顿小姐成了史蒂文斯一生的遗憾。

三、"等待我的是一片虚无"

史蒂文斯与肯顿小姐分手之前，肯顿小姐问史蒂文斯返回达林顿府后的前景如何？

史蒂文斯说，"嗯，不管等待我的是什么，贝恩夫人，我知道等待我的不是一片虚无。我倒情愿等待我的是一片虚无。可是，啊，不，有的只是工作、工作，而且是更多的工作。"

我们也不禁要问，作为杰出的英国男管家，史蒂文斯曾经拥有了什么？等待他的又是什么呢？

史蒂文斯是一位现代意义上的杰出的男管家，他的职业操守和职业理想拿到今天的企业管理上也是可以作为教科书的，从这点上来说，他是成功的，他为他的追求——节制情感、忠于主人、接近那个世界轮子的中心——感到骄傲和满足，但是他拥有了什么呢？拥有了一顶"世界上最杰出男管家"的帽子和英国老牌男管家历史上光辉的一页？

是的，他的确拥有了这些，可是在此之外，他的父亲病重他不服侍在侧，他的父亲死去了他也不去为他合上双眼，一个姑娘为他情笃几开他佯装不见，他的眼里只有他的主人和主人的客人，再没有任何人，连他自己也没有，一个连他自己都没有，并且毫不留情地断绝了人世间亲情、友情、爱情的人，他只是一架为他私自的名声而转动的机器而已。我们中国文化讲究重孝心、讲礼仪、任逍遥，这一传统放到全世界去都是先进的，它也适合这位伟大的英国男管家，这不是文化价值观差异的问题，因为这是为人之基本，当一个人放弃这些基本的时候，他已经是人中之异类了，他将作为一个人类精神病理学的标本长期存在。

当然话说回来，你不孝不仁也无妨，那是属于你个人的道德价值，充其量只是会恶心知道你的人，再任人评说几句罢了，妨碍不了这个社会和他人，但是发生在史蒂文斯身上的另外两件事，却不是道德问题而是责任问题了，一是所谓的"靠近这个世界轮子的中心"，二是为达林顿勋爵的辩护。

当史蒂文斯说到一个管家的至高"尊严"是靠近这个世界轮子的中心，并为这些掌握着文明的人服务实际上也是为这个世界的轮子效力时，我突然想到了我们的阿Q，没想到阿Q先生的精神胜利法也根植在这位管家身上。社会文明进步的标志是分工的细致分工的明晰，一个杰出的管家他永远只在做一名管家的事儿，即使他围绕在政治权势身边，他也不可能是在履行政治权势的职责，如果一个为英国首相开车的司机说我在间接参与者英国政治，那么这位司机不是由于无知便是自大，他说出这种话是需要勇气的。史蒂文斯需要为他的伟大的管家职业找到一个存在的理由，但这一伟大的理由未免太一厢情愿了，而且只有史蒂文斯才相信这一理由。

再者，为达林顿勋爵辩解，一个乡村农妇都知道，在那次世界大战中"我们所付出的远远超出了我们所得到的。"对达林顿勋爵所主张的降低德国战败赔款以及他"亲纳粹亲德国"的观点人们是嗤之以鼻的,而史蒂文斯依然相信达林顿勋爵,依然为他辩解,认为媒体不负责任的报道毁了达林顿勋爵。我们以为,史蒂文斯的行为已经是是非莫辩的"廉耻"之责了。管家为一个人服务忠于一个人,这没错,但是在民族国家之大问题上,忠于正义、忠于自由是在忠于一个人之上的。我们的《管子·牧民篇》上说,"礼义廉耻,国之四维,四维不张,国乃灭亡。"我想我们的"廉耻"之论是全世界的主旋律,"廉耻"是指清白辨别,切实觉悟,而史蒂文斯在是非辨别和正义觉悟上的糊涂,是国之耻的。

当然,史蒂文斯是明白个中道理的,他不敢承认自己犯过的错误,他说,"——人须自省——那样做又有什么尊严可言呢?"他这样做是有他的理由的,史蒂文斯的理由是,"'尊严'的至关重要处在于男管家必须具有不叛离其所从事的职业本质的才能。当今世界太邪恶了,根本不适于善良而又崇高的本能。"这一理由只能归结为一个人的价值判断的了,它存在,但我们只能说这一价值判断是与一个国家一个民族的集体价值判断相悖论的,正因为要拯救这邪恶的世界,所以才需要"善良而又崇高的本能"。

或许正如史蒂文斯所说,他所拥有的只是一片现实的"虚无"。

《纽约客》杂志的记者问石黑一雄,"就我所知您的若干部小说结尾具有淡淡的救赎色彩,尽管其中的人物还极度脆弱和伤感。您选择这样结束你的故事有什么原因吗?"

石黑一雄这样回答,"嗯,通常在我小说的结尾中,叙述者对痛苦的事有了部分的适应,他或她终于开始接受那些原先无法接受的痛苦事情。但这里面常常仍有一个自我欺骗之类的因素存在,足以让他们能继续生存下去,因为人生的悲哀之一便是它很短暂。要是你把它弄得一团糟,是没法再重来的。"

小说结束时,史蒂文斯似乎也有了"淡淡的救赎色彩",他想着利用生命的日暮时分,尽量去理解在人间构筑起来的温情,并企图去改变他的管家生活,他说他返回达林顿府首要做的事是,学会调侃打趣。

或许，原来那个史蒂文斯会变得可爱起来。

根据这部小说改编的电影叫《告别有情天》，尽管电影的故事容量没有小说大，但电影的灵魂与小说格外地一致。就名字来说，电影强调着一个"情"字，而小说的名字《长日留痕》似乎更耐人咀嚼一些，漫长的时日流逝了，淹没了哪些痕迹，又留下了哪些痕迹呢？

小说是在史蒂文斯即将返回达林顿府前的独白中结束的，而电影的结尾却不同：史蒂文斯回到了达林顿府，进行与往日相同的工作。一只鸽子不小心飞入大厅，在屋子里挣扎飞翔却被墙壁阻挠，始终飞不出这个大厅，几番迂回后，它才"扑棱棱"地飞向天空，消失了踪影。

这个形象却是另外一番意味：在达林顿府几十年的史蒂文斯，无论他为他的追求付出多少努力，奉献青春，像那只鸽子一样终难飞出这个狭小的世界。

这个忧伤的结局，已经没了石黑一雄那"淡淡的救赎色彩"了，但我以为，这似乎是更真实的现实。

让被生活淹没的浮出来

一、读懂卡佛

卡佛小说之《我打电话的地方》。

两个酒鬼，我和 J. P. 两个三十岁左右的男人，在戒酒中心的前廊上相见了。戒酒中心，远离热闹、远离醉生梦死，聊天是打发无所事事的最佳方法。我和 J. P. 聊上了，J. P. 是第一次来戒酒中心，除了酒鬼外，他还是一个扫烟囱的。他热爱自己的工作。因为朋友家扫烟囱的事儿，他结识了扫烟囱的年轻女子罗克茜，这女子让他心动，J. P. 想做她做的事情，向她发起爱情攻势。罗克茜家人看 J. P. 不顺眼，但后来罗克茜还是成了他的妻子，他们彼此相爱，J. P. 也成了一个扫烟囱的。不久他们的两个孩子降生，罗克茜不再扫烟囱。也许是生活压力大，也许是扫烟囱的生意不太好，不知从什么时候起，J. P. 沾上了酒，后来严重到整天都离不了那玩意儿。夫妻间战争爆发，J. P. 的鼻子断了，罗克茜的膀子脱臼了，生活陷入糟糕的泥潭。J. P. 发现罗克茜有了男友差点发疯，借酒浇愁，因酒后驾车被捕，驾照吊销，又从房顶摔下来摔断了拇指，下一步该丢掉的只有命了。罗克茜的娘家人怂恿她离开 J. P.，但罗克茜有自己的想法，她送他到了戒酒中心这里来。

我呢？和 J. P. 不同，是第二次到戒酒中心来了。第一次是我妻子送我到这里来的，我回去之后，酒并没有从我身上离开，妻子将我赶出门。我的女朋友说我可以待在她那儿。我女友和她十岁的多嘴的儿子生活，但在圣诞节的前一天，她检查出了癌症，而且情况不妙，我们为此消息一醉方休，两天都没有醒来。我觉得有必要将自己的生活理出头绪了，我提出再次回到戒酒中心来，所以第二次来这里是我女朋友送我来的，为彼此的不幸我们沉默不语，在来的路上也将自己喝得烂醉。圣诞节的晚上，我给妻子打了个电话，但没人接；我也想给女友打个电话，但我放弃了。

新年的第一个早晨，我和 J. P. 又来到了前廊。远处的路上来了一辆车，是 J. P. 的妻子罗克茜来看他了，J. P. 很开心，罗克茜也是，他们拥吻在一起。我觉得有些尴尬和失落，彼此介绍后，J. P. 夫妻要去吃顿饭了，我还是忍不住向罗克茜索要了一个吻，因为 J. P. 和罗克茜也是从 J. P. 索吻开始的，我相信这是好运气的开始。J. P. 和罗克茜走了，留下了我一人，这是新年第一天，我在这里冷冷清清地度过，也许今天下午晚些时候，我会给我的妻子打个电话，问候一声新年快乐；给我的女友打个电话，问问她的近况。

这便是《我打电话的地方》的大概故事。小说在不经意间结束了，就如它在不经意间开始一样，不像有些拿腔拿调拿着大架势的小说，用尽力气让故事和人物歇斯底里到虚假虚伪的地步，卡佛不这样，他用简单平易——有时来点冷幽默——的句子去"说"人之间的故事，是"说"而不是"讲"，"讲"多少有些腔调、有些高高在上，他说着说着，就说出意味来了。这是卡佛真正厉害的地方，让流水账一样的人物对话和动作，最后都往高处去了。

小说虽然不经意结束了，但 J. P. 和罗克茜离开后，小说叙述者"我"颤抖和沮丧的样子长久地留在我的脑海中，如果毫不矫情地说，我被触动，内心里真的是五味杂陈。小说这样写：

"我在前面的台阶上坐下来，点着一根烟。我注视着我手的动作，然后把火柴吹灭。我也开始颤抖了，是从今天早晨开始的。早晨我想喝点什么。这令人沮丧，但我什么都没对 J. P. 说。"

一个生活过得如一团乱麻的男人，家破人散，他冷清地坐在那里，这是一个全家团聚的新年日子，另外的酒鬼朋友和他的爱人离开了，去享受他们的相聚，此刻，这个男人显得更加孤独。在夫妻没完没了的战争中，男人的血性和暴躁总是占有肢体上的优势，但是当硝烟散尽，生活变得满地鸡毛时，男人和女人一样脆弱。"我"坐在那里，J. P. 和罗克茜的故事也感染了"我"，我们都是想把生活驶入正轨的人，即使妻子、女友没有来这里，我也要在这里给她们一个电话，不争辩，只问候一声，新年快乐。

这个小说，给我一个强烈感觉，就是一个男人的内心所承受的"冷"，哪怕他是一个酒鬼，一个亲手毁掉了自己生活的无赖，他也需要温暖，需要关爱来温暖自己，像J. P. 需要他的妻子一样。他打电话给他的妻子和女友，是他想从她们那里得到一点安慰：我也是一个有人关爱的人。但是电话没有人接听。没人接听没关系，J. P. 准备另找时间再打。小说在这里结束了，卡佛没有告诉我们，J. P. 的电话是否打通了？他的妻子是否改变了她冷漠的态度？而我——一个读者真希望，J. P. 能如愿以偿，因为这是一个困境中的男人，真正醒悟和站起来的关键时刻。

现实中的我们，在人生某个阶段，也是这样的男人。卡佛不仅写出了我们的寒冷，而且也写出了让我们如何去找回温暖。

这个不到一万三千字的小说有着卡佛小说典型的"标签"：没完没了的对话、动作、简单的叙述、交错的场景、没有结局的结局和一些生活、婚姻失败的普通人，但有一点，卡佛表达出了他的诚实——毫不隐瞒那些卑微生命的困顿和他的关怀，每个人都在为摆脱困顿而努力。

这就是雷蒙德·卡佛。

与中国小说家沈从文同一年去世的美国小说家雷蒙德·卡佛，在去世21年后正式走进我们中国读者的视野，2009年译林出版社和人民文学出版社分别出版了《大教堂》和《雷蒙德·卡佛短篇小说自选集》。在此之前，卡佛的声名和他零零碎碎的小说在作家和文学爱好者之间"地下"传播，到这两本书出版，阅读卡佛似乎正在成为文学小圈子里的一种时髦。

时髦不是什么见不得人的坏事儿，尤其是阅读一个已经死去那么多年的作家、和他那些落满了时间灰尘的小说，能成一时之髦，被人追赶，是卡佛小说对时间阶段性的胜利。时髦是一种需要，即使不是需要，也是我们在寻找某种需要，从这一点来说，阅读时髦与穿着时髦没什么区别。我们"时髦地"读到卡佛，并不是卡佛的幸运，而是我们的幸运，我们可以见识一种真正的与人物平起平坐的小说写法，更重要的是，卡佛小说能走进我们内心，与我们交流，让我们想到自己的存在，提醒我们，自己是个人，而像个人一样活着并非易事——就如他小说中人物的感觉：寒冷包围我们时我们渴望生一盆火，"火点着了，但出了点意外，一大团雪落在了火的上面，火灭掉了。同时，天变得更冷了。黑夜也降临了"。

读过卡佛，有人爱之弥深，有人恨之愈切，"挺卡派"与"倒卡派"平分秋色，就像他活着时饱受争议一样，死后也承担争议，不过，这倒是一个小说家的幸运。一个小说家的伟大似乎是在不断地争议中确立的，而一个小说家最大的悲哀是人们对他无话可说，继而遗忘他。当然，我们争议的是他的小说，而不是小说家本人。那些小说印在书页上，或闪烁屏幕上，已经与死去的作者没什么关系了——据说卡佛永远在修改自己的小说，但现在他也无能为力了——发生关系的是小说与读者，与其说争议的是小说，不如说是我们自己，我们读后发表意见：是好还是不好，喜欢还是不喜欢。一代代读者会老去，而那些小说，如果它的魅力足够强大的话，它会永远站在书架上，等待争议。我以为卡佛的那些短篇小说应该会一直站在那里。

那么，我们对卡佛小说的分歧在哪里呢？不外乎两方面，一种看法认为卡佛小说在记流水账，叙述沉闷，啰啰唆唆，读来味同嚼蜡，而且不知所云，用小说在给生活制造麻烦；另一种看法有些针锋相对，认为卡佛小说在叙述上极简约，但简约不简单，没错，卡佛在记流水账，但他的水不是往低处走而是往高处走的，处处隐藏着超越日常生活的奇妙意外，以及刺痛人心的现实感，他是平民话语的表达者，是个复杂的作家。

任何一种看法都有自己的理由，谈不上对错，而且看法时常会发生改变，不变的是事实——那些已经存在的小说，和那些小说对我以及喜爱卡佛小说的另一些人的征服，我们从中获得的"很卡佛式"的感动和领悟，是卡佛小说长久留在我们记忆中的原因。

卡佛说，无论在诗歌还是小说里，用普通但准确的语言，去写普通的事物，并赋予这些普通的事物以广阔而惊人的力量，这是可以做到的。写一句表面看起来无伤大雅的寒暄，并随之传递给读者冷彻骨髓的寒意，这是可以做到的。

卡佛的确做到了——去写那些生活得并不如意的普通人物，让他们的每一个行为、每一句话都来源于敏感而脆弱的内心，无论他笔下的角色是酒鬼、混蛋、傻瓜、失败者还是其他什么，无论他们多么消极、悲观、颓废，那些角色总在考虑如何把生活理出个头绪来，怎样使生活走上正轨，他们都不会用自杀去解决问题，总要活下去，总在寻找活下去的理由。这一抹亮色与小说的灰暗相比，它充满着力量和触动着我们。在过去的二十世纪中，我以为卡佛是真正洞悉了人性的小说家。

二、走近卡佛

卡佛小说之《羽毛》。

我的工友巴德，请我和妻子弗兰去他家吃饭。巴德和他妻子厄拉有个八个月大的男婴，我和妻子没有孩子，至于为什么没有，因为我们从来没有想到要孩子，比如我们想要有辆新车，想去加拿大度两周假……就是没有想要孩子，这样的生活我和妻子无法想象。

我和弗兰开车找到了巴德在郊外的家，景色很美，很田园，离镇上约二十英里，我们在镇上住了三年但从未来这里转转。来到巴德家的房屋前，一只孔雀"迎接"了我们——它"发出刺耳的怪叫"，"那颗令人恶心的头点来点去"。和巴德寒暄之后进了屋。厄拉忙来忙去，系着围裙准备晚餐，时不时去照看房间里偶尔哭叫的婴儿。

弗兰注意到了台布上的一副石膏做成的旧牙齿，歪七扭八，很难看。巴德妻子厄拉之所以留着它，厄拉说是为了提醒自己欠巴德的。厄拉的牙长得歪七扭八，父母花不起整牙的钱，她的第一任丈夫不在乎，只在乎他的下一杯酒在哪里，后来巴德出现了，把厄拉救出了泥潭，巴德和厄拉在一起后，巴德说的第一件事是"让我们把这副牙整整"。这副牙模是这样来的。厄拉舍不得丢弃它。

晚餐开始，面包、火腿、红薯，我们吃完了自己盘子里的东西。我听到那只该死的孔雀跑到房子上去了，弄出踢踢踏踏的声音，不久又发出"啊——噢"的嚎叫。屋里也并不平静，那个婴儿在里边哭开了，很厉害。总之，发生的一切有些混乱，巴德陪着我们，对这一切似乎也不太满意。我妻子对他们怎么会想起来去养一只孔雀感兴趣。厄拉告诉我们，她是个小姑娘时在杂志上看到一张孔雀的照片，认为它是天下最美的东西，从那时起厄拉就希望自己有一只孔雀，后来和巴德在一起了，巴德就买来了这只"天堂鸟"。

天黑了，那只孔雀进到了客厅里，厄拉也抱出了一直哭的婴儿——在我眼里这是个奇丑的婴儿，但巴德和厄拉并不在意，就算他很丑也是他们的孩子——婴孩见到孔雀很兴奋，在厄拉腿上蹦上蹦下；孔雀见到孩子也很兴奋，绕过桌子飞快地跑过来，他们玩耍在一起，都高兴极了。肮脏的孔雀和奇丑的婴儿，在巴德夫妇那里并不是问题，他们享受着琐碎而温馨的一切。

在巴德和厄拉家度过的那晚很不一般，后来我们的生活发生了诸多变化，有了孩子，还有其他等等。弗兰把这些变化归咎巴德家的那晚，——"他家的丑八怪"和"那只臭鸟"，弗兰并不满意变化之后的生活，因为这并不是我们所希望的生活，尽管它来临时，与发生在巴德和厄拉身上的事情完全一样。

我记得那晚我们离开巴德家时，厄拉送给弗兰几根孔雀羽毛做纪念。

——或许，小说《羽毛》的关键词是这样几个：孔雀、牙套、婴儿。这样看来卡佛的确简约，简约到语焉不详：到朋友家做客，看到了一个旧牙套，一只怪怪的孔雀，一个丑丑的婴儿，卡佛认为这一晚所见所感，是小说主人公生活变化的直接原因。为什么这样认为呢？是卡佛留给读者的谜语。这是一个看似平淡却不平淡的故事，如海中的冰山，露出水面的只是整个冰山的小小一角，故事背后隐藏着更大的饱含生活秘密的"冰山"，等待读者去感受和破译，卡佛小说真正的魅力就在于这"藏"，那么《羽毛》究竟隐藏了什么呢？我以为，孔雀和牙套是巴德和厄拉爱的证据，婴儿是爱的结晶，这爱在旁人——我和弗兰——看来是"旧""怪""丑"，是琐碎、混乱和庸常的生活，但对当事儿人来说是忙碌而满足的幸福，正是这琐碎的幸福打动了"我"，让"我"产生了改变当前生活的想法。小说中"我"之所以认为那晚"很不一般"，是因为"我"目睹了巴德和厄拉的这种幸福，是"我"和弗兰以前所从未感受到的另一种生活，巴德和厄拉有孔雀、牙套和婴儿的生活刺激了"我"和弗兰。回去的当晚，"我"和弗兰就开始了"造人"计划，后来我们拥有了巴德和厄拉那样的生活。

但是，当事情真的发生在自己身上时，并不是我们所希望的那样，拥有了孩子的生活似乎只有压力，只有琐碎，而独独缺了那晚刺激我们改变生活的忙碌而满足的幸福，"现在，我俩之间话越来越少了"。大多时间里，"闷坐着看电视"，"我们不谈这些，有什么好谈的"。有时，弗兰会不自觉地牢骚，怪罪那晚，"你该死的朋友""他家的丑八怪""那只臭鸟"。当然，弗兰的怪罪毫无道理，如果有怪罪的话，真正该怪罪的应该是彼此之间对婚姻生活的经营。

故事这样结局，无疑是深刻而令人怅惘的，它让由孔雀、牙套、婴儿三个关键词组成的故事有了意义，也让前面看似无足轻重的叙述有了落脚点。

在《羽毛》中，卡佛试图解决一个问题，生活是如何变成这样的？这是一个无法给出答案的问题，但卡佛想从两个方面给出他认为的答案，一是外界的刺激，二是改变的欲望；刺激来自巴德家的见闻，欲望来自对生活的更多需要。当然，小说主人公拥有了孩子等变化之后，生活并不如意，不是他们希望的那样——像巴德家享受忙碌而满足的幸福，相反，变化的一切可能让他们的生活陷入新的危机之中。这是生活的现实，我们期待去改变，但改变的结果并不都如愿。至于小说主人公"我"和弗兰陷入的新的生活困境，卡佛和我们均无法优雅地去解决，他和我们一样困惑。

卡佛说，"所有我的小说都与我自己的生活有关。"他还说，"我不会写一个关于我邻居阿特先生的故事。"事实上也是如此，读卡佛的小说，我们总是想到卡佛的人生经历。卡佛经历了两次人生，以1977年为分界线，1977年往前追溯至1938年出生，卡佛过的是动荡而压力的生活；1977年之后至1988年去世，他的生活是安定而幸福的。卡佛是靠写小说改变命运的幸运作家。

我从诸多资料中知道了卡佛的经历：卡佛1938年出生于美国俄勒冈州一个锯木工人的家庭，高中毕业后就开始到锯木厂工作。他十九岁结婚，已经怀孕的妻子玛丽安当时只有十六岁。这对年轻夫妇在不到二十岁的时候就已经有了两个孩子。他们因生活所迫不断搬家，居无定所。养家糊口的压力很大，卡佛和妻子靠一些零七八碎的工作挣钱。卡佛曾替药房送货、在加油站给人加油、在医院里打扫卫生、在公寓小区打杂、甚至替人摘过花。妻子玛丽安做过图书推销员、电话公司职员和餐馆侍者。卡佛喜爱文学，打工之余在大学里选修了一些写作课程，在繁重的生活压力下尝试写作，终于发表了几篇短篇小说。不幸的是，卡佛于六十年代末染上了酗酒的恶习。随着他在写作方面向成功迈进，他的酗酒问题却越来越严重，以至于最后整日与酒杯为伴，无法写作。家庭经济同时出现问题，卡佛本人的健康也受到威胁，曾因酒精中毒多次住院。卡佛和妻子玛丽安之间的感情日趋破裂，二人数次分居。卡佛的人生轨迹走到了最低点。1977年卡佛终于停止了酗酒，开始了被他称作"第二次生命"的生活。他获得了更多的经济资助，找到了更稳定的工作，他的小说开始获奖，名声越来越大。他与玛丽安正式分手，开始了和女诗人苔丝·加拉赫的共同生活。直到卡佛于1988年早逝。（参考比目鱼：《雷蒙德·卡佛：刻小说的人》）

卡佛小说大部分写的是这样一些人：推销员、清洁工、侍者、送货员、剃头匠、车间工人等底层蓝领，他们是酒鬼、混蛋、失败者，写他们糟糕的生活、家庭的冲突、精神的困顿，也写他们走投无路后的努力、绝望之后的希望，以及孤寂中对关爱的渴望。卡佛小说与他的人生经历似乎可以画等号，这一切仿佛暗示我们，小说不必挖空心思去虚构了，把自己的经历写出来就可以成为一个像卡佛一样出色的小说家了。话是这样说，但卡佛之所以成为卡佛，是因为他看似沉闷、随意、简洁的叙述背后，包含了复杂而深广的生活悖论、人性冲突，这是卡佛精心"设计"和思考的结果，也是卡佛能把流水账似的人生经历变成小说的真正秘密。我们每个人都有人生经历，但我们不一定有卡佛那样提炼生活、思考生活并通过小说提出人生问题的能力。

卡佛的那些小说，不是人物处在一种模糊的悬滞状态，便是故事结尾了问题仍得不到解决，比如《真跑了这么多英里吗？》，利奥的一场官司输了，他必须把自己的一辆汽车迅速出手，否则就会被法庭扣留。利奥的妻子托妮以前做过推销员，他让托妮去处理这件事儿。下午四点钟托妮打扮好后出门了。利奥在家里开始了坐立不安的等待和猜测，他的妻子如何征服别人？如何与别人周旋？他打电话给托妮，有时托妮顾不上和他多说话，有时电话不通……一个男人出于焦躁、猜忌之中。天快亮时托妮回来了，她卖掉了那辆车。在睡梦中，"他脱掉她的内裤，凑到灯下仔细查看，然后把它扔到角落里"，他躺到她的身边，手指在她的身上轻滑过……我不知道，这个平静下来的男人此刻想到了什么？是因为误会了老婆，而后悔，还是因为生活在变糟，而感伤呢？再比如《你们为什么不跳个舞？》，一个中年男子不知是因为破产还是因为离婚，他在他的院子里处理他的旧货：电视机、唱机、床、写字桌等。一对恋爱中的男孩女孩路过这里，他们停下来，看上去很相爱，他们挑了床、写字桌、电视机，不仅价格低廉，那个卖旧货的中年男人还请他们喝了酒，请他们在自己的院子里跳了舞。小说结尾，女孩跟人说到这些奇怪的事儿和那个奇怪的人，她觉得这里面有很多其他的东西，她想告诉所有人，但她还是放弃了。让人物悬滞和问题搁置，是卡佛小说处理生活的方式，这种方式勾起我们再一次思考我们面临的处境、我们所处的世界，不知不觉中卡佛征服了我们，和他站在一起，想那些糟糕的生活是怎样变成现在的模样的。

三、回望卡佛

卡佛小说之《把你的脚放在我鞋里试试》。

马尔斯是一个辞职回家写小说的男人。眼下他写不出故事来，经济上得依靠妻子，他有点鄙视自己。妻子保拉为安慰丈夫，拉他出去散心，马尔斯并不很愿意，还是答应了。他们去拜访前房东摩根夫妇。摩根夫妇曾给未谋面的马尔斯夫妇来过一封信，对马尔斯夫妇在他们房子里养猫和动用了不该动用的东西表达过不满，摩根太太对动物毛过敏。马尔斯夫妇来到摩根夫妇家，摩根夫妇仿佛忘记了以前的不满，热情接待了马尔斯夫妇。

当摩根夫妇得知马尔斯辞职在家写小说时，表现出很大兴趣，他们各自讲了一个自认很精彩、可以写进小说的故事。摩根先生讲的是他一个朋友在大学谋了一份教职，结果与他的一个学生搞上了，朋友的风流韵事持续了几个月后，朋友跟他的家人摊牌，要跟二十多年的婚姻告别，朋友的妻子命令他从家里滚出去，就在这当儿，他儿子朝他扔了个西红柿罐头，正中前额，朋友被砸成了脑震荡，住进了医院，情况很严重。摩根先生的故事讲完了，但马尔斯无动于衷，表现很平淡。马尔斯要离开，摩根太太要马尔斯留下听她讲一个关于诚实的故事，即阿腾伯勒太太的故事。

摩根夫妇上次去德国旅行——正是因为去旅行才通过朋友将房子租给马尔斯夫妇，到博物馆看画展，上厕所时摩根太太的钱包丢那儿了，钱包里有身份证、工资支票和一百二十元现金等。回到住处才发现钱包丢了，摩根先生打电话给博物馆负责人时，一位白发妇人乘出租车送来钱包。妇人自我介绍叫阿腾伯勒太太，在厕所拾到了这个钱包，按身份证上地址找来了。摩根太太发现支票还在，但一百二十元现金不见了，摩根太太还是很感激阿腾伯勒太太，留她下来用晚茶。她们谈论了很多话题，就在阿腾伯勒太太准备离开时，阿腾伯勒太太突然倒在沙发上死了。摩根先生打了电话，想知道她的地址之类的信息，便打开阿腾伯勒太太的钱包，发现了那一百二十元现金。

摩根太太讲完，马尔斯笑起来，而且咯咯咯地笑不停。马尔斯说他是为摩根太太那句"命运让她死在我们德国的客厅的沙发上"的话控制不住自己的笑。马尔斯的笑让摩根先生很生气，他觉得如果马尔斯真是个作家是不会笑的，他应该把自己的脚放到别人的鞋里试试，设法去理解别人。马尔斯仍在笑，他的笑激怒了摩根先生，摩根先生便影射地讲起了马尔斯夫妇租住在他家的种种"罪行"：在家里养猫、打开私用壁橱、用了卫生间的东西……摩根先生讲得嘴唇发白，手发抖。他还说，你要是个真正的作家，你要把这个真实的故事变成文字。

马尔斯夫妇逃跑般地离开了摩根夫妇家，保拉说，"这些人都疯了。"

这依然是个"很卡佛"的小说：他不会明确地告诉你他写的是什么？写的是人与人之间相处的情绪的变化，写的是对诚实与理解的看法，写的是一个男人的幸灾乐祸，随你去猜吧，总之这个问题的答案交给你了；他不会塞给你一个起因、经过、高潮、结局的故事。这个故事的结局如何？马尔斯为什么会不停地笑？他后来怎样了？写出了故事吗？很抱歉，卡佛不提供结论，照他的说法小说自己已经解决了自己的问题和矛盾，这些问题是您找的你自己解决好了。

也正因为如此，作为一个读者，我读卡佛的全部乐趣便是去猜疑，在卡佛的故事中提出自己的问题，然后寻找可能的 N 种答案，我明白那些问题没有答案，也不可能有答案，因为它不是一道七七四十九的数学题，它是生活和人生的困惑，但只要去思考了，它就会为生活和人生提供一种价值观，这便是卡佛小说的意义。我提到的卡佛小说之后的这个过程，可以说跟卡佛关系不大了，如果说还有点关系的话，一是记住卡佛的提醒，"我不觉得我写的人物有什么特别的。"

他只是想让那些被生活淹没的人站到台前来；二是想想卡佛对他笔下的人物所持的态度。

就《把你的脚放到我鞋里试试》这个小说来说，卡佛对马尔斯——一个像卡佛那样在卑微的生活面前写小说的男人——的行为举止，是什么态度呢？是理解，是同情，是放纵，还是反对？我以为，是理解，是平起平坐的理解。理解人物意味着尊重人物的优点和缺点，让人物按照自己的方式去处理人和事。马尔斯辞职回家写小说，但他的写作并不如意，他写不出他要的故事来，他甚至有些鄙视自己，当他从自己的象牙塔里回到现实中面对摩根夫妇的故事时，他表现出的不是含蓄的沉默就是嘲讽的大笑，无论怎样，里边都包含了不屑一顾的成分。我觉得这是符合一个处于写作挣扎阶段的作家的内心真实的，尽管摩根先生认为马尔斯大笑是因为他不会"扎到那个可怜的人的灵魂里去设法理解她"，怒斥马尔斯"根本不是个真正的作家"时，卡佛也没有让马尔斯与摩根先生"过招"，一个鄙视自己并有想法的作家在面对功利的人事时，他是沉默或嘲笑的。卡佛理解了他笔的人物马尔斯，他没有廉价的同情或者优越的道德感。

由卡佛对马尔斯的态度说开去，如前面提到的《我打电话的地方》中的"酒鬼"、《羽毛》中的弗兰夫妇、《真跑了这么多英里吗?》中的利奥等等，卡佛对他笔下的人物均是以理解为基调的，戒酒中心的"酒鬼"对温情的渴望、弗兰夫妇因一次工友家的晚餐对生活的改变以及利奥对妻子的猜忌。如果卡佛不尊重他笔下人物，对他们指手画脚的话，那么对"酒鬼"的态度可能是同情的、对弗兰夫妇可能是责备的、对利奥可能是讥讽的，那么故事将会往另外的道路上行进，但是，卡佛对人物的行为没有加入自己的情感判断——是好是坏？是对是错？应该怎样不该怎样？卡佛一概不发表看法，他与他们站在一起，让人物的行为去阐释他们所做的一切。

对人物的理解，是一个作家给予他所创造的人物的最大自由，也是人物是否具有生命力的前提。理解是卡佛对笔下人物的态度，当然这里边也包含一个姿态的问题，对笔下的人物是仰视、俯视还是平视?仰视会带来廉价的同情,俯视会带来优越的道德感,只有平视才能走进人物内心,去表达某种真实和善意。正因为卡佛对他笔下人物是平视的理解,所以卡佛小说才"很卡佛"。

由此我想到我们近两年来热衷探讨的所谓"底层叙事"。我给"底层叙事"一词加上了引号,是因为我有些不喜欢"底层"这种提法,或者说我不喜欢人们开口闭口大声谈论"'底层'这样'底层'那样"时的神态和气焰,那里边不是有一种虚伪的同情,就是有一种高高在上的"指手画脚"。"底层叙事"和"女权主义"一样,两个词儿天生就有"自损""自毁"的情感在里头,其实,谁又不是"底层"呢?难道只有在黑暗的煤洞里爬进爬出的就是"底层",坐在办公室里加班受气的小职员就不是"底层"吗?一个小小的科长处长就不是"底层"吗?而问题是,在真正的煤矿工农民工那里是没有"底层"这个词儿的,他们并没有意识到人们谈论"底层"时谈论的就是他们,更没有意识到人们还在文字里"同情"他们。再者,所谓的"底层叙事"的小说,大多数作家采用的是两种叙述策略,一是"眼泪叙述",展示底层人物的苦难,博得读者同情;二是"指责叙述",将底层人物苦难的根源指向权势和金钱,加以指责。前者是对人物的仰视,后者是对人物的俯视。这两种叙述会将人物平面化和脸谱化,老实说这两种叙述均不构成真正的文学。其实,我更欣赏卡佛对人物的态度——平视的理解和尊重。

照"底层叙事"的标准,卡佛小说是百分百的"底层叙事",而且卡佛自己也是百分百底层出生的作者,他说,"我就是这样的人之一,迷惑的,酩酊大醉的。我就是从这些人中来的,很多年来,我和他们并肩工作。"但从他的小说中,我并没有感到他的悲苦,也没有感到他的怨恨和自怜。这是为什么?或许,根本原因还得落在作家如何看待过的生活与写的生活的态度上。卡佛表示,"在任何情况下,我都无法设想自己以一种嘲讽贬低的姿态对待普通日常生活的题材,或所谓的'俗事儿'。我认为在我们过的生活和我们写的生活之间,不应该有任何栅栏。"还一个表面些的因素是,文学不仅让卡佛意识到了"生活中那些已经削弱我们并正在让我们气喘吁吁的东西"是什么，而且明白了"像一个人一样活着并非易事"，所以卡佛将这些意识通过他的小说传达给读者，就变成水到渠成的事儿了。既然悲苦、怨恨、自怜都不能解决生活的问题，何不让行动去解决了呢？卡佛这样认为，他让他的人物也这样认为。

得救之道，道如刀锋

一、毛姆的三顶帽子

毛姆是我越来越喜欢的小说家。

一位诗人说，文学的墓园里，林立着无数无名者的墓碑。此话不假，但还有一个事实是，纵使那些著名者的墓碑，也有很多正在慢慢褪色，慢慢被人遗忘。

幸运如毛姆者——这位"我只不过是二流作家中排在前面的一个"的自嘲者一直不曾被今天的读者遗忘——毕竟少之又少。优胜劣汰，文学也如奥运会赛场，你争我夺，裁判员是公正的时间，一时虚名还是一世英名，自有定论。只有那些真正而又纯粹地写出了"文学性"的作家，他们的墓碑在文学的墓园里才被人永久祭奠。

有一类作家，似老酒，越陈越香，越品越有味儿。比如毛姆。

我喜欢喝毛姆这坛老酒，理由有三：一是毛姆的小说对生活、人生充满智慧的表达，而智慧的忠实"伴侣"是幽默。无论机智幽默，还是尖酸刻薄，他都能一针见血地洞察人事，读后不是让人击节叫好，就是哑然失笑。从这点上来说，咱们中国的钱锺书跟他有一比，只是钱有"卖弄"幽默之嫌疑，而毛姆呢，多有"玩世"之倾向，钱氏幽默是用"像""如"等比喻构成，而毛氏幽默是由格言式的表达构成。当然无论哪种幽默，只要是真正的智慧，都是对人的胃口的，别忘了"幽默"一词源自拉丁文，是"液体"的意思，故幽默如水，人人都欢迎。"青年男子能做一个上了相当年纪女子的情人，是再好没有的教育。""克服肉体欲望的最好办法往往就是让它得到满足""我的心都要跳到嘴里来，要费很大的劲才能咽得下去。""这一生留在世界上的痕迹并不比石子投入河中留在水面上的痕迹多。"（引文选自《刀锋》）……这样的句子，在毛姆的小说里俯拾皆是，厉害的是，这些句子不是叙述里边"万绿丛中一点红"式的点缀，而是小说人物形象的构成之一，所以我送毛姆一顶帽子："幽默大师"。

二是他在小说中有探讨终极意义、终极价值的勇气。"人生是为了什么？"这是小说《刀锋》的主人公拉里总在不断地问自己的一个问题，从小说的开头问到了小说的结尾。您说这问题有答案吗？即使有，也有至少一千种，"答案比问题还要多"。而毛姆就是跟这一问题"较"上了，他让拉里放弃唾手可得的爱情、工作，而不断地去寻找安身立命之道，去荒凉的矿山、农场"劳其筋骨"，去遥远的东方"苦其心志"，过上了拉里的前女友所说的"不实际""不可思议"的生活。居然，居然毛姆让拉里找到了"得救之道"——即无我和无求的自我完善之道，多像咱们的老庄哲学。难道这就是人生的意义吗？但是毛姆这么认为了。不管你是否认同毛姆，但他用小说面对了这一问题，提醒我们在过于务实的日子里务务虚。我们时常抱怨当下小说脱离现实生活，实际上真正脱离的是人们的精神现实，我们的小说把自己放得太低，故事被物欲俘虏，以至于放弃了对一些终极价值的追问，而做形而上的终极追求，是我们摆脱动物似生存的武器。毛姆有这种探讨终极价值的勇气，让小说又昂起它高贵的精神头颅来，值得我们称赞。毛姆的小说提醒了我们该怎样去活，所以我送给他的第二顶帽子是：他是合格的"人生导师"。

三是他的故事不故弄玄虚，读者感觉亲切，但又"纯粹"，有着"文学性"，脱俗。毛姆很会讲故事，有人说他是"20世纪最会讲故事的人之一"、"绝代的流行作家"。什么叫"会讲故事"？两个条件：

好看；有味。二者缺一不成，缺了前者，就会流于故弄玄虚，不吸引人；缺了后者，就会落于俗套，不点拨人。毛姆的小说《面纱》，有一个偷情的故事外壳，而它的内里包裹的是灾难之中的大爱与男女私情的小爱之间的较量，毛姆的视野很开阔，观点很明确，他给出的答案是让人感觉温暖的，灾难之中的同情、奉献以及牵挂让两人的情感重归一起，尽管男主角死了，但让女人明白了她需要什么样的爱。故事好看而有味儿，他的小说大多如此，于是，我给他的第三顶帽子是："故事大王"。

毛姆的三顶帽子对应了毛姆小说的三种品格：智慧、高蹈和亲切。写小说不就是较量个智力、深刻和舒服，要不要小说作甚？我不知道是否因为自己对毛姆的偏爱，而毫不吝啬地将"三顶桂冠"都戴在了他一人头上，这是否有点耸人听闻？我们知道，在写作这个只靠一颗脑袋一台电脑便可开工的行当里头，获得其中一顶桂冠，便已经是登堂入室了，何况三顶。无论如何，这位生前被评论家称为流行作家、他自嘲为二流作家的作家，早已被读者抬入了大师的殿堂，被不断阅读，不断谈论。

二、"刀锋"之问

我想谈论的是他的《刀锋》。

毛姆之所以给这个小说取名《刀锋》，似乎可以从扉页的引言看出端倪。"一把刀的锋刃很不容易越过；因此智者说得救之道是困难的。"

这句话出自《迦陀·奥义书》——《奥义书》是古印度的智慧之书，相当于圣人语录——这句话对读者是个吸引，有人说自己就因这句话就判断这本书靠谱，圣人之言成为读者买书的广告，看来毛姆用这句格言用对了。但也有读者说这句话让人似懂非懂，摸着了头脑又摸不着头脑。我也觉得这句话不顺当，得救之道是困难，但一把刀的锋刃如何不容易越过？多义而模糊，难道这就是圣人之语的威力？

上面是周煦良先生的译文，系上海文艺出版社出版的《刀锋》版本，《刀锋》还有另一个版本，是湖南人民出版社出版的，姊佩先生的译文，将这句话译成："剃刀锋利，越之不易；智者有云，得渡人稀。"这两种译文意义相近。后来有读者对比了毛姆原文后在网上撰文，认为翻译有问题，应翻译为：寻找真知、解救自我的过程是艰难的，就像行走在锋利的刀锋上，所以智者说得道是困难的。简言之便是：得救之道如刀锋般锋利难行。如此理解既符合中文逻辑，也是对书名"刀锋"的一种阐释。

得救之道——得救什么？谁需要得救？如何得救？

难道我们已经坠入了深渊么，需要得救？如果是，难道有一条道路是通往得救的道路么？走上这条得救之道的人都能如愿以偿么？

很显然，这一连续的发问，已经不是这部小说致力回答的问题了，毛姆说他这本书并不想"阐述所谓《奥义书》的哲学体系。"他说，"我懂的太少了，但即使懂得很多，这也不是阐述《奥义书》的地方……我想的只是拉里。"

不过对我们读者来说，《刀锋》里那个"吃饱了撑的"拉里，他的所作所为、一言一行，已经是作为迈上得救之道的榜样而存在了。

其实，我们的困惑和拉里的困惑是一样的，拉里反复问自己，也反复问别人，"你没法子不问自己，人生究竟是为了什么，人生究竟有没有意义，还仅仅是盲目命运造成的一出糊里糊涂的悲剧。""我想弄清楚为什么世界上会有恶。我想要知道我的灵魂是不是不灭，还是我死后一切都完了。"但我们与拉里不一样的，是我们一般情况下不会去追问如此"虚"的问题，我们更在乎"实"的问题：谁赚了多少钱，谁混得怎么样，房子和白菜的价格怎么样等等。不是我们刻意要回避拉里的问题，跟贫穷和富贵也没关系，而是将我们推向这一问题的人生契机还没有到来。这人生契机多是事关生死的某次偶然事故的降临。

我有一个朋友属于名利野心膨胀的那类，常围在领导身边，鞍前马后，虽时有抱怨混得很难，但对职务升迁和过上"人上人"的生活仍信心满满。一次领导派他到山区出差，返回路上，大巴摔下山崖，全车死了31人，活了4人，我朋友血肉模糊地从摔扁的车里爬出来，是唯一身体无大碍的一个。从此以后，朋友像换了个人，以前那个"上进"的人不见了，变成了一个"不思进取"、看淡一切的人。他说，我从死人堆里爬出来捡了条命，我知道该怎么活了。

我朋友一摔摔"醒"了，也像拉里一样去思考人生的意义了。拉里由一个性格开朗、充满活力的男孩，变成一个眼里满含忧郁、有些沉默寡言并不断追问"人生究竟是为了什么"的青年，也是源自一次人生变故的发生。第一次世界大战期间，美国青年拉里·达雷尔参加了在法国的一个飞行中队，在那里结识了同为飞行员的爱尔兰好友，这人平时精力充沛和勇敢，但在一次遭遇战中，因救拉里而牺牲。拉里目睹了好友的死亡，不久前还充满生命力的一个人，一瞬间只剩下一堆烂肉，对此时只有18岁的拉里来说，他实在不知道这是为什么，一个人就像没有来过这个世界一样消失了。从此，拉里的人生被迷惘笼罩，他总想搞清楚世上为什么有恶和不幸、人活着究竟为了什么。战后回到家里，拉里不肯进大学去获得一张文凭，也不肯去找份让自己过得体面的工作，他过起"晃膀子"的日子，一心想探究人生的终极价值。

说到这里，我们大致明了拉里是个什么样儿的人了：退伍青年、战争中心灵受过创伤、不想工作、不关心所谓前途、一心想探寻终极价值。读者会问，不工作，他吃什么？毛姆先生为他的人物想得挺周到，拉里每年可收到政府三千美元的补贴。拉里的物质欲望不强，三千块够他花了——他还曾想用这三千块养老婆，被姑娘拒绝了——他在乎的是精神满足。这样一个人，这样的人生观，围绕在他身边的人和事会上演一曲什么样的戏呢？这便是毛姆要讲述的故事了，这也构成了这部小说推进叙述的动力。

这一次，作为小说家的毛姆没有躲到幕后，而是直接走向台前本色出演，他将自己写进小说，变成小说里一个的角色：小有声名的作家毛姆。——天知道小说里的毛姆是不是写这个小说的毛姆？故弄玄虚可是这帮人的拿手好戏——小说里的"作家毛姆"喜欢走来走去，一会儿芝加哥、一会儿伦敦、一会儿巴黎、一会儿中国，走来走去总会遇到各色人等，如果他总能遇到相同的那么几个人、并且对那几个人的事儿兴趣盎然的话，那么很有可能就是他虚构小说的开始了。事实上，这部小说就是这样结构起来的，所以小说显得流畅自然，似乎没费什么劲儿就写出来了，"作家毛姆"在这部小说里的作用有两个，一个是穿针引线，在小说需要谁的时候，他便遇上谁，然后一起吃吃喝喝打听"隐私"；另一个是插科打诨，他是故事的旁观者和参与者，那些够味的幽默大多出自他的口，说三道四，这是任何一个旁观者的特长。

三、伊莎贝尔的选择

小说开始了。"我"——作家毛姆——遇到了哪些人呢？

遇到了艾略特。毛姆的朋友，小说主要人物。艾略特可称得上人中极品，他是艺术鉴赏家，有眼光，有学问，靠在上流社会倒卖古董过着阔绰的日子；他又是大大的势利鬼，爱慕虚荣，只看社会地位和金钱判断一个人的价值，但他又是热心、厚道的朋友，他一生最大的"事业"是社会交际，人生的全部努力就是往上流社会里挤，终于挤进去了，一辈子热心与亲王、公爵、伯爵等厮混，参加过无数的宴会，宴会与他是息息相关的，哪一家请客没有他，等于给他一次侮辱。在老得快进棺材前，因一家上流社会的宴会没有请他，"哭得像小孩子一样"，终究还是被上流社会抛弃了。在毛姆看来，艾略特是可怜的、可笑的、可爱的。

毛姆的朋友艾略特像一根线，牵出了另外的人物：伊莎贝尔和拉里。伊莎贝尔是"雷人"艾略特的外甥女，前面提到的拉里是伊莎贝尔的男友。伊莎贝尔和拉里是小说的两个中心人物。小说开始时，拉里和伊莎贝尔订了婚，富翁的儿子格雷正追求伊莎贝尔。

伊莎贝尔喜欢拉里，拉里也喜欢伊莎贝尔。男孩风度潇洒，女孩俊俏秀气，两人境遇都宽裕，看着他们相爱，令已届中年的作家毛姆艳羡不已，作家说，"你想不出什么理由说他们结不了婚，而且结婚后不能一直幸福地生活下去。"可现实就是如此，煮熟的鸭子还会飞，板上钉的钉也会脱落，这对相爱得令人心动的男女终究还是劳燕分飞，什么原因呢？这里无关感情不深厚性格不合，无关第三者插足，也无关车子房子票子，用我们的话说是，道不同，不相为谋，就是人生价值、生活态度相左了。

因彼此相爱，对这段感情我们的女主角伊莎贝尔还是努力挽救过的。两个年轻人订婚之后，拉里可以进格雷父亲公司谋得一份好差，但拉里拒绝了，他提出要到巴黎去逛两年。伊莎贝尔著名的舅舅艾略特很赞成，以为拉里结婚之前去巴黎猎艳一番非常合适，但拉里在巴黎并没有找什么女人，他怪怪的，在住在大学旁边一个破旧旅馆里读那些深奥的心理学之类的书，一天读八到十个小时。两年之后，伊莎贝尔来到巴黎敦促拉里回去结婚，拉里说，"我现在不能回去。我刚要入门：看见广大的精神领域在我面前展开，向我招手，我急切要去那里旅行。"在伊莎贝尔的说服下，拉里虽也同意结婚，但他要继续他的人生追问，不断阅读、旅行，去寻找"人活着有什么意义"的答案。伊莎贝尔在乎物质，拉里在乎精神，两人的冲突便发生了。

伊莎贝尔认为"一个人应当工作"，养家糊口，获取地位、财富，加入到火热的社会中来，而不是龟缩到自我的世界里去想那些"不实际的"问题。

伊莎贝尔有她的理由。她说，"我只是个平常、正常的女孩子。"这话没错，所谓的"平常、正常"是一个女孩子的梦想、爱好和欲望，以及爱人，被人爱，享有安宁、富足的物质生活，这一切都是正常的，所以，当小说开始描述伊莎贝尔与拉里在巴黎这段"激情澎湃"的论辩时，我感觉似曾相识，原来伊莎贝尔的这些话也是我妻子时常在我耳边唠叨的，我不得不佩服毛姆的厉害，他写到生活的深处去了。这一段女人内心的"宣言"毫不亚于莎士比亚戏剧的台词，直白、激情，所以我摘录如此，便于女人们强调自己的"主张"，便于男人们加强"记忆"。

伊莎贝尔说，"你不懂得你要求我的是什么。我年轻。我要找乐子。我要做别人家都做的事情。我要参加宴会，参加跳舞会，我要打高尔夫球和骑马。我要穿好衣服。你可懂得一个女孩子不能穿得跟她一起的那些人一样好,是什么滋味?……我甚至于连去一家像样的理发店做做头发也做不起。我不要坐电车和公共汽车到处跑;我要有自己的汽车……"伊莎贝尔说,"我当然想旅行。但不是这样旅行。我不愿意坐二等舱,也不愿意住三等旅馆,连个浴间都没有,吃饭都在小饭店里。"伊莎贝尔说,"我现在二十岁,再过十年我就老了,我要及时行乐。"伊莎贝尔还说,"所有这些(指拉里的行为)全都是无聊的玩意儿。它不会使你有什么出息的。"

伊莎贝尔越说越激动,她还说了很多,当这一切说完时,她和拉里的婚约也要解除了。伊莎贝尔和一直追求她的富翁之子格雷结婚了,格雷可以给她这些,这也是一个女子"平常、正常"的选择。

小说从一九一九年开始,一直写到三十年代中期,伊莎贝尔和拉里等人置身于二十世纪初的欧美社会,如此看来,百年以降,女人对物质的超强需求,以及将这种需求依附于男人身上的人生观并没有什么大的改观,如今在我们这个强调"和谐"的社会里,有女子喊出了"宁在宝马里哭,不在自行车上笑"的口号,得到了无数网民的应和,这应和声里有指责,但更多的是对辛酸现实的无奈点头。无数的婚姻实践也证明了"学得好,做得好,不如嫁得好"也许是一条行之有效的人生捷径。所以毛姆对伊莎贝尔婚姻选择的感慨是:"结婚仍旧是女人最最满意的职业"。

故事继续往前,拉里去找他的人生终极价值去了,伊莎贝尔和格雷走到一起,结婚生育,日子在富有和忙碌间流逝,格雷因1929年世界经济大萧条而破产,夫妻患难与共走过那段风雨季节。生活之船在平静的水面前行,一切看上去恬淡自然,但是,当作家毛姆再次偶遇伊莎贝尔时,伊莎贝尔把他当作了"苦水桶",倒出了同样作为"正常、平常"女人的真实内心,她说她感激格雷,格雷使她过得非常幸福,但是她并不真正爱他。伊莎贝尔说,"一个人没有爱满可以过得下去。在我内心深处,我渴望的是拉里。"读到这里我不惊奇,世间无数的婚姻不是如此,但我很感叹,要我怎么说女人你们呢?因为物质你选择了你要的男人,你得到了,你又没有将爱给予这人;物质你拥有了，满足之后，你又向另外的男人要爱，如果另外的男人给予你爱了呢，你又要什么呢？婚姻不是爱情的坟墓，也不是爱情的堡垒，而是爱情的反讽：让人在一起，而心在他处。虽然十年后，拉里又回到了伊莎贝尔她们的圈子，但毛姆并没有让拉里和伊莎贝尔的感情故事继续，这样处理我很喜欢，要是再演绎一番感情的"回马枪"故事，那就流俗了。

四、拉里之路

伊莎贝尔的选择没错，拉里的选择也没错，两条道而已。

拉里离开了伊莎贝尔，也离开了巴黎，为他心中的终极价值义无反顾地上路了，走上了一条探险似的道路，拉里也因此成为二十世纪早期物欲横流的欧美世界里的"精神独行侠"，毛姆认为拉里是"单身的狼"，"是那种除了走自己道路没有别的路好走的人"。当然，无论拉里走到哪里，他总能偶遇彼此感情并不深厚的作家毛姆，他也会向作家讲述自己的经历，要不我们如何知道拉里的寻找之路呢。

拉里在巴黎读了两年书，读书让他看到了一片敞开的精神天空，很绚烂，但这并不能为他提供人生终极意义的答案，他觉得从事几个月的体力劳动能使自己平静下来，他去了英国附近一家煤矿干体力活。几个月后，拉里和朋友流浪到德国一个农场打工，没想到被农场主粗野的寡媳骚扰了，发生了荒唐的关系，拉里仓皇出逃，逃到波恩，在一间修道院住了三个月，宗教也不能给他指出一条出路，"如果一个至善和万能的上帝创造了世界，为什么他又创造恶呢？"难道人活着是为了"与上帝创造的恶斗争？"拉里觉得宗教也给不了他答案。接下来，拉里去欧洲漫游，在德国待了一年，在西班牙和意大利呆了些年，最后乘船去了印度，他接触到了轮回说，苦行修身，有了顿悟，拉里认为他找到了他想要的人生终极价值——人生最大的满足只能通过精神生活来体现，抱着无我和无求的态度，走一条通往自我完善的道路。

拉里说，"我要生活在世界上，爱这世界上的一切，老实说不是为它们本身，而是为了它们里面的无限。"拉里找到了他的安身立命之道，他漫长的后半生将会如何度过呢？据毛姆先生说，拉里把自己的一点财产分散给朋友后，返回美国，当一名卡车司机或者出租车司机，获取够生存的物质，隐身人海，我行我素，别无所求。

我们先不论拉里是否找到了真正的"人生终极价值"，所谓的"人生终极价值"，只是一种价值观念、生命观念而已，是人生的一种"信"，你相信什么，它便成为你人生行动的理由和动力，这种"信"只属于个人或一类人，但它在个体生命中是至上的，不受干扰的，它可能出自某种哲学或宗教的教义，但它一定是与个体的生命困惑、生命体验有过交锋、融合而形成的"信"。拉里经历漫长而艰辛的寻找，他找到了自己的"信"，即他自己的人生终极价值：无我、无求，自我完善，有爱，降低物质需求，获取最大的精神满足。但是我们发现，拉里绕了大半个地球去寻找，最终还是回到了他的原点，去当一名司机，从事一份自食其力的粗活，我们不禁会问，他不是可以从一开头就拥有现在的生活吗？但不是这样的，有"信"的日常生活与没有"信"的日常生活，看上去是一样的，其实它们不一样，那是境界的差异了，虽看山还是山，但山已经是心中之山——它壮阔、无垠、与天地融为一体了。

拉里"精神涅槃"的形象是人中龙凤，毛姆说，"我是个俗人，是尘世中人；我只能对这类人中龙凤的光辉形象表示景慕，没法步他的后尘。"总有人会飞蛾扑火地步拉里的后尘，也总有人不会步他的后尘，因为拉里之路并不代表人类唯一的终极价值，也不代表人类唯一的行世标准，他只是一个例子，让我们明了人类有拉里之路，但也同样有伊莎贝尔的选择。

地球上人海茫茫，最丰富的是人，最有趣的也是人，从某种程度上来说，读这部小说就是读人，琢磨人，回味人。译者周煦良先生说，"本书最成功的还是人物塑造。"此话不假，除了艾略特、伊莎贝尔之外，还有两个与拉里关系密切的人作者也用力不少，两个女人，一个是索菲，一个是苏珊。索菲与拉里订婚了，两人要结婚的前三天索菲失踪了。照毛姆的话说索菲是个堕落的女人，其实在堕落之前索菲是个好女人，她是个在乎情感的女人，她有她深爱的丈夫和可爱的儿子，但一场突如其来的车祸让她一瞬间失去了这幸福的一切，她用自暴自弃和吸食鸦片的方式来报复这一切的不公，当拉里企图走进她的世界时，她破碎的情感记忆让她拒绝了，她失踪了，最后无法获知的原因死在了海边。

苏珊呢？是长期被不同人包养的情妇和人体模特，她一度几乎爱上了拉里，她喜欢拉里的温柔和宽容，她一无所有，但她很精明，她说女人是很不幸的，一堕入情网就不可爱了，她为了不上这个当，主动离开了拉里。至于拉里为什么愿意在不同时期和这两个女人待在一起，是他的怜惜和宽容吧，抑或是两个女人愿意和他待在一起，所以拉里也愿意和她们在一起，两个女人终究都离开了拉里，这似乎也没什么值得遗憾的了，因为最后拉里从印度返回时，他已经有了自己的人生信条：不急躁，对人随和，慈悲为怀，丢掉一个我字，不近女色。

五、可爱的人物

尽管毛姆对他笔下的人物给予了复杂而丰富的描述，为了便于说明，我还是将其条分缕析地简单化了。如果说小说里边每个人都有自己活着的意义，或者说都有人生的终极价值的话，我以为，艾略特追求的是社会地位；伊莎贝尔追求的是物质享受；索菲追求的是纯粹情感；拉里追求的是精神满足。这几个人几乎囊括了人生所有的意义价值，每一种追求都有它自身的理由，不存在孰是孰非，只是一种选择而已。

如果要我给"活着的意义"一个答案的话，我愿意从他们四人当中来一个综合：艾略特、伊莎贝尔、索菲和拉里，即精神所求和物质享受，哪一面都不偏废。这些人物，每一个都很可爱，每一个我都喜欢，在我内心深处，我更欣赏拉里，因为我是俗人，我们更多的人是俗人，物质欲望已经蒙蔽了我们的双眼，我们已经看不到精神满足的灵光了，我们更希望拉里成为我们的一面镜子，照到自己的另一面。即使我们对拉里有了欣赏，也有了一面镜子，但是我们真的有勇气像拉里那样，放下一切，迈出第一步吗？

也正因为我们无法舍弃我们所拥有的像藤蔓一样缠绕在一起的社会关系、家庭关系、物质关系，无法做到像拉里一样"赤条条"地去探寻精神上的满足，所以，我们更加地向往拉里，他成为我们现实生活中的一个影子，成为我们内心深处的一个梦，这影子很虚，这梦也许永远不会实现，但拉里留在我们内心的、那孤独而富足的跋涉者的形象将永远不会湮灭，因为那不是一个人而是人类的一个完美、绚烂的选择。

关于这部小说，毛姆感到过惶惑，他在小说开头便说，"我叫它小说，只是因为除了小说以外，想不出能叫它什么。故事是几乎没有可述的，结局既不是死，也不是结婚。……我写到末尾，还是使读者摸不着边际。"毛姆的惶惑有些多余了，今天的读者并没有摸不着边际，我们已经厌倦了千篇一律的悲欢离合、卿卿我我、异想天开的故事，相反，这部人物画卷似的徐徐展开的小说带给了我们许多亲切感，艾略特虽然势利但他热情厚道，伊莎贝尔虽然是个物质女人但她忠诚能与丈夫患难与共，拉里虽然追求甚高但有时也过于自我，总之毛姆笔下的这些人物都是一些可爱的人，他们有血肉，有长短处，这些喋喋不休、走来走去的人物就像活在我们身边一样，我们会在我们的亲人和朋友中找"艾略特""伊莎贝尔""拉里"等人，然后对号入座，有时为了避讳和免得麻烦，我们甚至用"某某某"来代替真名，说"某某某"就是艾略特，在心照不宣的认可当中，诡秘地哈哈大笑起来。

在行将读完这部小说时，我脑海中浮现出一个朋友的样子，我确认他就是拉里。朋友清瘦白皙，留着男人少有的马尾巴，穿着美国大兵式的黄帆布衣，脚蹬大头鞋，即使夏天也是这副装扮，很艺术的样子。他从北京电影学院摄影系毕业后，来一家小报做了摄影记者，那时我们有一个由记者、编辑组成的小圈子，经常在酒吧聚会，他也加入到中间来，我们认识后成为聊得来的朋友。他说他这辈子都不会结婚，他一生的梦想是背包走遍中国偏远的山乡，享受、记录那里原始的美，他工作只是为了攒钱实现梦想。很长时间不见他，每次见他，他都风尘仆仆的，兴奋地跟我讲哪里的山里头有一个很老的寺庙，以及他住在那里的感受。多年后，我结婚了，搬出了单身宿舍，我们那个松散的小圈子也解散了，朋友们各自为车子房子票子奔波去了，只有那个朋友一直在为心中的梦想而活，有时我会想起他，但也不曾联系了。再多年后的一个中午，我下班回家，偶然碰到了打扮没变、同样风尘仆仆的朋友，只是更加清瘦更加白皙了，我们还能一眼认出彼此，他说他从云南刚回，现在为电视台拍些片子。我问还一个人？他说还一个人。我问走了很多地方吧？他说是的，过几天再去贵州。他急着去电视台，我们握手告别，他跨上自行车，马尾巴依旧那样长，望着他离去的背影，我在想，常在外跑的人，怎么越来越白皙，像女人那样？很多年又过去了，我没有再见到那位朋友。

　　小时候读书，读到一些美丽的句子，会工整地抄到一个硬壳笔记本上，现在不会了，因为到一定年纪对那些美丽的句子没了感觉，有感觉的是那些智慧的包含了见识和洞察的朴素句子，尽管有感觉，当然也不会再抄到一个硬壳笔记本上了。在毛姆的《刀锋》里，那些闪着幽默光亮的智慧句子，像一颗榕树上的树叶那样多，它们勾起了我小时候抄句子的记忆，所以我在这里做一次重复"运动"，将它们抄写下来，一是表达我的赞赏，二是表达我对小时抄书的怀想。

　　一件婚事把地位，财产，双方的处境都考虑到，要比爱情的结合好十倍。（艾略特语）

　　一个人什么都做不了时，他就成了作家。（我语）

　　青年男子能做一个上了相当年纪女子的情人，是再好没有的教育。（艾略特语）

　　我们正开始一个新的时代，这将使过去时代的成就看上去就像几个小钱一样。（伊莎贝尔语）

　　他可能在追求一种虚无缥缈的理想——就像天文学家在寻找一颗只有数学计算说明其存在的星体一样。（我语）

我喜欢你的是你的品德就像个妓院老板。（玛丽语）

你没法不意识到她们的生活就是为了保持自己的徐娘风韵在拼命挣扎。（我语）

我想女人和男人不同，女人天生是要牺牲自己的。（伊莎贝尔语）

爱情是个很不行的水手，你坐一次船，它就憔悴了。（伊莎贝尔语）

只要对老太婆献些殷勤，对名流的谈话，不管怎样腻味，你都洗耳恭听，便是一个举目无亲的人也能钻进社交界。（艾略特语）

我的心都要跳到嘴里来，要费很大的劲才能咽得下去。（伊莎贝尔语）

美国女人指望她们的丈夫十全十美，就同英国女人指望她们的男管家一样。（我语）

克服肉体欲望的最好办法往往就是让它得到满足。（伊莎贝尔语）

这无异于爱上了水里的一个影子，或者一线阳光，或者天上的一块云。（苏珊语）

一个女人，你只要告诉她真情实话，就很容易使她讲理。（我语）

一个作家成年累月地写一本书，也许呕心沥血才写成它，但是，被人随便放在那里，一直到无事可做时才会看它；想到这里，我感到抑然。（我语）

……